प्रवासी-हिंदी गूँज उठी

प्रवासी भारतीय साहित्यकार काव्य-संकलन

संपादक : रमा पूर्णिमा शर्मा
सह संपादक : कविता गुप्ता

चयन

डॉ. रमा पूर्णिमा शर्मा

साहित्य जन-जन के लिए

बोधि प्रकाशन
सी-46, सुदर्शनपुरा इंडस्ट्रियल एरिया एक्सटेंशन
नाला रोड, 22 गोदाम, जयपुर-302006
दूरभाष : +91-9829018087, +91-9660520078, +91-7877238110
ई-मेल : bodhiprakashan@gmail.com

प्रथम संस्करण : 2024

ISBN : 978-93-5536-463-0

आवरण संयोजन : बोधि टीम

मुद्रक
तरु ऑफसेट, जयपुर

मूल्य : ₹ 699 /-

PRAVASI- HINDI GUNJ UTHI (Poetry) Edited by : Rama Purnima Sharma

मेरे आदरणीय ससुर स्व. कपिल देव शर्मा जी को

यह पुस्तक समर्पित है

जिन्हें ईश्वर ने हम सबसे अचानक छीन लिया!

मेरे आदरणीय ससुर स्व. कपिल देव शर्मा जी को
यह पुस्तक समर्पित है
जिन्हें ईश्वर ने हम सबसे अचानक छीन लिया!

कविक्रम

शुभकामनाएँ

हिंदी के वैश्विक प्रचार के उद्देश्य से "145 प्रवासी भारतीय साहित्यकारों का वृहद् साँझा संग्रह" तैयार करना श्रीमती रमा शर्मा जी का अत्यधिक प्रशंसनीय प्रयास है।

35 वर्षों से जापान में प्रवास करते हुए आपने 'हिंदी की गूँज' शीर्षक से जापान में हिंदी की पहली पत्रिका प्रकाशित की।

'देश-प्रेम और स्वतंत्रता' पर आधारित प्रवासी साहित्यकारों की रचनाएँ संग्रहित और प्रकाशित करके आपने प्रवासी हिंदी साहित्य की श्रीवृद्धि की और हिंदी-लेखन को नवीन दिशा प्रदान की। आपके स्पृहणीय और प्रभावात्मक प्रयास के लिए हार्दिक बधाई है।

आपकी लेखनी की गति बढ़ती जाए और प्रवासी हिंदी साहित्य का भविष्य संवरता जाए, ऐसी हमारी आशा है।

अनंत शुभकामनाओं के साथ

- डॉ माधुरी रामधारी

महासचिव

विश्व हिंदी सचिवालय, मॉरीशस

वैश्विक परिवेश में साहित्य सृजन का एक सकारात्मक अभियान

साहित्य सदैव अपने समय का अनुगामी होता है। सीधे शब्दों में कहें तो हम किसी भी कालखंड के साहित्य रचना में उस समय की प्रवृत्तियों को देख सकते हैं। केवल मनोरंजन मात्र साहित्य का उद्देश्य नहीं होता बल्कि यह अपने सृजनकर्ता के यश को चतुर्दिक फैलाने वाला भी होता है। साहित्य की विधाएँ रचनाकार को अपने दायित्व निर्वहन के लिए एक आधार प्रदान करती हैं, जिसके द्वारा वह सामाजिक विसंगतियों के असंगत चलन को लक्ष्य करते हुए न केवल समस्याएँ उठाता है बल्कि उनके समाधान की रूपरेखा भी प्रस्तुत करता है। कुछ इन्हीं विचारों को आत्मसात कर उनके व्यावहारिक पहलू को सामने रखते हुए वैश्विक स्तर पर भारत भूमि से जुड़े और अपने कार्य के प्रति पूरी तरह समर्पित होकर कर्मभूमि भारत से बाहर बनाने वाले प्रवासी रचनाकारों की काव्य रचनाओं के संकलन को लाने का एक सार्थक और सकारात्मक प्रयास 'प्रवासी हिंदी गूँज उठी' नामक पुस्तक का प्रणयन किया जाना हम सबके लिए बहुत गौरव की बात है। इस साझा संकलन में कुल 145 रचनाकारों की काव्य रचनाओं का उनके परिचय के साथ संकलन किया गया है।

मैं बधाई देते हुए धन्यवाद देना चाहता हूँ भारत की सौंधी खुशबू को जापान और जापान के साथ-साथ संपूर्ण एशिया ही नहीं संपूर्ण विश्व में फैलाने के लिए कृत संकल्पित डॉक्टर रमा शर्मा जी को जो 'हिंदी की गूँज' नामक पत्रिका की संपादक और संस्थापक हैं। उन्होंने इस संकल्प की पूर्ति के लिए जो प्रयास किया और आगे भी कर रही हैं वह साहित्यिक दुनिया में बहुत ही महत्वपूर्ण कार्य कहा जा सकता है जो आने वाली पीढियों के लिए अपने मूल से जुड़े रहने का एक संकल्प पत्र होगा।

'प्रवासी हिंदी गूँज उठी' नामक काव्य संकलन की विशेषता है कि इसमें संपूर्ण विश्व में कार्य करने वाले ऐसे रचनाकार जो मूल रूप से भारत के हैं या जिनकी जन्म भूमि भारत रही है, को इसमें स्थान दिया गया है। सबसे विशेष बात यह है कि इस काव्य संकलन में पाँचों महाद्वीप में स्थित देशों में अपने मातृभूमि की खुशबू फैलाने वाले रचनाकारों को स्थान दिया गया है। इस तरह यह साझा काव्य संकलन वैश्विक कविताओं का साझा संकलन कहा जा सकता है। संकलन की कविताएँ आज के युग को आवाज देती हैं। युगीन मूल प्रवृत्तियों को इन कविताओं के माध्यम से जाना और समझा जा सकता है । मैं इस पुस्तक के रचनाकारों में सम्मिलित हूँ। हर्ष के इस महान क्षण में शुभकामनाएँ और धन्यवाद की इस कड़ी में यह आशा करता हूँ कि आने वाले दिनों में इस तरह के साहित्यिक यज्ञ होते रहेंगे और उनमें समिधा के लिए मैं अपने पूरे सामर्थ्य के साथ उपस्थित रहूँगा। एक बार पुनः साहित्यिक संगम के इस महान कार्य में सम्मिलित ज्ञान की सभी सरिताओं को हृदय से धन्यवाद बधाई और शुभकामनाएँ देता हूं।

– सुरेश पांडे

(वर्ल्ड रिकॉर्ड होल्डर)

वरिष्ठ साहित्यकार एवं अध्यक्ष,

इंडोस्कैन्डिक ऑर्गेनाइजेशन, स्टॉकहोम, स्वीडन।

शुभकामना संदेश

मुझे अत्यंत खुशी हो रही है कि डॉ. रमा पूर्णिमा शर्मा के संपादन में संपादित 'प्रवासी हिंदी गूँज उठी' पुस्तक को गोल्डन बुक ऑफ वर्ल्ड रिकॉर्ड में चयनित किया गया है और मुझे को-एप्लीकेंट बनने का सौभाग्य प्राप्त हुआ है। यह पुस्तक सच में रिकॉर्ड बनाने के ही लायक़ थी क्योंकि इसमें रमा जी ने अपने अथक प्रयासों से 145 प्रवासी भारतीय साहित्यकारों को जोड़ा है जो कि एक अत्यंत कठिन कार्य है। इसके लिए संपादिका डॉ. रमा पूर्णिमा शर्मा जी एवं गोल्डन बुक ऑफ वर्ल्ड रिकॉर्ड को हार्दिक बधाई एवं शुभकामनाएँ।

– डॉ. बी निर्मला

(वर्ल्ड रिकॉर्ड होल्डर)

एसोसिएट प्रोफेसर एवं हिंदी विभागाध्यक्षा (सेवा निवृत)

समाज सेविका, कवयित्री, क्रिकेटर, मैसूर,कर्नाटक

शुभकामना संदेश

सर्वप्रथम सभी पाठकगण एवं सभी विद्वान रचनाकारों को हृदय से प्रणाम! 'प्रवासी हिंदी गूँज उठी' पुस्तक का यह नाम सुनकर मानो सीना गर्व से चौड़ा हो जाता है। मुझे गर्व है कि आज भी देश-विदेश में हिंदी को इतना सम्मान दिया जा रहा है और हिंदी को एक नए आयाम पर पहुँचाने के लिए देश के साथ-साथ विदेश में भी रह रहे सभी भारतवासी अनेकों प्रयास कर रहे हैं।

इस पुस्तक में विदेश में रह रहे भारतवासियों ने अपने मूल देश भारत के प्रति स्नेह, सम्मान और प्रेम को शब्दों में पिरोकर कविताओं के रूप में प्रस्तुत किया है। भारत देश की गौरव गाथा का गुणगान किया और भारत की संस्कृति व अलौकिक सुंदरता का मान बढ़ाया है।

हिंदी हम भारतवासियों की भाषा ही नहीं बल्कि हमारा मान और सम्मान भी है। हिंदी हमारे लिए हमारी मातृभाषा है और हमारा गौरव भी है। और हिंदी भाषा को देश विदेश में भी उतने ही स्नेह से अपनाया जा रहा है। इसका प्रमाण है यह पुस्तक, जिसमें संसार के हर कोने से भारतीय विद्वानों ने अपनी रचनाएँ भेजकर स्नेह बरसाया है।

मैं उन सभी रचनाकारों को तहे दिल से धन्यवाद देती हूँ कि उन्होंने भारत देश को अभी भी अपने दिल में बसाया हुआ है, और हिंदी के रंगों को विदेशों में भी बिखेरा है।

और मुझे ये बताते हुए अत्यंत हर्ष हो रहा है कि हमारी यह पुस्तक गोल्डन बुक ऑफ वर्ल्ड रिकॉर्ड में शामिल की जा रही है जो एक गर्व की अनुभूति है। मेरा सभी पाठकों से और रचनाकारों से निवेदन है कि हिंदी पर अपना स्नेह ऐसे ही बनाएं रखें।

- कविता गुप्ता

(वर्ल्ड रिकॉर्ड होल्डर)

शिक्षक, गाजियाबाद, सह संपादक

हिंदी की गूंज अंतर्राष्ट्रीय पत्रिका, टोक्यो जापान

शुभकामना संदेश

'प्रवासी हिन्दी गूँज उठी' में संकलित कविताएं प्रवासी भारतीय रचनाकारों की अपने मूलाधार को पुनः महसूस करने का प्रयास करती रचनाएं हैं। कह सकते हैं कि ये जड़ों की ओर लौटने का आत्म-आह्वान है। यात्रा में आगे बढ़ते हुए अपने पीछे के रास्ते को एक बार पलट कर देखने जैसा उपक्रम है यह।

ये कविता संकलन केवल पुनर्स्मरण का लेखा जोखा नहीं बल्कि एक कृतज्ञ भाव की अभिव्यक्ति भी है। ये कृतज्ञता ज्ञापन है- जिन रास्तों से होते हुए यात्रा आगे बढ़ी उन रास्तों के प्रति, जिन पेड़ों की छाँव राह भर मिली उन पेड़ों के प्रति, जिन पंछियों का कलरव हर सुबह नये जीवन का संदेश देता रहा, उन पंछियों के प्रति। यह विनत भाव ही इन कविताओं को व्यापक बनाता है। कविता देश काल की सीमाओं का अतिक्रमण मनुष्यता के हक में जा खड़ी होती है। वसुधा को कुटुम्ब की तरह देख सकने, महसूस कर सकने की हमारी सांस्कृतिक एषणा इसी व्यापक भाव से प्रतिफलित होती है।

रमा पूर्णिमा शर्मा और उनकी उत्साही टीम ने लगभग डेढ़ सौ प्रवासी रचनाकारों को एक जगह, एक मंच पर लाकर उन्हें वृहद मानवीय भाव के सूत्र में पिरोने का प्रयास किया है, यह श्लाघनीय है।

मैं हृदय से कामना करता हूं कि इस संकलन में शामिल कविताएँ देश विदेश में सर्वत्र पढ़ी, समझी जाएँ। हिन्दी भाषा एवं साहित्य के प्रसार के लिए जुटे समर्पित साथियों के प्रयास सफल हों।

असीम शुभकामनाएं !

- मायामृग
बोधि प्रकाशन, जयपुर

प्रस्तावना

हर लड़की की तरह मेरा भी बचपन से सपना था कि कुछ ऐसा करूँ कि माँ बाप का सर ऊँचा हो, मेरी अलग पहचान हो। इसी धुन में बचपन से ही क़लम पकड़ ली। स्कूल कालेज में सदा प्रथम आकर माँ बाप का सर सदा ऊँचा रखा। शादी के बाद जापान आ कर हिंदी की सेवा और मानव धर्म की सेवा का बीड़ा उठा लिया। बस इसी धुन के चलते हुए मन में आया कि प्रवासी भारतीय साहित्यकारों को जोड़ कर एक ऐसी पुस्तक बनाऊँ जो पहले कभी किसी ने न बनाई हो, न सोची हो। परिणाम **प्रवासी हिंदी गूँज उठी** आपके हाथों में है। मेरा यह प्रयास कैसा रहा, कृपया अपने विचारों से अवश्य अवगत करवाएँ। आप सबकी प्रतिक्रियाएँ **हिंदी की गूँज** अंतरराष्ट्रीय पत्रिका में प्रकाशित की जाएँगी।

इस पुस्तक को पूरा कर पाना *कविता गुप्ता* की सहायता के बिना असंभव था। उसके दिन रात के प्रयासों ने पुस्तक को निखारा, सँवारा है। मैं आदरणीय *सुरेश पांडेय जी* (जो 40 वर्षों से स्वीडन में रहते हैं) का भी दिल से आभार प्रकट करती हूँ, जिन्होंने मुझे सदा प्रोत्साहन दिया। मैं आदरणीय *बी. निर्मला जी* और आदरणीय *विदुषी शर्मा जी* का भी आभार प्रकट करती हूँ जो सदा मेरी हिम्मत बँधाती रहीं।

सच में बड़ी कठिन यात्रा थी ये पुस्तक तैयार करना। समय भी बहुत लगा। ख़ैर पुस्तक तैयार हो गई और आप सब तक पहुँच गई, ईश्वर का कोटि-कोटि आभार है।

– रमा पूर्णिमा शर्मा
(वर्ल्ड रिकॉर्ड होल्डर)
संस्थापक एवं संरक्षक
हिंदी की गूंज अंतरराष्ट्रीय पत्रिका, टोक्यो जापान
+818061658299, +818070067270, +919289641577
hindikeegoonj@gmail.com, ramaajay.jp@gmail.com

शुभकामना संदेश

'प्रवासी हिंदी गूँज उठी' डॉ. रमा शर्मा जी द्वारा एक ऐसा अद्भुत काव्य संकलन है जो गोल्डन बुक ऑफ वर्ल्ड रिकॉर्डस में शामिल है। इसमे कुल 145 प्रवासी साहित्यकारों की रचनाओं को शामिल किया गया है। यह अपने आप में एक अनूठा संगम है।

डॉ रमा शर्मा जी 'हिंदी की गूँज' पत्रिका की संस्थापक एवम संरक्षक, सम्पादक हैं जिसे जापानी सरकार द्वारा ISSN, ISBN दोनों ही नम्बर प्राप्त है।

'प्रवासी हिंदी गूँज उठी' ये एक ऐसा अंतरराष्ट्रीय काव्य संकलन होगा जिसमें विश्व भर के प्रवासी अपनी अनुपम स्वरचित कविताओं के साथ एक ही मंच पर प्रस्तुत होंगे।

मैं डॉ. रमा शर्मा जी को इस इंद्रधनुषी काव्य संकलन हेतु हार्दिक मंगलकामनाएँ प्रेषित करती हूँ एवं भविष्य में भी उनसे ऐसे ही कार्यो की अपेक्षा रखती हूँ।

सभी प्रतिभागियों को भी हार्दिक शुभकामनाएँ जय हिंद

- डॉ. विदुषी शर्मा,
(ट्रिपल वर्ल्ड रिकॉर्ड होल्डर)
अकादमिक काउंसलर, IGNOU
Research Guide, JJTU
AF (Academic Facilitator)
OSD , (Officer on Special Duty)
NIOS (National Institute of Open Schoolingh)

अभिषेक त्रिपाठी

निवास : आयरलैंड

संप्रति : आईटी एसोसिएट डायरेक्टर

सदस्य : ब्रिटिश एसोसिएशन ऑफ जर्नलिस्ट्स

संस्थापक : कविता आयरलैंड (आयरलैंड में हिंदी के प्रचार प्रसार हेतु)

विशेष : भारतीय दूतावास आयरलैंड, भारतीय हाई कमीशन लंदन और इंडियन कम्युनिटी सेंटर बेलफास्ट के साथ जुड़े

उपलब्धियां: हिंदी कवि सम्मेलन, साक्षात्कार, वाद-संवाद, भारतीय संस्कृति के कार्यक्रमों का आयोजन एवं प्रतिभागिता

संपर्क : आयरलैंड
मो. : +44 7896 882340
ईमेल : hindi.ireland@gmail.com

पीपल की छाँव

नैन तुमसे मिले तो ये सोचा न था
स्वप्न ऐसे खिले मैंने सोचा न था
मैं भगीरथ सा तपता रहा व्योम में
मुझको गंगा मिलेगी ये सोचा ना था।

प्रेम की हो कहानी ये सोचा ना था
होगा आंखों में पानी ये सोचा न था
मेरी बगिया में खुशबू बिखेरेगी वो
मैं बनूं उसका माली ये सोचा न था।

ऐसे महके कली ये तो सोचा ना था
मेरे आँगन खिली ऐसा सोचा ना था
दीप्ति जो अवतरित होती आकाश में
मेरी छत पर ढली ये तो सोचा न था।

इस समंदर में मिलती नहीं कोई नाव
सौ शहर से भी प्यारा है इक मेरा गांव
इस शहर की तपिश अब सताती नहीं
गेसूओं में तुम्हारे है पीपल की छांव।

अमित अहलावत

जन्म	:	बिजनौर, उत्तर प्रदेश, भारत
शिक्षा	:	इंजीनियरिंग ग्रेजुएट एवं एडमिनिस्ट्रेशन में मास्टर
संप्रति	:	सूचना प्रौद्योगिकी प्रमुख, (फ़िजी)
रुचि	:	कवितायें लिखने, सुनने-सुनाने में विशेष रुचि
विशेष	:	फ़ीजी में भारतीय उच्चायोग एवं अनेक सामाजिक संस्थानों के साथ मिलकर हिंदी भाषा के प्रचार प्रसार में प्रयासरत, भारतीय उच्चायोग फ़ीजी, फ़ीजी सेवाश्रम संघ, भारतीय संस्कृति सेवार्थ न्यास हरिद्वार फेडरेशन ऑफ़ कम्युनिटी रेडियो स्टेशंस, न्यू ल्लिी यूनिवर्सिटी ऑफ़ फ़ीजी, हिंदी टाइम्स मीडिया टोरंटो, कनाडा सिंगापुर संगम, सिंगापुर विश्व हिंदी सचिवालय, मॉरिशस जैसे अनेक कार्यक्रमों, काव्य गोष्ठियों, कवि सम्मेलनों का आयोजन, संचालन, प्रतिभागिता, और कविता एवं कहानी प्रतियोगिताों में निर्णायक की भूमिका
संपर्क	:	सुवा, फ़ीजी मो. : +679 701 5303 ईमेल : ahalawat23@gmail.com

गर्व से यारों कहता हूँ, यह भारतवर्ष हमारा है

बना हुआ है दिल की धड़कन, सबकी आँखों का तारा है
अजब गजब यह देश निराला, ये जहाँ में सबसे प्यारा है।
प्रेम सद्भाव से खुदको जिसने, विश्व में ऊँचा उभारा है
मैं गर्व से यारों कहता हूँ, वह भारतवर्ष हमारा है।

ना हिन्दू ना मुस्लिम कोई, ना कोई सिख ईसाई है
हम सब हैं यहाँ हिंदुस्तानी, ये बात हमें सिखलायी है।
रंग रुप और जात पात से, यहाँ ऊँचा बड़ा भाईचारा है
वसुधैव कुटुम्बकम का, यहाँ पाठ दिलों में उतारा है।

मैं गर्व से यारों कहता हूँ, वह भारतवर्ष हमारा है
बाइबल गीता वेद कुरान, सबसे ही नाता प्यारा है।
होली ईद दिवाली क्रिसमस, यहाँ हर त्यौहार हमारा है
आरती अज़ान गुरबानी से, होता यहाँ हर उजियारा है।

ईश्वर अल्लाह गुरु ईसा, सबका ही जहाँ पे सहारा है
मैं गर्व से यारों कहता हूँ, वह भारतवर्ष हमारा है।
सभ्यता संस्कृति जिसकी, दुनिया में सबसे पुरानी है
योग खगोल तंत्र मन्त्र सब, ऋषि मुनियों की जुबानी है।

आधुनिक जिन खोजों पर, नासा इतना इतराता है
हम सब को यह पहले से ही, सूर्यसिद्धान्त बतलाता है।
गणित साहित्य कला विज्ञान, आयुर्वेद जहाँ का न्यारा है
कृषि में हैं अव्वल हम, हर क्षेत्र में नाम हमारा है।

आज भले ही इस दुनिया में, बना डॉलर पौंड दुलारा है
जीरो से ऊपर इस दुनिया को, आर्यभट ने जहाँ उबारा है।
मस्तक में हिमराज विराजे, चरणों में सागर सारा है
सीने में कल कल अमृत रुपी, बहती गंगा की धारा है।

पूरब में है सूर्य मंदिर, पश्चिम में विनायक सहारा है
दक्षिण में है सागर संगम, उत्तर में स्वर्ण गुरुद्वारा है।
कहीं चटकती गर्मी है, कहीं बारिश का फव्वारा है
कभी कड़कती सर्दी है, कभी बसन्त बहुत ही प्यारा है।

पर्वत नदियाँ झील पठार, रेगिस्तान जहाँ का न्यारा है
प्रकृति सम्राट विविध विराट, यह भूलोक का गौरव प्यारा है।
जब जब इस धरती पर छाया, पापों का गहन अंधियारा है
राम कृष्ण का लेकर रूप, प्रभु ने खुद को यहाँ उतारा है।

विवेकानन्द और गौतम बुद्ध ने, नानक ने जिसे सँवारा है
वह देवों का महापुरषों का, यह स्वर्ग धरा पे न्यारा है।
गांधी भगत आजाद सुभाष, मंगल बिस्मिल का प्यारा है
वन्दे मातरम कहते कहते, प्राणों को जिन्होंने वारा है।

वीर शिवाजी महाराणा ने, दुश्मन को यहाँ ललकारा है
बिन आँखों के भी पृथ्वी ने, जहाँ तीर गौरी को मारा है।
माँ सीता का धैर्य यहाँ, मीरा सी भक्त दिवानी है
पदमनी का जौहर है, यहाँ पन्ना की बलिदानी है।

सावित्री के तप के सत को, जहाँ यम ने भी स्वीकारा है
बाँध कमर बेटा रानी ने, दुश्मन को जहाँ पछाड़ा है।
लोकतन्त्र है सेना है, परमाणु सशक्त हथियार हैं
फिर भी तानाशाही से हमने, किया ना किसी पे वार है।

दया क्षमा और सत्य अहिंसा, रहे मूलमन्त्र हथियार हैं
पर जान वतन पर देने को हम, रहते सदा तैयार हैं।
दुनिया के हर वंचित को, प्रसन्नचित दिया सहारा है
अथिति देवो भवः का नारा, जहाँ खुला घरद्वार हमारा है।

हाथ जोड़ कर दें सम्मान, संस्कारों का वो हम पिटारा है
पर देशद्रोही और शत्रु के लिये, हम ज्वालामुखी अंगारा हैं।
जिस सोने की चिड़िया को, अंग्रेजों ने छल से उजाड़ा है
अपनी मेहनत के दम पर उसको, फिर से हमने सँवारा है।

जो कल का चमकता तारा था, फिर से चमकने जा रहा है
विश्व पटल पर होने वाला, अब भारत का जयकारा है।
है कुछ इसमें खामी जो, बस पाना उनसे छुटकारा है
भ्रष्ट्राचारी और ग़द्दारों को, करना बाहर का इशारा है।

गाँधी बाबा एपीजे का, सपना ये सबसे प्यारा है
सारी दुनिया पर लहराये, तिरंगा जो शान हमारा है।
प्रेम सद्भाव से खुद को जिसने, विश्व में ऊँचा उभारा है
वह भारत देश हमारा है, वह भारत खण्ड हमारा है।

वह आर्यव्रत हमारा है, वह जम्बूद्वीप हमारा है
वह हिन्दुस्तान हमारा है, जो जान से हमको प्यारा है।

अनंदा पाटनी

शिक्षा : दिल्ली के इंद्रप्रस्थ कॉलेज से हिंदी ऑनर्स

विधाएं : कविता, कहानी, निबंध, लेख, व्यंग्य, संस्मरण

प्रकाशन : प्रेम और प्रकाश, अंतर्दृष्टि, पूर्णाहुति, तेरे लिए (उपन्यास), कुछ दिल ने कहा (कविता संग्रह) मखमली घास पर बिखरे रंग (कविता संग्रह)

संपादन : कई पत्रिकाओं का संपादन, प्रथम संपादित पत्रिका का लोकार्पण

सम्मान : प्रधानमंत्री मोरारजी देसाई जी द्वारा सम्मानित, नेहरू बाल समिति द्वारा सम्मानित,

विशेष : आकाशवाणी इंदौर से कई वर्षों तक महिला कार्यक्रम में अनेक वार्ताएँ प्रसारित, एक कहानी संग्रह संवेदनाओं के भँवर में लिपटी ज़िंदगियाँ 2024 में प्रकाशित तथा दिल्ली के पुस्तक मेले में सम्मिलित।

संपर्क : मैरीलैंड
मो. : +1 (470) 218-8162
ईमेल : annada.patni@gmail.com

आओ, संकल्प करें

आओ मिल कर जश्न मनाए भारत के सम्मान का।
आओ मिल कर ध्वज फहराएँ भारत के स्वाभिमान का।
आओ मिल कर गुणगान करें शहीदों के बलिदान का।
परतंत्रता की तोड़ बेड़ियाँ अपनी बलिष्ठ भुजाओं से,
मुक्त कराया देश जिन्होंने अपने प्राणों के बलिदान से।
सुर्ख़ हैं इतिहास के पन्ने उनकी शौर्य गाथाओं से
सुर्ख़ है ज़मीं जहाँ लहु बहाया इन वीरों ने हँसते हँसते।
चंद्रशेखर, शहीद भगत सिंह, सुखदेव राजगुरू, गांधी, सुभाष, लक्ष्मीबाई,
वीर सावरकर जैसे और भी अनेक जाँबाज योद्धा थे स्वतंत्रता संग्राम के।
भारत माता को मुक्त कराया, फिरंगियों के जाल से।
चले गए स्वयं हमें दे कर स्वतंत्रता की जो सौग़ात, अनमोल।
कैसी विडंबना है कि हम भूल गए उनकी क़ुर्बानियों का मोल।
भूल गए कि जो साँस ले रहे हम उन्मुक्त धरा पर,
उस धरा को सींचा है देश के वीर बांकुरों ने अपनी जान गँवा कर।
माना हम में सामर्थ्य नहीं उनका ऋण चुकाने की।
इतना तो कर सकते हैं कि व्यर्थ न जाने दे शहादत वीरों की।
मूल्य स्वतंत्रता का जान, स्वच्छंदता से दूर रहें।
देशभक्ति का जज़्बा रख देशहित का ध्यान रखें।
त्याग, बलिदान, साहस की आधारशिला पर
रह पाई स्वतंत्रता सुरक्षित पिचहत्तर वर्षों तक।
आओ अब संकल्प करें
रखेंगे अक्षुण्ण अपनी स्वतंत्रता को अनंत काल तक।
मातृभूमि की सेवा कर हम तन मन धन से,
हर वर्ष मनाएँगे राष्ट्रीय पर्व धूमधाम से।

डॉ. अनिता कपूर

जन्म : भारत (रिवाड़ी)

शिक्षा : एम .ए., (हिंदी एवं अंग्रेजी), पी-एच.डी (अंग्रेज़ी), सितार एवं पत्रकारिता में डिप्लोमा

कार्यक्षेत्र : कवयित्री, लेखिका, पत्रकार, संपादक,

प्रकाशन : बिखरे मोती, कादम्बरी, अछूते स्वर, ओस में भीगते सपने, साँसों के हस्ताक्षर, (काव्य-संग्रह), दर्पण के सवाल, आधी आबादी का आकाश, बोंजाई, सैलानी चाँद (हाइकु संग्रह), 'हाइकु आकाश के छोटे-छोटे चाँद', हाइकु का मराठी अनुवाद, धूप की मछलियाँ (लघुकथा-संग्रह)

सम्मान : अंतर्राष्ट्रीय भारतीय भाषा सम्मान, राजीव अवस्थी प्रवासी साहित्य भूषण सम्मान, प्रवासी साहित्यकार सम्मान, साहित्य भूषण सम्मान, विशिष्ट साहित्य सेवी सम्मान।

संपर्क : यू एस ए
मो. : +1-510-894-9570 (अमेरिका)
मो. : +91-7303694727 (भारत)
ईमेल: anitakapoor.us@gmail.com

मेरा भारत महान

शहीदों ने खुद को मिटा
गांधी ने जीवन को लुटा
दिलाई देश को आजादी
पर नया कुछ नहीं घटा...
नया कुछ नहीं दिखा
पहले भी जनता गुलाम थी
अभी भी जनता है गुलाम
मानसिक हो या भ्रष्टाचार की गुलामी
फर्क तो यही हुआ है
कि, राजा बदल गए हैं...
पहले चमड़ी गोरी थी
बस रंग ही तो बदल गए हैं
दिल पहले भी थे काले-काले
अब भीतर-बाहर काले ही काले
तंत्र तब भी भ्रष्ट था...
आज और भी भ्रष्ट हुआ
घर के बुज़ुर्ग हैं कहते
अब हाल और बदरंग हुआ...
चंद लोगों की रोज़ दीवाली
शेष समाज की बदहाली
हाय रे, भारत की तकदीर
विश्व को शून्य देने वाला

आपदाओं के सामने खुद ही
शून्य हो चला
चरमरा रही आजादी की कुर्सी।
टिकने के लिए
आज, फिर एक लाठी का
मोहताज सा होता भारत
फिर भी है महान मेरा भारत।

अनीता शर्मा

निवास : चीन

शिक्षा : एडवांस डिप्लोमा (चीनी भाषा)

संप्रति : आयुर्वेदिक डॉक्टर एवं कॉस्मेटोलॉजिस्ट

रुचि : अध्यात्म और लेखन

संपर्क : चीन
मो.: +86 158 2177 0829
ईमेल : anitasmexico@hotmail.com

रेशमी महक

कोई पूछता है, कौन सा इत्र है?
खुशबू गज़ब की आती है!

तब बीता कल मुस्काता है
इक याद जवां हो जाती है
अपनी धरती छूटी थी जब
जान पर बन आई थी
आँखों में थी गंगा-यमुना
मिट्टी सीस लगाई थी
वह पावन मिट्टी मैं
थोड़ी सी खाकर आयी थी
और थोड़ी सी बाँध पोटली
संग अपने ले आई थी
आ परदेस में वही पोटली
निज मंदिर में सजाई
मूर्ति-स्थापना हुई तो
पोटली-स्थापना भी करवाई
सुबह-शाम जब मंदिर में
ईश्वर को शीश नवाया
उठा पोटली मिट्टी की
माथे से उसे लगाया

मिट्टी भी मिट्टी में घुलके
रंग अजब दिखलाती है

देह से अब मेरी धरती की
महक रेशमी आती है।

श्रीमती अंजू घरभरन

जन्म : आगरा, उत्तर-प्रदेश

निवास : मॉरीशस

शिक्षा : स्नातक

संप्रति : पूर्व महासचिव-हिंदी स्पीकिंग यूनियन, समंवयक साहित्य संवाद, मासिक कार्यक्रम भारतीय उच्चायोग एवं इंदिरा गाँधी भारतीय सांस्कृतिक केंद्र

सम्मान : कर्मयोगी पुरस्कार 2009 भोजपुरी स्पीकिंग यूनियन, मॉरिशस, हिंदी गौरव सम्मान 2017 आधार शिला नैनीताल, भारत

विशेष : अनेक साहित्यिक गोष्ठि एवं कवि सम्मेलन में प्रतिभागिता, विश्व हिंदी सम्मेलन में कविता पाठ, हिंदी संगठन में अनेक गतिविधियों एवं प्रतियोगिताओं का सफल आयोजन।

संपर्क : मॉरीशस
मो. : +230 4644178
मो. : +230 58883496
ईमेल : anjumonga@hotmail.com

भारत या मॉरीशस

वर्षों पहले
भारत के कुछ लाल
एग्रीमेंट पर लाये गए
गिरमिटिया कुली कहलाये वे
उपनिवेशी था वह काल
नंबर थी एकमात्र पहचान
खून-पसीना भरपूर बहाया
हड्डियां भी तुड़वायीं अपनी
सहते रहे वे अत्याचार
पाया सब ने विषाद अपार
पीकर गरल सहे अपमान
फिर भी कभी न मानी हार
कोड़ों की बरसात ने
हौंसले किए और बुलंद।
कहने को तो गन्ना बोया
पत्थर उलटे सोना पाया
मॉरीशस को पूर्णतः अपनाया
चारों ओर से घिरा ये खारा
हिन्द महासागर की लहरों में
बिंदु-सा चमकता यह तारा
मॉरीशस प्यारा देश हमारा
याद दिलाता मुझे मेरे भारत की
मेरा भारत मेरी आँखों का तारा
प्यारा सा देश हमारा!!

अंजू पुरोहित

निवास : मलेशिया

शिक्षा : अंग्रेज़ी साहित्य में पोस्ट ग्रेजुएट

कार्यक्षेत्र : लेखिका के साथ-साथ समाज सेविका, यूनाइटेड नेशंज़ की रेफ़्यूजी एजेन्सी के लिए शिक्षण का कार्य।

प्रकाशन : 'अतीत के स्वर' (काव्य-संग्रह), स्त्री-विमर्श एवं समसामयिक विषयों पर लेख, कविताएँ एवं लघु कहानियाँ विभिन्न पत्र-पत्रिकाओं में प्रकाशित।

सम्मान : अतीत के स्वर' काव्य-संग्रह के लिए 'राजस्थान साहित्य अकादमी' द्वारा 'पांडुलिपि सहयोग पुरस्कार' से सम्मानित, भाषा व साहित्य के वैश्विक प्रसार में महत्वपूर्ण योगदान के लिए मलेशिया-भारत गौरव सम्मान से सम्मानित, थाई-भारत गौरव सम्मान से सम्मानित।

संपर्क : मलेशिया
मो. : +60 17 637 8123
ईमेल: tsnv.anju@gmail.com

मेरा भारत देश महान

तू ओमकार का नाद है
वेद, उपनिषद, श्रुतियों का राग
ब्रह्माण्ड का आयाम
तू गांधी की जननी
तू ही तथागत का है बोध,
तेरे आगे शीश झुकाए
न जाने कितने सिकंदर अबोध।
मेरा तुझ को कोटिशः प्रणाम
मेरे भारत देश महान।।

तू साकार है, निराकार भी है तू
अहम ब्रह्मास्मि अंतस है तेरा
सब तुझ ही में हैं लीन
सब है ब्रह्मा तेरे लिये
वसुधैव कुटुम्बकम के शंख नाद
तुझ में निहित सृष्टि का ज्ञान
हे विश्वगुरु तू मानवता का वरदान
मेरा तुझ को कोटिशः प्रणाम
मेरे भारत देश महान।।

तू ही समय है
या है समय का सहचर तू
सिंधु से परिमार्जित

मानवता का इतिहास है तू
नूतन और पुरातन मिश्रित
सभ्यता का परिष्कार है तू
भरत वंशियों के वंशज
मेरा तुझको कोटिशः प्रणाम
मेरे भारत देश महान।।

तू न हिंदू, न मुसलमान
न ईसा का बंदा
हर एक में तू ही तू बसता
तू आशा है जगत की
तू सब का विश्वास,
मान भी तू, अभिमान भी तू
तुझ पर सौ सौ बार क़ुर्बान
मेरा तुझको कोटिशः प्रणाम
मेरा भारत देश महान।।

तू कुदरत का, कोई करिश्मा है
या है, कायनात का प्यार
वो हार, और विराट हिमालय हाथों
होता तेरा गंगा स्नान
हिंद महासागर रत्नाकर
करता तेरे चरणों का पान
हे जननी जन्मभूमि
मेरा तुझको कोटिशःप्रणाम
मेरा भारत देश महान।।

इ. अंकिता बाहेती

निवास : दोहा, क़तार

शिक्षा : अभियांत्रिकी में स्नातक

संप्रति : साहित्यकार, स्वतंत्र शिक्षिका और विज्ञान संचारक

रुचि : चित्रकला, नृत्य, मंच संचालन और साहित्य

प्रकाशन : कई अंतरराष्ट्रीय, राष्ट्रीय पत्र पत्रिकाओं में रचनाएं प्रकाशित, साथ ही 15 से अधिक (हिंदी, अंग्रेजी) साझा संकलनों में रचनाएं प्रकाशित।

विशेष : एक अंग्रेजी मंच के साथ बतौर समीक्षक जुड़ी हुई हैं और एक साझा कविता संग्रह का संपादन भी किया है।

संपर्क : दोहा, क़तार
मो. : +974 7731 8798
ईमेल : er.b.ankita@gmail.com

नमन

शत शत नमन उन वीरों को,
जिन्हें मृत्यु का ना भय था,
शीश कटाने थे तत्पर देश भक्ति में,
शहादत से जिन्हें प्रेम था,
चंद्रशेखर, भगत सिंह, राजगुरु,
ये कुछ अमर नाम हैं,
थी जिन्होंने आजादी की मशाल जलाई,
असंख्य गुमनाम वीर शहीदों को भी नमन,
जिन्होंने आजादी की लड़ाई में नि:स्वार्थ अपनी जान गंवाई,
शत शत नमन उन वीर माताओं को,
जिन्होंने ऐसे शूरवीरों को जन्म दिया,
ना द्रवित हुई, ना रोई, ना शोक संतृप्त हुई,
बोली 'मेरे लाल ने भारत का नाम रौशन किया',
यहाँ हर देशभक्त भारत माँ पर जीवन न्योछावर करने से ना डरता है,
दुश्मन देख, सिंह सी हुंकार और काल का रूप धरता है,
गौरव से मैं, ये यश गान सबको सुनाती हूं,
अमर जवान ज्योति जहाँ सदैव जलती है, मैं उस देश से आती हूं।

अनु बाफना

निवास : दुबई

संप्रति : कार्पोरेट ट्रेनर

विधाएं : कविता कहानी ग़ज़ल आदि

भाषाएं : हिंदी अंग्रेजी

प्रकाशन : हिंदी में दो संग्रह और कई साँझा संकलनों का हिस्सा, रेडियो व दूरदर्शन से भी रचनाएँ प्रसारित।

सह संपादक: 'यू.ए.ई' से प्रकाशित पत्रिका 'अनन्य' की सह-सम्पादिका।

काव्य पाठ संचालन : भारत, केन्या, दुबई, बहरीन, शारजाह, आबूधाबी

सम्मान : विभिन्न साहित्यिक संस्थाओं द्वारा सम्मानित

विशेष : गृहस्वामिनी की दुबई की ग्लोबल एम्बेसेडर

संपर्क : दुबई

मो. : +971 52 586 4634

ईमेल : anubafna@gmail.com

हिन्दुस्तान निराला है

यों तो सारी दुनिया मुझको,
लगे पुष्पों की माला है।
शस्य श्यामला कुमुद-ताल-सा,
हिन्दुस्तान निराला है।

देख तिरंगा भर जाता है,
रग-रग स्वाभिमान।
विजय ध्वनि-सी बज उठती है,
मन में होता गुमान।

मौलिक अधिकारों का रक्षक,
संविधान यह आला है।
शस्य श्यामला कुमुद ताल सा...।

आने वाला कल स्वर्णिम है,
समृद्ध है इतिहास।
आज को हमने खूब गढ़ा है,
सफल हुए हैं प्रयास।

मिट्टी से फौलाद बने हैं,
संघर्षों ने पाला है।
शस्य श्यामला कुमुद ताल सा...।

रंग रूप पहनावा-भाषा,
जाति का सम्मान।
हम भारत के, भारत अपना,
देश से है पहचान।

हाथ मिलेंगे, कदम बढ़ेंगे,
चखें अमृत का प्याला है।
शस्य श्यामला कुमुद ताल सा ...।

अनुनिधी

शिक्षा : कानपुर, आगरा और अलीगढ़ से

कार्यक्षेत्र : 25 वर्षों से शिक्षा के क्षेत्र में कार्यरत

निवास : क़तार

योगदान : विभिन्न विद्यालयों में हिंदी और संस्कृत के विभागाध्यक्ष के रूप में योगदान

विशेष रूचि: 'माँ की ममता' और 'देश भक्ति' पर कविता लेखन

पुरस्कार : नुक्कड़ नाटक, कविताएँ तथा कहानियाँ विद्यार्थियों द्वारा प्रस्तुति पर अंतरविद्यालयी प्रतियोगिताओं में प्रथम पुरस्कार।

उपलब्धियां: भारत के विभिन्न राज्यों के विद्यार्थियों के साथ-साथ कई अन्य देशों के भी विद्यार्थियों को भी हिंदी की शिक्षा।

संपर्क : क़तार
मो. : +97455324124

आज़ादी का अमृत महोत्सव और उसका भविष्य

ये हमारा भारत देश वो सोने की चिड़िया कहलाता था,
सिकंदर, बाबर, खिलज़ी व अंग्रेजों ने इसे लूटा, तितर-बितर किया,
और इसी बीच!! –
आपसी मत-भेद, ईर्ष्याइयों और बागियों ने जन्म लिया।
पर आज़ादी के परवानों ने उन्हें आगे ना बढ़ने दिया।
अठारह सौ सत्तावन में आज़ादी की प्रथम चिंगारी को सुलगा ही दिया।
लक्ष्मीबाई, तात्या टोपे सेना लेकर आगे बढ़े,
लक्ष्मी ने शमशीरों से घायल होकर, आज़ादी की चिंगारी को भड़का ही दिया।
फिर आई नई कूटनीति की लहर-
इसे फूट डालो शासन करो, अंग्रेजों ने नारा दिया।
इसने ना जाने कितने बलिदान लिए।
इस पर भी, इस पर भी-स्वतंत्रता संग्राम की चिंगारी
ना बुझी और ना मंद पड़ी।
चंद्रशेखर, भगतसिंह, राजदेव जैसे देशभक्तों ने फिर जन्म लिया।
शरफरोशी की तमन्ना को बड़ा सा रूप दिया।
जलियांवाला बाग की आंधी ने देशभक्तों के खून को और गरम किया।
अंग्रेजों भारत छोड़ो, स्वतंत्रता हमारा जन्मसिद्ध अधिकार है,
तुम मुझे खून दो-मैं तुम्हें आज़ादी दूँगा, इंकलाब जिंदाबाद नारों ने जन्म लिया।

सरोजनी, नेहरू व गाँधी की मुहिम अब शुरू हुई –
स्वदेशी अपनाओ, विदेशी जलाओ, हिंसा से नहीं अहिंसा से भगाओ।
अंत में उन्नीस सौ सैंतालिस में देश हमारा आज़ाद हुआ।
अंग्रेजों के पंजों से घायल माँ को आज़ाद किया।
धीरे–धीरे यह आधुनिक भारत बना, फिर मॉडर्न इंडिया बना।
अब अगले पच्चीस सालों में हम अपने भारत को,
फिर से सोने की चिड़िया बनाएँगे, हम इतने सशक्त बन जाएंगे।
दुश्मन की नज़र को उठने से पहले ही बंद कर डालेंगे।
हम सर्वशक्तिशाली, पूर्ण शिक्षित बन,
अपने देश को महान बनाएँगे।
आने वाले पच्चीस सालों में फिर से ये स्वर गूंजेगा –
जहाँ डाल–डाल पर सोने की चिड़ियाँ करती हैं बसेरा,
वो भारत देश है मेरा, वो भारत देश है मेरा।

जय हिन्द। धन्यवाद।

अनुपमा चतुर्वेदी

शिक्षा : स्नातकोत्तर (मार्केटिंग एकोनॉमिक्स और मैनिज्मन्ट, लखनऊ विश्वविद्यालय), हिन्दुस्तानी शास्त्रीय संगीत में स्नातक।

निवास : कुवैत

संप्रति : प्रोफेशनल इन्टीरीअर डिजाइनर, हैन्मैड जूलरी और इन्टीरीअर डैकॉर के मैक्रमै प्रोडक्टस का बिजनस।

प्रकाशन : कविता, लेख व कहानियां डिजिटल मैगजीन, सोशल मीडिया एवं प्रिन्ट मीडिया में प्रकाशित।

विशेष : अन्तर्राष्ट्रीय महिला काव्य मंच (कुवैत इकाई) की अध्यक्ष, अंतर्राष्ट्रीय प्रहरी काव्य मंच और राइटर्स फोरम कुवैत की स्थाई सदस्य, चतुर्वेदी महासभा की ग्लोबल शाखा की कोर टीम सदस्य, कुवैत में, कविताओं और अनेक अन्य प्रतियोगिताओं में जज और मुख्य अतिथि की भूमिका।

संपर्क : कुवैत
मो. : +965 99370834
ईमेल : Anuchat1827@gmail.com

पुलवामा के वीर

सेना पर सम्मान तो है, पर है दुःख भी
आखिर जान देते हैं, किसके लिए ये सिपाही
क्या देशप्रेम देता है जोश इन्हें
या कोई मजबूरी, जो सबसे है छिपाई

शहीद हुए जो सीने पर गोली खाकर
उनके नाम की याद भी, कभी न हमको आई
भूल जाते हैं उन्हें, अगले ही दिन हम
जिनके परिवारों की भी, जान पर बन आई

कल के शत्रु आज हुए मित्र, इन नेताओं के
जिनके आदेशों पर देते सैनिक, जान अपनी
जिनका अपना न देशप्रेम, न ईमान कोई
फैसलों पर उनके चढ़ गए बली, असंख्य सिपाही

क्यों भेजें हम अपने सपूतों को फ़ौज में
हर माँ ने जिन्हें पालने में, अपनी जान भरपाई
किसी का भाई, किसी का बेटा ही तो है
वर्दी में छुपा, किसी का तो नूर है

अनुराधा चन्दर

निवास : अमेरिका

प्रकाशन : चार किताबें प्रकाशित

सम्मान : 'सम्मानित नारी' का गौरव पुरस्कार प्राप्त

विशेष : अमेरिका में 'मेडिकल टरमानालॉजी' की डिग्री प्राप्त, 3 साल के बच्चों से लेकर 30 साल के विद्यार्थी को भी हिंदी भाषा और भारतीय संस्कृति की पहचान दी, अंतरराष्ट्रीय स्तर की प्रख्यात कवयित्री साहित्यकार कहानीकार लेखिका, टीवी रेडियो पर भी जाने का सौभ्याग प्राप्त।

संपर्क : अमेरिका
मो. : +845-416-5092
ईमेल : satishchandermd@gmail.com

विजय दिवस

जो अपने वतन से प्यार कर
अपनी जाँ देकर
जो अपने वतन के वास्ते
क़ुर्बान हो गये!

लिखी जाएगी उनकी दास्ता
सोने के लफ़्ज़ो में
जो देकर अपनी जाँ तिरंगे का
शृंगार हो गये!

आहुती प्राणों की देकर
इम्तहानी हो गये
युद्ध के बवंडरों में आग बन
पानी हो गये!

युद्ध में कर गये बलिदान
जो शीश का
नमन है उन वीरों को
जो अनमिट कहानी हो गये!

आराधना झा, श्रीवास्तव

विधाएँ : स्वतंत्र लेखन

प्रकाशन : रचनाएँ कई साझा संकलनों के साथ देश-विदेश की कई प्रतिष्ठित पत्र-पत्रिकाओं में प्रकाशित।

सम्मान : अपने मंच-संचालन, सृजन-संसार एवं प्रस्तुति हेतु विश्वभर की कई हिन्दी संस्थाओं से प्रशंसा प्राप्त, भारतीय भाषा, साहित्य और संस्कृति के संरक्षण, संवर्धन एवं संप्रेषण हेतु प्रयासरत।

उपलब्धि : संवाद-नाटिकाओं के लेखन, निर्देशन एवं अभिनय के साथ ही आलेख, समीक्षा, व्यंग्य, ग़ज़ल, भजन, गीत, हाइकु, जोगीरा, समेत छंदबद्ध एवं मुक्त छंद में कविता लेखन।

संपर्क : सिंगापुर
मो. : +65 8121 8551
ईमेल : jhaaradhana@gmail.com

जिस देह में बसते देश कई...

नीली कश्मीरी आँखों ने
आज़ाद सा ख़्वाब सजाया था,
जब वीर मराठों ने माथे
केसरिया तिलक लगाया था।

उत्तर के उजले हिम से पिघल
जब गंगा नीचे आती है,
पंजाब की बलिदानी धरती,
धानी सी चुनर लहराती है।

मरु से तपती तलवार प्रखर
रजवाड़ी शान कहाती है
बंगाल की माँग में सिंदूरी
क्रांति की लाली सजाती है।

तब लाल किले की प्राचीरें
जन मन की धुन बिखराती है
दिल बनकर बसी हुई दिल्ली
आज़ादी याद दिलाती है।

दे ख़ून मुझे, आज़ादी लो
नारा नेताजी लगाते हैं

सुखदेव, भगत, आज़ाद, पटेल,
माटी को तिलक बनाते हैं।

हे ब्रह्मपुत्र तेरे पानी में
दांडी का नमक घुल जाता है
एक मोहन चंपारण आकर
महात्मा बनकर जाता है।

जहाँ राजमहल के राजकुंवर
पा ज्ञान शुद्ध हो जाते हैं
उस गया की पावन धरती पर
सिद्धार्थ बुद्ध बन जाते हैं।

गंगा की हर हर काया में
काशी जब भस्म लगाती है
उज्जैन की ओजस्वी धरती
महाकाल का वंदन गाती है।

अपने आलय जाकर मेघा
जब राग मल्हार सुनाता है
रोम रोम इस धरती का
प्रेम से भीग जाता है।

आकाश कुसुम सी कावेरी
कितनों का मन ललचाती है
अपनी कंचन की काया से
सीमाएँ छूकर जाती हैं।

ईश्वर के अपने ही घर में
जब शारद सुर में गाती हैं
दक्षिण की कन्या पुलकित हो
हिंदसागर गले लगाती है।

माला के मोती से बिखरे
कुछ द्वीप सुदूर मुस्काते हैं
जय हिंद के नारे लगा रहे
हिंद में ही गोते खाते हैं।

है बाँह पसारे सागर में
माँ भारती प्रेम लुटाती है
रिपु लिपटे तन से काँटों से
उन पर भी स्नेह लुटाती है।

धरती-अंबर परिवार मेरा
ये भाव भारती लाती है
जिस देह में बसते देश कई
उसे एक गणतंत्र बनाती है।

आराधना मिश्रा

मूल निवास : बनारस, भारत

निवास : मॉरिशस

शिक्षा : बी ए

संपर्क : मो.: +2305861191

ई-मेल : pt.aradhanaw|@gmail.com

भारत माता

हे जग जननी, हे भारत माता
हे जग जननी, हे भारत माता

यहीं राम हुए, यही श्याम हुए
एक मर्यादा की, एक धर्म की राह बताए।
यहीं बुद्ध जगे, यहीं महावीर हुए
एक ध्यान दिए, एक वैराग की अलख जगाए।
यहीं गंगा है, यहीं यमुना है
सब धर्मों को मिल के रहने की राह बताए।
यहीं आजाद हुए, यही भगत महान हुए
मातृभूमि को देकर प्राण बलिहारी जाए।
यहीं त्योहारों में होली दीवाली दूज दशहरा
यहीं नवरातो में मैया की ज्योत जलाए।
शब्दों में तुझे गढ़ ना पाऊँ
बस इतना कह तुझे शीश नवाऊँ

हे जग जननी, हे भारत माता
हे जग जननी, हे भारत माता।

अर्चना पंडा

जन्म	:	भारत
निवास	:	अमेरिका
शिक्षा	:	इंजीनियरिंग एवं एम.बी.ए (भारत)
संप्रति	:	वेल्स फ़ार्गो बैंक में कार्यरत
रुचि	:	कविता लेखन, गायन, वादन, नृत्य एवं साहित्य का पठन-पाठन
संस्थापक	:	'सृजनी',
अध्यक्ष	:	'विश्व हिंदी ज्योति' नामक संस्था की अध्यक्ष
विशेष	:	यू-ट्यूब एवं फेसबुक पर इनकी रचनाओं को मिलियन से अधिक बार देखा गया, टी.वी, रेडियो एवं कई प्रसिद्ध आयोजनों में एक सफल एंकर के रूप अपना नाम किया, बे एरिया के कई सामाजिक संस्थानों में हिन्दी अध्यापन, अमेरिका में हिन्दी के प्रचार में योगदान।
संपर्क	:	अमेरिका मो. : +1 (408) 307-6645 ईमेल : panda_archana@yahoo.com

इक चिट्ठी तेरे नाम

अमरीका की मिट्टी से इक चिट्ठी तेरे नाम
गंगा और तिरंगा वाली धरती तुझे प्रणाम।

विद्या, बुद्धि, विवेक, ज्ञान का धन भारत से पाकर,
कंप्यूटर में अमरीका बन गया आज सरनाम।

स्वच्छ रहे घर गली मुहल्ला स्वच्छ रहें सबके मन,
जब तक हर सू साफ न होगा करना मत आराम।

दिया विश्व को योगदिवस का जिसने अनुपम तोहफा,
विश्वगुरु उसको मानें उसको हर तीरथ धाम।

आओ डिजिटल इंडिया का सपना साकार करें हम,
जहाँ सुबह हो समरथ-शाली वैभवशाली शाम।

सवा अरब गण वाला अपना है गणतंत्र निराला,
शुभ गणतंत्र-दिवस पर सबको सौ-सौ बार सलाम।

डॉ. आरती लोकेश

निवास : दुबई

शिक्षा : अंग्रेज़ी-हिन्दी दोनों विषयों में स्नातकोत्तर, हिन्दी में गोल्ड मैडलिस्ट।

संप्रति : वरिष्ठ मुख्याध्यापिका (यू.ए.ई)

प्रकाशन : (17 पुस्तकें प्रकाशित)-रोशनी का पहरा, कारागार, निर्जल सरसिज, ऋतम्भरा के सौ द्वीप, काव्य-रश्मि, छोड़ चले कदमों के निशाँ, प्रीत बसेरा, षड्गंधा, रघुवीर सहाय के गद्य में सामाजिक चेतना, झरोखे, साँच की आँच।

सम्मान : अप्रवासी हिन्दी साहित्य सृजन सम्मान, काव्य विभूषण, महाकवि प्रो हरिशंकर आदेश साहित्य सम्मान, रंग राची सम्मान, शब्द शिल्पी भूषण सम्मान, प्रज्ञा सम्मान, निर्मला स्मृति हिन्दी साहित्य रत्न सम्मान, प्रवासी भारतीय समरस श्री साहित्य सम्मान।

विशेष : अमेरिका, यू.ए.ई. तथा भारत की कई पुस्तकों, पत्र-पत्रिकाओं तथा शोध जर्नल की संपादक।

संपर्क : दुबई
मो.: +971504270752
ईमेल : arti.goel@hotmail.com

प्रवासी भारतीय! सुन जाना तुम!

इस माटी से विकसा तन, मन जुड़ा इसी प्रकृति से,
इस भू से है नाल जुड़ी, विचार पोषित हैं संस्कृति से।
माता-पिता के संस्कारों को हरदम शीश नवाना तुम,
देश का नाम बढ़ाना तुम, देश का मान बढ़ाना तुम।

सात-समुंदर पार की धड़कन, यहाँ स्पंदित होती है,
देवी-आशीष को फलता देख, धरिणी आनंदित होती है,
शीश-शीर्ष बिठाया पुत्र, हृदय से न झर जाना तुम,
देश का नाम बढ़ाना तुम, देश का मान बढ़ाना तुम।

सुविधा-संपन्न विदेशी मकान, बड़ी खुशी की बात है,
देसी घर में छूटे जिनकी, वय ढलती जर्जर गात है।
राह टकटकी बाँधे आँखें, फिर-फिर के घर आना तुम,
देश का नाम बढ़ाना तुम, देश का मान बढ़ाना तुम।

शिक्षा ने आधार दिया, धन-संचय का व्यापार दिया,
खाने-ओढ़ने का सामान, बहु प्रकार अपरंपार दिया।
स्वदेस के पिछड़े हुओं को, आकर गले लगाना तुम,
देश का नाम बढ़ाना तुम, देश का मान बढ़ाना तुम।

परदेश में बहुत तरक्की है, देश में धक्का-मुक्की है,
रक्त-स्वेद की आय से, चलती घर भर की चक्की है।

लहू में बहते लाल वर्ण को श्वेत न कर जाना तुम,
देश का नाम बढ़ाना तुम, देश का मान बढ़ाना तुम।

धोती छोड़ पहन ली पैंट, फूल छोड़ छिड़के हैं सैंट,
वृद्धों के चरण-स्पर्श करो, तो न आन में मानो डेंट।
ऋतु बदले, बदलें विचार, लेकिन बदल न जाना तुम,
देश का नाम बढ़ाना तुम, देश का मान बढ़ाना तुम।

बच्चे भी घर से दूर हुए, भले दृग के कोहिनूर हुए,
दादी-नानी बुआ-मौसी सब, मिलने से मजबूर हुए।
अंग्रेज़ी गिट-पिट करें मगर, हिंदी भी सिखलाना तुम,
देश का नाम बढ़ाना तुम, देश का मान बढ़ाना तुम

प्रवास वहीं आवास वहीं, पर जीवन का विश्वास यहीं,
समृद्धि है प्रसिद्धि भी, आनंद-उपजी न श्वास कहीं,
काम हेतु परदेश बसे, पर देश के काम भी आना तुम!
देश का नाम बढ़ाना तुम, देश का मान बढ़ाना तुम।

विदेश-स्तुति कितनी-करो, स्वदेश-निंदा जितनी करो,
मात्र उन्नति के हित तोल, वाणी प्रयोग उतनी करो,
सहार कर अर्थ का ढाँचा, रीढ़ सुदृढ़ करवाना तुम!
देश का नाम बढ़ाना तुम, देश का मान बढ़ाना तुम।

लक्ष्य-संधान अभी करना, जी-भर काम सभी करना,
मातृभूमि की गोद में, थक के विश्राम कभी करना,
इस धरती की उर्वरा में, अंत में रम जाना तुम!
देश का नाम बढ़ाना तुम, देश का मान बढ़ाना तुम।

आरती सिंह

निवास : दोहा क़तार

संप्रति : स्वास्थ्य कल्याण में व्यवसाय उद्यमी

विशेष : कवयित्री, एन.आई.ए हिंदी टोस्ट मास्टर्स मेम्बर

संपर्क : दोहा क़तार

मो. : +974 5531 6044

15 अगस्त की तारीख़

ओ अगस्त कि 15 तारिख, मुझको तुझसे प्यार है,
ब्रिटिश हुकूमत की, समाप्ति का यह दिन दावेदार है।

इस दिन हम आजाद हुए थे, यह विश्व विदित विख्यात है,
ओ अगस्त के 15 तारीख, मुझको तुझसे प्यार है।

आओ, सब मिल याद करे, हम उन पुरखों दीवानों को,
शमा ऐ वतन पर हुए न्योछावर, उन बाँके परवानों को।

भुला दिया उनको यदि हमनें, तो भारत बर्बाद है
ओ अगस्त कि 15 तारीख़ मुझको तुझसे प्यार है।।

अरुणा सब्बरवाल

निवास : ब्रिटेन

प्रकाशन : कहानी 'वे चार पराँठे' पत्रिका 'नया ज्ञानोदय' में प्रकाशित, अनेकों कहानियाँ अन्य साहित्यिक पत्रिकाओं जैसे कि वागर्थ, कथाकर्म, संचेतना, आधारशिला, वर्तमान साहित्य और सरिता आदि में प्रकाशित। ***कविता संग्रह***-साँसों की सरगम, बाँटेंगे चंद्रमा। ***कहानी संग्रह***- कहा-अनकहा, वे चार पराँठे, उडारी, प्रवासी कथाकार शृंखला, रॉकिंग चेयर

उपलब्धियां : राष्ट्रीय एवं अंतर्राष्ट्रीय मंचों जैसे बरमिंघम, नॉटिंघम, लंदन, न्यूजर्सी, न्यूयॉर्क, कनाडा, दिल्ली, गाज़ियाबाद, यमुनानगर, लखनऊ आदि में आयोजित साहित्यिक आयोजनों, सम्मेलनों एवं कवि गोष्ठियों में सक्रिय भागेदारी।

सम्मान : साहित्यिक संस्कृत परिषद मेरठ, अक्षरम 7 वां अंतरराष्ट्रीय हिन्दी उत्सव, अखिल भारतीय मंचीय कवि पीठ, उतर प्रदेश, मान-पत्र, उच्चायोग लंदन, बर्मिंघम विशिष्ट सम्मान से अलंकृत।

संपर्क : लंदन, ब्रिटेन
मो. : +447557944220
ईमेल : arun.sabharwal45@gmail.com

पंद्रह अगस्त

आज़ादी को सूरज चमका
ले कर प्रकाश आया हैं
बलिदानों की याद दिलाने
आया पंद्रह अगस्त,
फिर आया है।

देता है एहसास धर्म का
त्याग, प्रेम, बलिदान का
बिगुल बजा कर, समरसता का
देता संदेश आन-मान का
प्यार, त्याग और बलिदान की
कथा सुनाने आया है।
आया पंद्रह अगस्त, फिर आया है।

छाया जब-जब मेरे देश पर
कड़कती बिजलियों का प्रहार
लहरा के तिरंगा, बापू ने
फैलाया जन-जन में प्यार
आज वही भारत की झोली में
ख़ुशियाँ बरसाने आया है।
आया पंद्रह अगस्त, फिर आया है।

बना रहेगा, स्वर्ग देश हमारा
संकल्प यही, हमारा है
सत्यमेव जयते, सत्यमेव जयते
यही हमारा नारा है
भेद भाव को जड़ से मिटाने
पुण्य पर्व फिर आया है
पंद्रह अगस्त आया फिर आया है।

नहीं छीन कर, धन ग़ैरों का
हम हुए नहीं धनवान
रंग लाया है, आज धरा पर
मानवता का बलिदान
जन-जन को आलौकिक करने
अभियान अहिंसा आया है।
आया पंद्रह अगस्त, फिर आया है।

निर्धन की आँखों के सपने
अब होंगे साकार सभी
नहीं खोएँगे संस्कृति हमारी
नहीं झुकेगा शीश कभी
बड़ी शान से लाल क़िले पर
राष्ट्र ध्वज, लहराया है।
आया पंद्रह अगस्त, फिर आया है।

आठ दशक हुए आज़ादी को
किया कभी क्या आत्म निरीक्षण
धर्म, जात-पात का भेद भाव
मिटा न अब तक वो उत्पीड़न

महँगाई हर रोज़ बढ़ रही
निर्धन भूखा सोता है
हर साँसों में झूठ झलकता
सच पल-पल रोता है, यही मसीहा आया है
आया पंद्रह अगस्त, फिर आया है।

आशीष कपूर

जन्म : गुरुग्राम, हरियाणा

निवास : नीदरलैंड्स

शिक्षा : दिल्ली विश्वविद्यालय से आई.टी. में इंजिनीयरिंग और बिरला इंस्टिट्यूट ऑफ टैक्नोलॉजी एंड साइंस (B.I.T.S) पिलानी से सॉफ़्ट्वेर सिस्टम्ज़ में एम. एस.

संप्रति : टाटा कंसल्टेंसी सर्विसेज़ (टी.सी.एस.) में कार्यरत।

रुचि : खेल, व्यायाम एवं फ़िट्नेस में विशेष रुचि।

विशेष : 2019 में रॉटरडैम और एम्स्टर्डम में पूर्ण मैराथन (42.2 किलो मीटर), दौड़ चुके हैं।

लेखन : हिंदी और अंग्रेजी में कविता लेखन।

प्रकाशन : कविताएँ व गद्य विभिन्न पत्रिकाओं जैसे विश्वरंग (अंतर्राष्ट्रीय पत्रिका), घर्भनाल, इत्यादि व काव्य संग्रह जैसे 'सरहदों के पार, खिलते हैं गुल यहाँ' में प्रकाशित।

संपर्क : नीदरलैंड
मो. : +31616708829
ईमेल : k.ashlsh.1982@gmail.com

क्या यही था मेरा हिंदुस्तान

बस यूहीं एक दिन सोचा ...
क्या यही था मेरा हिन्दुस्तान।

यहाँ दुःख से तो कभी मुस्कुराहट से आँखें सभी की हैं नम,
फिर भी न जाने हर कोई क्यों बाँटता फिर रहा है अनेक गम।

कोई आवाज़ प्यार की, पल में ही नफ़रत में बदल जाती है,
हर वक्त है भागमभाग, फ़ुरसत अब महंगाई में गिनी जाती है।

इस वक्त की हेरा फेरी में, उलझे तुम सब चारों ओर यहाँ,
लेकिन मैं अब भी सोच रहा, क्या यही था मेरा हिन्दुस्तान।

यहाँ भाई-भाई थे हिन्दू-मुस्लिम, सब लगते थे इन्सान,
प्रेम से मिलते, हसते गाते, था हर कोई एक समान।

प्यासे अब सब हैं घूम रहे, लेना चाहें बस जान,
मारें-काटें, खून बहाएं, क्यों बन गए सब हैवान।

इस खून की बहती नदियों में, प्यासे सब चारों ओर यहाँ,
लेकिन मैं अब भी सोच रहा, क्या यही था मेरा हिन्दुस्तान।

वैसे तो अपना देश बड़ा, और मुद्दे कई बड़े हैं,
छोटा सा मेरा एक सवाल, जिस पर सब लोग अड़े हैं।

मंदिर मस्जिद पहले भी थे, वे अब भी वहीं खड़े हैं,
इक भूमि के पीछे फिर क्यों, अब भी लोग पड़े हैं।

इस छोटी सी भूमि के, टुकड़े सब चाहें और यहाँ,
लेकिन मैं अब भी सोच रहा, क्या यही था मेरा हिन्दुस्तान।

देश मेरे की देख यह हालत, हर अश्क़ मेरा यह कहता है,
बोले हिन्दू मुस्लिम फिर से, हर घर मेरा भाई रहता है।

चाहे मज़हब हों अलग-अलग, पर ख़ून हिन्द का बहता है,
मंदिर मस्जिद, कोई फ़र्क नहीं, हर द्वार तिरंगा रहता है।

जय हिन्द!!!

आशीष मिश्रा

विधाएं : हिंदी कविता व कहानी लेखन

निवास : गत 14 वर्षों से लंदन में

कार्यक्षेत्र : सॉफ्टवेयर आर्किटेक्ट

प्रिय विषय: राम पर लेखन

प्रकाशन : काव्य संग्रह 'मेरी कविता मेरे भाव' 2019 में प्रकाशित, 3 साँझा काव्य संग्रह और 2 कहानी संग्रह।

सम्मान : विश्व हिंदी साहित्य परिषद द्वारा हिंदी प्रज्ञा सम्मान, साहित्य सेतु परिषद द्वारा साहित्य श्री, काव्य वैभव सम्मान

संपर्क : लंदन
मो. : +44 7598 271166
ईमेल : ashishwyMishra@gmail.com

माँ मैं तुझ पर क्या लिखूँ

मातृभूमि से दूर कहीं पर
नमन हिंद दिन रात करूँ

भारत माँ पर कविता लिखूँ
भगत सिंघ आज़ाद लिखूँ
कलम उठा भावों में भर
लिखता भारत की सुंदरता
और तिरंगा छू कर देखूँ
लगता मुझको मलमल-सा
रेशम के धागे से बनकर
खड़ा हिमालय में तनकर
भरता क्षण में पौरुष सब में
छूता मानो वह दिनकर
नतमस्तक हूँ ऐसे ध्वज तल,
धरती पर आकाश लिखूँ
मातृभूमि से दूर कहीं पर, नमन हिंद दिन रात करूँ
भारत माँ पर कविता लिखूँ, भगत सिंघ आज़ाद लिखूँ।।

हल्दीघाटी ने लिखा है
वीर बहादुर राणा
क्या होता है पवन वेग
चेतक लिख कर ही जाना

या तो दुर्गा को लिखा
लिखा झाँसी रानी
बाँध शिशु को तन से अपने
ख़ूब लड़ी मर्दानी
ऐसे वीरों की गाथा का
बोलो कितना अनुवाद लिखूँ
मातृभूमि से दूर कहीं पर, नमन हिंद दिन रात करूँ
भारत माँ पर कविता लिखूँ, भगत सिंघ आज़ाद लिखूँ।।

गंगा-सी स्याही बन जाती
जब भी लिखता वीर सुभाष
राज गुरु, सुखदेव कलम से
आ जाते हैं मेरे पास
बिस्मिल का बिस्मिल्ला लिखूँ
या क़लाम का नाम लिखूँ
हिंदुस्तान जभी लिखूँ
हाँ, गांधी का 'हे राम' लिखूँ
बोल शहीदों का कितना,
बार बार उपनाम लिखूँ
मातृभूमि से दूर कहीं पर नमन हिंद दिन रात करूँ
भारत माँ पर कविता लिखूँ भगत सिंघ आज़ाद लिखूँ।।

बासठ का बलिदान लिखूँ
या इकहत्तर का गौरव
निकट कारगिल का साहस
है विकट शौर्य और वैभव
लिख दूँ सारे अलंकार
उनके चरणों के आगे

जिनके घर के किसी चिराग़ ने
प्राण देश पर त्यागे
अक्षुण्ण हमारी सेना का
अंतहीन सोपान लिखूँ
भारत माँ के एक मंत्र
जन गण मन का गान लिखूँ
अगर लहू से लिखना हो तो,
जय हिंद का उन्माद लिखूँ
मातृभूमि से दूर कहीं पर नमन हिंद दिन रात करूँ
भारत माँ पर कविता लिखूँ, भगतसिंह या आज़ाद लिखूँ।।

आशीष शर्मा

निवास : नवंबर 2012 से मेदान, इंडोनेशिया में

शिक्षा : एमबीए (गोल्ड मेडलिस्ट), स्नातक इंजीनियर और अनुभवी पेशेवर

प्रकाशन : चार काव्य पुस्तक

सम्मान : यूके के वर्ल्ड बुक ऑफ रिकॉर्ड्स डब्ल्यू.बी.आर द्वारा विश्व रिकॉर्ड धारक, सीजीआई मेडन द्वारा 'प्राउड इंडियन अवार्ड' से सम्मानित।

विशेष : प्रसिद्ध कवि और गायक, म्यूजिक एल्बम 'My World of Dreams' मशहूर म्यूजिक प्लेटफॉर्म शेमारू पर रिलीज, पर्यावरण पर 100 दिनों में 100 कविताएं लिखकर कविता के क्षेत्र में यूके के वर्ल्ड बुक ऑफ रिकॉर्ड्स डब्ल्यू.बी.आर द्वारा विश्व रिकॉर्ड धारक, साहित्यिक गैर-लाभकारी संगठन LPGI SAHiiiTYA एसोसिएशन (Regd) LPGISA के founder और Global Chairman

संपर्क : मेदान, इंडोनेशिया
मो. : +62 811 6140623
ईमेल : ashishmeenu911c@gmail.com

आज़ादी और नव-चेतना

आज़ादी तेरी आन का सदक़ा,
मातृभूमि के मान का सदक़ा,
भारत माँ की जय का नारा,
शंखनाद से हो जयकारा,
जन-जन जागे,
कण-कण जागे,
रोम-रोम में ज्वाला जागे,
बच्चा-बच्चा दे हुंकारा,
लाओ कहीं से वो चेतना,
नव-साधना, नव-प्रेरणा।

आज़ादी की राहों में,
कोई आँच न आने देंगे हम,
मर जाएंगे मिट जाएँगे,
राष्ट्र न मिटने देंगे हम,
आज़ादी की ख़ातिर,
अपने प्राणों की क़ुरबानी दें,
देश की ख़ातिर जन्मे हैं,
और देश पे जान लुटा भी दें,
लाओ कहीं से वो चेतना,
नव-साधना, नव-प्रेरणा।

आज समय है एक हो जाएँ,
जात भूल कर, प्रांत भूल कर,
एक भारत का बिगुल बजाएँ,
आज समय है कुछ कर जाएँ,
वीरों की अमर शहादत का,
अपने लहू से क़र्ज़ चुकाएँ,
मिली आज़ादी बलिदानों से,
आओ मिल कर शीष निवाएँ,
लाओ कहीं से वो चेतना
नव-साधना, नव-प्रेरणा।

आशीष कुमार श्रीवास्तव

जन्मस्थान : गोरखपुर, उ. प्र., भारत

निवास : जापान

शिक्षा : B.Pharm, CAIIB

विधाएँ : कविता, शायरी, लघु कथाएं

सेवाकाल : 14 वर्ष से बैंक में कार्यरत

प्रकाशन : मिली जब प्रबंधकी हमें, द सेकेंड इनिंग क्लब।

सम्मान : श्री अमिताभ बच्चन जी द्वारा सम्मानित (स्व. डॉ. हरिवंश राय बच्चन की स्मृति में कविता पाठ करने के लिए)

संपर्क : जापान
मो. : +81 7091404082
+91 9404881516 (only WhatsApp)
ईमेल : ashish.srivastava861@gmail.com

कैसे छोड़ आऊँ मैं अपना घर

जहाँ रखी है बाबा की बेंत की छड़ी
और चश्मा, एक कुर्ता है खादी का,
एक टूटा हुआ फ़्रेम है जिसमें फ़ोटो है उनका और दादी का,
जहाँ आज भी कुछ पुरानी तारीख़ों का अख़बार रखा है,
जंग लगे लोहों का और सड़ चुकी लकड़ियों का अंबार रखा है।
ढूँढने पर हर कोने में मिल ही जाता बचपन मगर,
कैसे छोड़ आऊँ मैं अपना घर
मैं कैसे छोड़ आऊँ अपना घर।।

जहाँ धूप रहती है शाम तक और हवा आती है अंदर तक,
घर में चले आते हैं चिड़िया, गिलहरी, बिल्ली और बंदर तक,
कुछ टूटे हुए दिये आज भी रोशनी देते हैं रोशनदान से,
आम के अचार की ख़ुशबू अब भी आती है ख़ाली मर्तबान से,
जीने के नीचे रखा है आज भी टीन का कनस्तर,
कैसे छोड़ आऊँ मैं अपना घर
मैं कैसे छोड़ आऊँ अपना घर।।

जिसकी छत पर पतंगों से हम आकाश घूम लेते थे,
पापड़ सुखाती माँ की पीछे से आँखे मूँद लेते थे।
जहाँ आज भी पुराने कपड़े दे के नए बर्तन ख़रीदे जाते हैं,
जहाँ आज भी हम सब कभी कभी छत पे बिस्तर बिछाते हैं,
और मोहल्ले भर की पंचायत होती है रात भर,

कैसे छोड़ आऊँ मैं अपना घर
मैं कैसे छोड़ आऊँ अपना घर।।

जिस आँगन में बड़े भैया का तिलक चढ़ा था,
जिस आँगन में मैं नए कपड़ों के लिए लड़ा था।
जिस आँगन में माँ गेहूँ धुल के सुखाती थी,
जिस आँगन में वो बैठ स्वेटर भी बनाती थी।
धुँधला सा पर सुनहरा जो वो कल था,
मोटर तो आज लगी है, पहले वहाँ एक नल था।
जिस आँगन में पिताजी चिरनिद्रा में सोए थे,
उसी आँगन में उनसे लिपटकर हम घंटो घंटो रोए थे।
जो सुकूँ है उस आँगन में वो कहीं और नहीं मयस्सर,
कैसे छोड़ आऊँ मैं अपना घर
मैं कैसे छोड़ आऊँ अपना घर।।

अशोक सिंह

जन्म : उत्तर प्रदेश, भारत

निवास : अमेरिका

शिक्षा : इंजीनियरिंग में स्नातक (रुड़की विश्वविद्यालय, अब IIT), कंप्यूटर विज्ञान में स्नातकोत्तर (न्यूयॉर्क विश्विद्यालय)

सम्प्रति : वरिष्ठ सूचना प्रौद्योगिकी पद पर (न्यूयॉर्क)

प्रकाशित कृतियाँ : फिर वसंत आए (काव्य संग्रह), ख़्वाब कोई बिखर गया (ग़ज़ल संग्रह) काव्य तरंग (काव्य संकलन), अमेरिका के चुने हुए 16 कवियों की कविताओं का संकलन व संपादन, एक शेर अर्ज़ किया है (शताब्दी संकलन)।

विशेष : हिन्दी भाषा एवं साहित्य से सम्बंधित अमेरिका की विभिन्न संस्थाओं से जुड़े, अनेक वर्षों तक भारत से आमंत्रित शीर्ष कवियों को लेकर कवि सम्मेलनों के सफल आयोजन एवं प्रबंधन, अनेक वर्षों से न्यू यॉर्क क्षेत्र में बहुचर्चित तरंग काव्य गोष्ठी के संस्थापक और संचालन कोविड समय में शुरू किया अब सुप्रसिद्ध, अंतर्राष्ट्रीय तरही मुशायरा 'एक शे'र अर्ज़ किया है' के संस्थापक और संयोजक।

संपर्क : अमेरिका
मो. : +1 (516) 695-5544
ईमेल : ashokgsingh@gmail.com

है शुक्र हम आज़ाद हैं

है शुक्र हम आज़ाद हैं
है शुक्र हम आबाद हैं
है शुक्र ज़ारी ये सफ़र
है शुक्र हम हैं हमसफ़र।
है शुक्र देखी ही नहीं
हमने ग़ुलामी रूबरू
पैदा हुए जब हम तभी
आज़ादी थी हर कू-ब-कू
पूछा कभी माँ बाबा से
या फिर कि दादी दादा से
क्या होते इसके मायने
मालिक हों अपनी मर्ज़ी के
जब मुल्क में सब अपने हों
आँखों में अपने सपने हों
बंदिश न हो अरमानों पर
हो रोक ना इंसानों पर
बंदिश न कोई धर्म पर
बंदिश न कोई जाति पर
अपने नियम कानून हों
जीने के अपने जुनून हों
आज़ाद हो अपना वतन
आज़ाद हो हर इक चमन

आज़ाद हर इंसान हो
आज़ाद मन और जान हो
आज़ाद प्याला जाम हो
आज़ाद हर इक शाम हो
आज़ाद ज़ुल्फें खुल सकें
आज़ाद दिल की धड़कनें
आज़ाद हो दिल का लहू
आज़ाद हर कुनबा औ' ख़ू
आज़ाद ये महताब हो
आबाद हर इक ख़्वाब हो
आज़ाद रांझें हीर हों
आज़ाद ये कश्मीर हो
हम सब हों इसके पासबाँ
अपना ये हो हिंदोस्ताँ।
आज़ादी के भी फ़र्ज़ हैं
बाशिंदों पर जो कर्ज़ हैं
आज़ादी का जानें सबब
समझें औ मानें इसको सब
ईमाँ न गिरवी रख दें हम
सच्चाई का ऊँचा हो दम
विश्वास जन-जीवन में हो
विश्वास अपने मन में हो
किरदार हों सच्चे यहाँ
रिश्वत न कोई ले जहाँ
मर्ज़ी न दौलत मंदों की
या उनके गोरखधंधों की
ज़ाती या सरकारी नहीं
हो चोर बाज़ारी नहीं

कोई न अत्याचार हो
नारी न संग व्यभिचार हो
सौदे न कोई जिस्म के
हैवान न किसी किस्म के
मेहनत मशक्कत काम हो
और रोज़गारी तमाम हो
तकनीक हो विज्ञान हो
और चंद्र मंगल यान हो
खंजर न सीनों पर चलें
मजहब सभी फूलें फलें
पूजा औ प्रेयर ध्यान हो
अरदास हो औ अजान हो
इंसान ही इंसान हो
दुनिया में इज़्ज़त मान हो
इस मुल्क का सम्मान हो
ऐसा ये हिंदोस्तान हो
अपना ये ख़ूब जहान हो
अपना ये हिंदोस्तान हो
है शुक्र हम आज़ाद हैं
है शुक्र हम आबाद हैं
है शुक्र ज़ारी ये सफ़र
है शुक्र हम हैं हमसफ़र।

आशुतोष कुमार

प्रकाशन : 'नवरचना काव्य संग्रह' (साँझा संकलन), 'कहकशाँ-ए-ग़ज़ल' (साँझा ग़ज़ल संग्रह), 'उँगली कंधा बाजू गोदी' (पिता पर आधारित साझा ग़ज़ल संग्रह), 'ग़ज़ल दुष्यंत के बाद', सम्पूर्ण विश्व के चुनिन्दा शायरों के उद्धरणीय शेरों के संग्रह 'गुहर-ए-नायाब' में शेर प्रकाशित, साहित्य अकादमी की प्रवासी साहित्य प्रकाशन के अन्तर्गत साँझा संकलन।

पुरस्कार/ सम्मान :भारतीय उच्चायोग लंदन द्वारा पाण्डुलिपि 'विश्रांति के पल' को 2019 का डॉ. लक्ष्मीमल्ल सिंघवी सम्मान एवं अनुदान, शिविका अंतर्राष्ट्रीय द्वारा कराये गए अंतरराष्ट्रीय काव्य प्रतियोगिता विजेता, रचनाकार संस्था द्वारा 2021 में 'रचनाकार भूषण सम्मान', साहित्य सेतु परिषद, गुजरात द्वारा 2022 में 'साहित्य सेतु काव्य वैभव सम्मान', हिन्दी अकादमी, मुंबई द्वारा अंतरराष्ट्रीय साहित्य सेतु सम्मान (2023), पार्लियामेंट हाउस, लंदन में सम्मानित (2023), कथा यूके द्वारा अंतरराष्ट्रीय साहित्य सेतु सम्मान।

संपर्क : **यू के**
मो. : +44 7423 019034
ईमेल : Aasu.kr@gmail.com

भारत हूँ, आज़ाद हूँ

भारत हूँ, आज़ाद हूँ मैं,
विश्वगुरु का शंखनाद हूँ मैं!
शेष नाग के फन पे बैठी,
धरणी की बुनियाद हूँ मैं!

क्या करेंगे आततायी बर्बाद मुझे,
लहलहाते खेंतों से आबाद हूँ मैं!
दुश्मनों से कभी भयभीत नहीं,
रोम रोम फ़ौलाद हूँ मैं!

असुरों से निकला संताप नहीं,
ऋषि मुनियों की औलाद हूँ मैं!
हिमालय से कन्याकुमारी तक,
पुरुषार्थियों की तादाद हूँ मैं!

प्रान्तों की विविध भाषाओं में,
एक दूसरे का अनुवाद हूँ मैं!
विश्व पटल पर देशों में उठते,
विवादों के बीच संवाद हूँ मैं!

सिर्फ कलियुग की चीत्कार नहीं,
त्रेता सतयुग की याद हूँ मैं!
बस अग्नि तेजस चंद्रयान नहीं,
सप्तर्षि ध्रुव प्रहलाद हूँ मैं!

बस तुलसी मीरा कबीर नहीं,
हर पंथ का आशीर्वाद हूँ मैं!
केवल बौद्ध जैन सिख धर्म नहीं,
सनातनी आध्यात्मवाद हूँ मैं!

सिर्फ गंगा यमुना की धार नहीं,
हिन्द सागर का उन्माद हूँ मैं!
बस मंदिर मस्जिद चर्च नहीं,
कण कण में बसा आह्लाद हूँ मैं!

भारत हूँ, आज़ाद हूँ मैं,
विश्वगुरु का शंखनाद हूँ मैं!
शेष नाग के फन पे बैठी,
धरणी की बुनियाद हूँ मैं!

डॉ. आस्था नवल

जन्म : दिल्ली

शिक्षा : स्नातक, स्नातकोत्तर (दिल्ली विश्वविद्यालय), पी एच डी (जामिया मिलिया विश्वविद्यालय)

निवास : वर्जीनिया

प्रकाशन : आस्था की डायरी, लड़की आज भी' (प्रथम काव्य संकलन), विस्थापित मन (काव्य संग्रह), साहित्य अमृत, विश्वा, गर्भनाल, हिन्दी जगत, गगनाँचल जैसी प्रख्यात पत्र पत्रिकाओं में कविता और लेख द्वारा निरंतर योगदान।

सम्मान : हिन्दी प्रज्ञा सम्मान।

विशेष : प्रति माह चार कवि गोष्ठी का आयोजन कर अमेरिका और कनाडा के कवियों का सम्मेलन, स्कूल कॉलेज में कई एकांकी, नृत्य नाटिका, महाकाव्य प्रस्तुति और आधुनिक नाटकों में अभिनय, दिल्ली की संस्था 'एटेलियर' की संस्थापक सदस्य, 2007 में वाशिंगटन डी सी के फ्रिंज फेस्टीवल में 'आय एम सैम' नामक नाटक में भी अभिनय।

संपर्क : वर्जीनिया
मो. : +1 (703) 887-7035
ईमेल : asthanaval@gmail.com

स्वतंत्रता

देखा था उसने मनाते हैं लोग
स्वतंत्रता दिवस कई देशों में
अलग अलग तारीख
अलग अलग तरीके
दिखता है जोश और देश–भक्ति
सभी की आँखों में
कई देश हैं जो अभी ही जन्मे हैं
कई युवा और कुछ
पुरातन हो चले हैं, स्वतंत्रता की सांसें लेते हुए
पर फिर भी मनाते हैं सभी
अपना अपना स्वतंत्रता दिवस ज़ोर शोर से
पर वो
वो कभी नहीं मनाती
न अपने देश का
न परदेस का स्वतंत्रता दिवस।
सपने देखती है, कहती है सबसे कि
मनाऊँगी मैं भी स्वतंत्रता दिवस लेकिन
किसी देश की सीमा में नहीं
मनाऊँगी मैं भी
जब आज़ाद होगी मानवता
रंग भेद से, नस्ल भेद से
मनाऊँगी मैं भी स्वतंत्रता दिवस

जब आज़ाद होंगी अनगिनत मातायें और बच्चियाँ
रूढ़ियों और थोथी प्रथाओं से।
मैं भी मनाऊँगी स्वतंत्रता दिवस एक दिन ज़रूर
जब आज़ाद होंगी स्त्रियाँ
जब आज़ाद होगी मानवता।

डॉ. अवधेश प्रसाद

निवास : कैनेबरा, ऑस्ट्रेलिया

संप्रति : सहायक निदेशक (जल संसाधन), कैनेबरा अभिरुचि-साहित्य रचना

प्रकाशन : पत्र-पत्रिकाओं एवं सम्पादित काव्य-संकलनों में रचनाएं प्रकाशित, तीन काव्य-संग्रह प्रकाशित, चार और काव्य-संग्रह प्रकाशाधीन।

संपर्क : ऑस्ट्रेलिया
मो. : +61 411 773 296
ईमेल : Awadhesh.Prasad@mdba.gov.au

‘कहाँ के थे’, ‘कहाँ से’ हो गए

‘कहाँ के’ बदले, जब ‘कहाँ से’ हो,
ऐसे हमसे लोग पूछते हैं सवाल,
तो एक हुक-सी उठती है दिल में,
होता है तब हमको बहुत मलाल।

गांव, शहर, मुल्क, देश, वतन क्या,
एक टुकड़ा है जमीन का मख़सूस,
फिर दिल में वो अहसास क्या है,
जो दूर से भी हमें होता है महसूस?

तिज़ारत तो नहीं होते हैं सब रिश्ते,
कि लेन-देन में शून्य योग ज़रूरी हो,
एक पाने के बदले एक को खोना,
एक मिले तो एक वियोग ज़रूरी हो।

संबंधों का एक गुण विशेष है,
बसे जहाँ वह, मन-प्रदेश है,
जो बहुयामी है, शुभकामी है,
सबका जिसमें समावेश है।

यहाँ, वहाँ, कब, कहाँ से परे,
जो रिश्ते सारे रूहानी हैं,

सरहदों में उन्हें समेटने की,
कोशिशें सारी बेमानी हैं।

'कहाँ से' हो, और 'कहाँ के' हो,
इनमें फ़र्क बड़ा नजरिए का है,
पर्यायी नहीं, इन दोनों में अंतर,
जैसे जाइए और ठहरिए का है।

'के' बदले 'से', शब्दों का फेर नहीं,
ये रिश्तों के टूटने की पूरी कथा है,
जो यकीन करते हैं जुड़े रहने में,
उनके मन में छूटने की व्यथा है।

परिचय में टूटे रिश्तों की मिसाल,
देते हैं तो, आता है बरबस ख़याल,
'कहाँ के' थे, जो 'कहाँ से' हो गए,
'मैं' तो है, मगर जैसे 'हम' खो गए।

इंदिरा देव रॉय

संप्रति : अकादमिक समन्वयक सीनियर सेकेंडरी स्कूल और डीपीएस-मोनार्क इंटरनेशनल स्कूल, दोहा, कतर में आईटी (शिक्षाविद) विभाग के प्रमुख।

संपर्क : दोहा क़तार
मो. : +974 77378685
ईमेल : devroyindira@gmail.com

मेरा देश, मेरी शान

ये पावन भूमि, शान है हमारी
विविधता में एकता की मिसाल
हर धर्म हर जाति के लोग
यह देश है जहाँ वीरों की, गाथायें
गाते हैं इतिहास में अमर
है उनका नाम
मेरा देश, मेरा गौरव
जिसकी हवाओं में लहरायी
मिट्टी की सोंधी महक।
संस्कृति की धारा, सदियों पुरानी
विश्व गुरु का स्थान है यह
मेरा देश, मेरी शान
सहनशीलता का पाठ, सद्भाव की बाकी
मेरा देश, मेरा भारत
गर्व है मुझे, जिस मिट्टी से जुड़ी हूँ मैं
मेरा देश, मेरी शान
मेरी ये पावन भूमि।

इंदू नांदल

निवास : इंडोनेशिया

प्रकाशन : वन्दे मातरम् देशभक्ति की कविताएँ, वंदे मातरम् भारतीय त्योहार, 50 से अधिक लेख इंडोनेशिया के राष्ट्रीय अख़बार में प्रकाशित।

सम्मान : कांस्युलेट ऑफ जनरल मुनिक, जर्मनी दूतावास द्वारा हिन्दी दिवस 2021 पर पुरस्कार से सम्मानित, वर्ल्ड बुक ऑफ रिकॉर्ड्स लंदन द्वारा सर्टिफिकेट ऑफ़ कमिटमेंट से सम्मानित।

विशेष : राष्ट्रीय व अंतरराष्ट्रीय काव्य गोष्ठियों में निरंतर प्रतिभाग, वॉलीबॉल की नेशनल खिलाड़ी, इंटरनेशनल बुक ऑफ रिकॉर्ड लंदन के साथ रामायण पर 665 पंक्तियों की कविता लिखकर 2022 में विश्व रिकॉर्ड बनाया।

संपर्क : इंडोनेशिया
मो. : +62 815 19431695
ईमेल : indusahil@gmail.com

मैं भारत की माटी से आती हूँ

रण में उतर जाऊँ पहन बसंती चोला
पहन वर्दी वन्दे मातरम् हर साँस ने बोला
सीता दुर्गा लक्ष्मी सी कहलाती हूँ
मैं भारत की माटी से आती हूँ....

गंगा से सीखा निरंतर बहना
हिमालय से तूफ़ानों में खड़े रहना
हर विपदा में कोयल सी मैं गाती हूँ
मैं भारत की माटी से आती हूँ...

हूँ रण में झाँसी की रानी की तलवार
दुश्मनों से कभी न मानती हार
देश रूपी चमन को अपने कर्मों से महकाती हूँ
मैं भारत की माटी से आती हूँ...

अपमान किया तो हूँ मैं ज्वाला
वरना अमृत का मैं प्याला
ममता की छाँव में सबको बिठाती हूँ
मैं भारत की माटी से आती हूँ...

उसने सदा खाया धोखा
जिसने मुझे कम है आँका
मैं तो इतिहास बदलने आती हूँ
मैं भारत की माटी से आती हूँ...

खेतों में मैं हल चला लूँ
रॉकेट हवाई जहाज़ उड़ा दूँ
खेलों में स्वर्ण पदक जीतकर लाती हूँ
मैं भारत की माटी से आती हूँ...

चूल्हे चौके तक ना सीमित रहती
डॉक्टर वैज्ञानिक शिक्षिका मैं बनती
कभी बन राष्ट्रपति देश चलाती हूँ
मैं भारत की माटी से आती हूँ...

हर कठिनाई से हँसकर जूझती
रिश्ते निभाने में खुद को भूलती
अपनों के दिल में मैं ख़ुदको पाती हूँ
मैं भारत की माटी से आती हूँ...

जड़ो से सदा जुड़ी रहती
पंख खोल आसमान छू लेती
आए विपदा तो शेरनी सी दहाड़ती हूँ
मैं भारत की माटी से आती हूँ...

भरे हैं मुझमें संस्कार
तुलसी कबीर के विचार
घर को मैं स्वर्ग बनाती हूँ
मैं भारत की माटी से आती हूँ...

प्राण मेरे तिरंगे में बसते
साँसों में वन्दे मातरम् के स्वर गूँजते
हिन्दुस्तान की मैं बेटी कहलाती हूँ
मैं भारत की माटी से आती हूँ...

हिन्दी में कविताएँ लिख विश्व रिकॉर्ड बनाती
दुनिया को देश की गौरव गाथा सुनाती
जन्मभूमि की माटी को माथे पर सजाती हूँ
मैं भारत की माटी से आती हूँ...

उषा तिवारी

जन्म : बडापानी, सिलोंग मेघालय, भारत

निवास : नेपाल

शिक्षा : प्राथमिक शिक्षा (भारत), माध्यमिक व उच्च शिक्षा (नेपाल)

अभिरुचि : साहित्य, संगीत, अध्ययन, गायन, लेखन, पर्यटन और समाज सेवा

प्रकाशन : धुमिल धुमुल क्षण (नेपाली ग़ज़ल), यो कस्तो तलतल हो (नेपाली ग़ज़ल), महफिल (हिन्दी ग़ज़ल),

सम्मान : लक्ष्मी स्मृति एवम् नंदकली-कलास्मृति भाषा साहित्य सम्मान-सन 2016 नवलपरासी (नेपाल), नारी साहित्य सम्मान, भानुभक्त संवर्ण पदक, विश्व नारी साहित्य सम्मान, काव्य गौरव सम्मान।

विशेष : समर्पण साहित्य परिषद चितवन नेपाल, पशुपति महिला समूह, उषा किरण फाउण्डेशन चितवन (नेपाल) की अध्यक्ष, साहित्य संगम चितवन नेपाल की सचिव।

संपर्क : नेपाल
मो. : +977 9845075795
ईमेल : bishnu.tiwari2001@gmai.com

गीत

हे जन्मभूमि, हे माँ भवानी
अर्पण करूँ मैं शब्दों की वाणी।

वीरों की गाथा सुनते सुनाते
राष्ट्रीयता को हम गुनगुनाते।

उठते और बैठते कहते कहानी
हर धड़कन की हर एक जुबानी।

झाँसी की रानी जो थी लक्ष्मी बाई
देश द्रोहियों से की ख़ूब लड़ाई।

हौंसले उनके देख कर मर्दानी
अंग्रेज कहते वाह महारानी।

वीरों के लहू की बही नदी थी
हिंसा अहिंसा सबने सही थी।

मंगल, भगत, चंद्रशेखर की क़ुरबानी
आज़ाद हिंदुस्तान उनकी निशानी।

हे जन्मभूमि, हे माँ भवानी
अर्पण करूँ मैं शब्दों की वाणी

ऋषभ शर्मा

जन्मस्थान : ओसाका, जापान

निवास : टोक्यो, जापान

शिक्षा : स्नातकोत्तर

सम्प्रति : सॉफ़्टवेयर इंजीनियर, WB Company

प्रकाशित पुस्तकें : भीड़ में तन्हा, ***साँझा संग्रह***-अनकहे जज़्बात, अपना अपना आसमान।

संपर्क : ओसाका, जापान

मो. : +81 80 3540 1464

ईमेल : rishabhss0830gmail.com

मेरा देश

शहीद जवान करके क़ुर्बानियाँ
ईनाम में छोड़ गए
सबके लिए देश को
गुज़रे पल
डरावने थे कितने
स्वीकार कर हर पल डरावने पल को स्वयं
आज़ादी के सपने लिये
छोड़ गए जहाँ को
पुरानी मिट्टी में
आस नई मिट्टी की जगा कर सब में
हो गए क़ुर्बान देश पर
संस्कारों की धरोहर छोड़ कर
देशवासियों के लिए
भटकने से बचाना चाहते थे देश को
ऐसा था हमारा देश
ऐसे थे हमारे शहीद
अनगिनत नौजवान अपने खून से
लथपथ कर गए मिट्टी इस देश की
उस पवित्र धरती पर बुराई के बीज आज
उसी मिट्टी को जोत रहे हैं
फैल गया है हर ओर फ़रेब आज
उन्हीं क़ुर्बानियों पर दंगे फैले हैं आज

संस्कार की आज कोई क़ीमत नहीं
न ही उस मिट्टी की कोई कद्र है आज
गुजरे पल आज किसी को याद नहीं
बीते लोगों का तो नामों निशाँ नहीं है आज
बस हर ओर फैला था रावण राज
लेकिन चेत गए सभी
मोदी जी ने कर दिया फिर से एक सब को
रावण राज फिर राम राज हो गया
हर घर पर तिरंगा लहरा गया
लो फिर से भारत का नाम हर ओर छा गया।

ऋचा जैन

जन्म	:	जबलपुर, मध्य प्रदेश
शिक्षा	:	स्नातक (शासकीय अभियांत्रिकी महाविद्यालय, जबलपुर)
संप्रति	:	लंदन में तकनीकी विशेषज्ञा के पद पर कार्यरत, वर्तमान में हिन्दी का ऑनलाइन अध्यापन।
विधाएं	:	कविता, बाल साहित्य, संस्मरण, ग़ज़ल
प्रकाशन	:	काव्य संग्रह 'जीवन वृत्त, व्यास ऋचाएँ', 'श्पास मिट एली उंड एज़ी' 2014, हिन्दी एवं अंग्रेज़ी पत्रिकाओं, वेब साइट्स एवं संकलनों में कविताएँ प्रकाशित।
अनुवाद	:	कविताओं का अंग्रेज़ी एवं नेपाली में अनुवाद।
संपर्क	:	लंदन मो. : +44 7467 494721 ईमेल : richa287@yahoo.com

ये भारत नहीं है

अन्य भाषाओं की तरह
अंग्रेज़ी एक भाषा है, यहाँ
इसका ख़ौफ़ नहीं, इसका राज नहीं
ये स्टेटस नहीं, मानचिन्ह नहीं
रूसी, जापानी, फ़्रांसीसी, इतालवी या जर्मन की तरह
ये मात्र एक भाषा है
पूरी हो या टूटी-फूटी सब चलता है
व्याकरण ना आए तो भी बोल सकते हैं
उच्चारण ग़लत हो, तो भी
अपने लहजे में
बिना सकपकाए, बिना सकुचाए
बिन रूह को कंपकंपाए
बिना झेंपे, बिना किसी शर्मिंदिगी के
बिना ज़मीन में पैर के नाख़ून गड़ाए
और बिना किसी अफ़सोस के
आप बड़ी सरलता से
सहजता से
इज़हार कर सकते हैं
किसी रूसी, जापानी, फ्रांसीसी, इतालवी या जर्मन की तरह
आँखों में आँखें डाल कर इकरार कर सकते हैं
कि अंग्रेज़ी हमारी भाषा नहीं।

...क्योंकि ये भारत नहीं

डॉ. ऋतु शर्मा (ननंन पाँडे)

निवास : नीदरलैंड

भाषा : हिन्दी, अंग्रेज़ी, डच

संप्रति : स्वतंत्र पत्रकार, लेखिका, कवियित्री व समाजसेवी

प्रकाशन : 'यूरोप की प्रसिद्ध बाल कहानियाँ' प्रकाशनार्थ, Mama ochtend (एक सुबह माँ के नाम), बंद रास्तों के बीच (Noexit) संयुक्त अनुवाद (विवेकानंद गुप्त)वाणी प्रकाशन नई दिल्ली।

विशेष : टाऊन हाल की सलाहकार समिति की सदस्या, समाचार वाचिका विदेश प्रसारण विभाग ऑल इंडिया रेडियो दिल्ली, साहित्यकी, पत्रिका, हिंदी कवि सम्मेलन व हिंदी पुस्तक मेलों का संचालन।

अध्यक्ष : अंतरराष्ट्रीय हिंदी संगठन नीदरलैंड

संपर्क : नीदरलैंड
मो. : +31-622252508
ईमेल : rituS0902@gmail.com

हम है भारत वासी

हम है भारत वासी
हज़ारों मील दूर आ
बन गए हम, प्रवासी

भूले नहीं हम आज भी
कहाँ के हैं हम वासी,
भारत हमारे दिल में नहीं
लहू बन हमारे शरीर में बहता
हम हैं भारत वासी,

न भूलें हैं हम भाषा अपनी
न संस्कारों से मुँह मोड़ा
संस्कृति को अपनी पहचान बना
हमने दुनिया को भारत से है जोड़ा

शस्त्रों से हमने जीते देश नहीं पर
प्रेम और अपनेपन से हमने
पराई धरती पर लाखों दिल जीते हैं
देश की ख़ातिर जो बलिदान हुए
उन वीरों की वीर गाथाएँ
यहाँ हम गाते हैं।

भारत के गणित, ज्ञान विज्ञान को
यहाँ प्रमाणित कर हम
भारत की क्षमता बतलाते हैं
पहले जन्मी लिपि और भाषा
संस्कृत सब भाषाओं की जननी
इस सत्य से संसार को अवगत कराते हैं।

ऋषि मुनियों की पावन भूमि
मंत्रों और हवनों की धूनी
जहाँ जन्मे राम और रावण के
कृत्यों का अंतर हम
बुराई पर अच्छाई की जीत
सदैव होती है, समझाते हैं।

गौतम बुद्ध के त्याग -ज्ञान
सत्य और अहिंसा की शिक्षा से
मानवता का पाठ हम यहाँ पढ़ाते हैं
सब जीवों पर दया करो
शांति और सौहार्द का बस यही
संदेश हम विश्व को याद दिलाते हैं।

प्रकृति से प्यार क्या होता है?
ये हम तुलसी, नीम, पीपल
की पूजा कर समझाते हैं।

त्यौहारों की संस्कृति से हमने
आपस में मिल जुलकर रहना
सिखलाया है

वासुदेव कुटुंब की भावना को
पूरे विश्व में फैलाया है।

हम हैं भारत वासी
भारत हमारे दिलों में नहीं
लहूँ बन हमारे शरीर में बहता है,

हम जहाँ भी रहें, बस तेरे रहे
माँ भारती की संतान बन
तेरी ही नाम रोशन करें
बस यही कामना लेकर हम
तिरंगे के आगे शीश झुकाते हैं।

हम हैं भारत वासी,
भारत हमारे दिलों में नहीं
लहूँ बन हमारे शरीर में बहता है,
हम हैं भारतवासी..।

कादम्बरी आदेश

संप्रति : एक कलाकार, गायिका, तबला वादक, शिक्षिका

उपलब्धियां : संगीत और संस्कृति का उपयोग करके बच्चों के चरित्र निर्माण कार्यशालाओं का आयोजन, कोविड के समय में ऐसे लोगों के साथ व्यक्तिगत रूप से काम किया, जो मनोभ्रंश, अल्जाइमर, अकेलेपन और अवसाद से जूझ रहे थे और बेहतरीन परिणाम मिले, लड़कियों और महिलाओं के साथ काम किया और उन्हें अपनी शिक्षा पूरी करने और समाज में मजबूत, योग्य व्यक्ति बनने के लिए प्रोत्साहित किया।

विशेष : नियमित रूप से कई देशों, राज्यों और शहरों में ऑनलाइन और व्यक्तिगत रूप से प्रदर्शन।

संपर्क : यू एस
मो. : +1 (407) 694-8647
ईमेल : Vikadesh@gmail.com

भारत देश हमारा

भारत माता के चरणों में तन मन धन सब वारा है,
हिन्दुस्तान हमारा, हमको प्राणों से भी प्यारा है।

लहराता जब अमर तिरंगा अनुपम लगे नज़ारा है,
विश्व प्रेम के गीत है गाता लिए प्रेम इकतारा है।

तेरे कण कण में ही बसता प्रेम और भाईचारा है,
कल कल नदियां पर्वत झरने सबने तुझे निखारा है।

मंदिर मस्जिद गिरजाघर और जहाँ सजे गुरुद्वारा है,
संतों की पावन धरती को प्रभु ने स्वयं संवारा है।

याद बहुत जब आती तेरी बहे नयन जलधारा है,
दूर है बैठे तुझसे फिर भी दिल ने यही पुकारा है।

बुरी नज़र जो कोई डाले हमको नहीं गवारा है,
कोई आंच न आने देंगे, यह संकल्प हमारा है।

तेरी सत्ता और महत्ता को जग ने स्वीकारा है,
मान करे यह दुनिया जिस पर, भारत देश हमारा है।

श्रीमती कल्पना लाल जी

जन्म : मेरठ उत्तर प्रदेश, भारत

निवास : मॉरिशस

शिक्षा : एम ए अंग्रजी, हिंदी (मेरठ विश्वविद्यालय)

प्रकाशन : अमर गीत (मॉरीशस का सर्व प्रथम खंड काव्य), सर शिवसागर रामगुलाम (काव्यात्मक जीवनी), खट्टी मीठी मुस्काने (बाल कविता संग्रह), शशि किरण (कविता संग्रह), आईना ज़िंदगी का (कविता संग्रह), एक चिट्ठी माँ के नाम (कविता संग्रह), अपराजिता (कहानी संग्रह), गिरमिटिया महाकाव्य (मॉरीशस के हिंदी साहित्य का प्रथम महाकाव्य)

सम्मान : हिंदी विदेश प्रसार सम्मान, हिन्दी सेवा सम्मान, हिन्दी गौरव सम्मान, काव्य सम्मान, हिन्दी सम्मान, विशिष्ट साहित्य सेवी सम्मान, वैश्विक साहित्य सम्मेलन में सम्मानित।

विशेष : विश्व हिंदी सचिवालय के रेडियो कार्यक्रम 'क्षितिज' की सूत्रधार व प्रस्तोता।

संपर्क : मॉरीशस

मो. : +230 5 713-3341

ईमेल : kalpanal2008@yahoo.com

बापू

जीर्ण क्षीण सी काया में था बसता अपना बापू।
महामानव इस धरती का पोरबंदर में जन्मा तू।
दृढ़ संकल्प का प्रण लिए हुआ अवतरित तू बापू।
उद्धार अत्याचारी से और बंदिनी माँ की रक्षा हेतू।
सत्याग्रह का पाठ पढ़ाया तूने जन-जन को बापू।
राम नाम की चादर ओढ़े चला लकुटिया टेक तू।
आजादी की जंग लड़ी निहत्थे होकर तूने बापू।
हरिजन हरि के हैं प्यारे सदा यही कहता था तू।
अछूतों की भी कुटिया में जाकर तू रहता बापू।
सफेद खादी की धोती में सदा सर्वदा हँसता तू।
कातें सूत सभी चर्खे शिक्षा यही तू देता था बापू।
अहिंसा परमोधर्म: हिंसा के भी विरुद्ध था तू।
शांति की मुस्कान ओढ़े हर दिल में रहता बापू।
संकट कितने ही आये किंतु निडर रहता था तू।
गोरों से भी जा टकराया ऐसा था अपना बापू।
सन् उन्नीस सौ एक में मॉरीशस भी आया था तू।
आजादी की जोत यहाँ की प्रज्वलित तूने बापू।
शिक्षा का संदेश यहाँ देकर जो गया था तू।
सदा रहेगा याद हमें संदेश तुम्हारा वह बापू।

डॉ. कमला सिंह

प्रकाशन : महिला उद्यमियों पर एक पुस्तक प्रकाशित, राष्ट्रीय और अंतर्राष्ट्रीय पत्रिकाओं में कई वैज्ञानिक शोध पत्र और कविताएँ प्रकाशित।

सम्मान : राष्ट्रीय स्तर पर सर्वश्रेष्ठ अभिनेत्री का पुरस्कार, विभिन्न स्तरों पर कई पुरस्कार से पुरस्कृत।

अध्यक्ष : महिला काव्य मंच (अंतर्राष्ट्रीय कविता समूह)

विशेष : हरियाणवी संस्कृति को बढ़ावा देने के लिए 'चलो हे गीताँ में' नामक समूह का गठन और प्रबंधन, विश्वविद्यालय महिला हॉकी टीम की पूर्व कप्तान और अंपायर, हरियाणवी फिल्म में भूमिका के लिए प्रस्ताव मिला, नि:शुल्क संस्कृत और हिंदी कक्षा संचालन, नि:शुल्क ध्यान और योग कक्षा संचालन

संपर्क : सैन डिएगो
मो. : +1 (858) 243-2435
ईमेल : kamlasingh@hotmail.com

प्रवासी भारतीय का आह्वान

वो जो धीरे धीरे सोशल मीडिया के जरिए
मीठे जहर के नश्तर
मेरे पढ़े लिखों को लगा रहे हैं
मेरे कृष्ण को कामाँध, कामुक,
औरतबाज व आवारा बता रहे हैं
जो मनुस्मृति का नाम लेकर
हमारे विश्वास की जड़ें हिला रहे हैं
जो बेबुनियादि बातों से
वेदों का मजाक उड़ा रहे हैं
जो हमारे ही देश में रहकर
विदेश के नारे लगा रहे हैं
जो लालकिले पर तिरंगे से ऊँचा
कोई और झंडा फहरा रहे हैं
जो सीधी सादी जनता को
फुसलाकर धरनों पै बिठा रहे हैं
जो लव जिहाद के चक्कर में
मासूम लड़कियों को फँसा रहे हैं
जो धर्म परिवर्तन का मेरे देश में
गहरा सा अभियान चला रहे हैं
समय आ गया है उनको
वेदों का पाठ पढ़ाने का
वसुधैव कुटुम्बकम्' के नारे संग
अपने कुटुम्ब को बचाने का

वक्त आ गया है भारत में
ऊँघते हुओं को जगाने का
गहरी नींद में जो सोए
उन्हें झकझोर कर उठाने का
देश है मेरा निशाने पर यारों
समय आ गया है
ग़द्दारों को मार भगाने का
ये लड़ाई नहीं हिन्दू मुस्लिम सिक्ख ईसाई की
ये तो मुद्दा है देशभक्ति जगाने का
देश-प्रेम से ओत-प्रोत प्रवासी भारतीयों को
साथ मिलाकर ताकत बढ़ाने का
मेरे ही घर में घुसपैठिए जो बैठे हैं
उन्हें जानकर, पहचानकर, बेनकाब कर
घर से बाहर भगाने का
गाँव गाँव और घर घर में चौक़ीदार जगाने का
उठो जागो आँखें खोलो मेरे देश के रखवालो
समय आ गया है देश को बचाने का
तुम देश को सम्भालो
'गुलकम' ने बीड़ा उठाया है
विश्व भर में भारत-प्रेम पनपाने का
प्रवासी भारतीयों में देश प्रेम जगाने का
नई पीढ़ी को शस्त्र और शास्त्र की महत्ता बताने का
उन्हें साथ लेकर जोत से जोत जलाने का
कविताओं के माध्यम से नई क्रांति लाने का
21वीं सदी में भारत को विश्व गुरु बनाने का
आइये मिलकर जोत से जोत जलाएँ
भारत को विश्व गुरु बनाएं।

वन्दे मातरम, भारत माता की जय

करुणा झा

जन्म तिथि : 25 मार्च 1972

पिता : स्व. सुदर्शन झा

पति : श्री शैलेन्द्र मोहन झा

निवास : नेपाल

शिक्षा : स्नाकोत्तर

व्यवसाय : गृहणी

प्रकाशन : जीवन पथ पर चलते-चलते -2016)

(ISBN No. 978-9937-2-9514-7)

संपर्क : नेपाल

मो. : +977 9852821858

ईमेल :dmmrjb@gmail.com

आज़ादी के गीत

आज़ादी के गीत सुहाने गाओ भी
कितने हैं हमलोग दीवाने गाओ भी

जाने कितने बलिदानों से आई थी
जाने कितने अरमानों से आई थी
जिसने सब कुछ वार दिया आज़ादी पर
आज़ादी उन मस्तानों से आई थी.....

लाखों में वो लोग थे बेशक एकाकी
मगर गज़ब थी क्रान्तिधर्मिता बेबाकी
घर-परिवार ना रिश्ता-नाता से मतलब
एक लक्ष्य था हासिल करना आज़ादी....

उन्नत देश, समाज, लोग, परिवार रहे
संसाधन से युक्त सभी घर-बार रहे
सबको रोटी, कपड़ा, गृह उपलब्ध रहे
शिक्षा, रोजी, स्वास्थ्य में ना प्रतिबंध रहे....

हो देश विश्व का गौरव गरिमा जन-जन का
समझें सब महत्व देश के कण-कण का
जो कुछ भी हो कर्म देश की खातिर हो
तभी सार्थकता है समझो तन-मन का...

करुणा सक्सेना

जन्म : लखनऊ, भारत

शिक्षा : लखनऊ विश्वविद्यालय से पी.एच. डी. हिन्दी, 'कवि जय शंकर प्रसाद, आज के संदर्भ में' एवम बी.एड.

निवास : कैलिफोर्निया

संप्रति : INSAF और VNKM USA की प्रेसिडेंट

विशेष : भातखण्डे संगीत महाविद्यालय से, गायन, वादन में शिक्षा, भारत में रह कर साहित्य, संगीत और सांस्कृतिक गोष्ठियों में भाग लिया, संचालन और प्रतिनिधित्व किए, 30 साल से कैलिफोर्निया में भी विभिन्न संगीत, साहित्य संस्थाओ से जुड़ी हैं।

संपर्क : यू एस
मो. : +1 (510) 565-9404
ईमेल : karunalsaxena@gmail.com

अद्भुत अनुपम देश हमारा

उत्तुंग शिखर हिमालय का,
पिता तुल्य रक्षक प्रहरी सा।।
पोषण करता गंगा सम, छम-छम गहरी नदियों से,
रंग देता धरती का अंचल, हरित, श्वेत, भगवा रंगों से।।
वसुधैव कुटुंबकम् धर्म हमारा, विश्वव्यापी, सद्भाव जगाये।।
उल्लास लिए होली का, घर-घर आनंद रंग जमाये।।
सावन के झूलों पर, रिमझिम, मधुरिम गीत सुनाये।।
ज्ञान, विज्ञान व आयुर्वेद, त्याग और बलिदान से रंजित,
वेद-पुराणों से है सिंचित,
सतत-सनातन संस्कृति वाला,
अद्भुत अनुपम देश हमारा।।
छूट गया, माँ धरती का अंचल, बदल गया परिवेश,
फिर भी रमता, रोम-रोम में, अपना भारत देश।।

कविराज बाबू

निवास : मॉरिशस

शिक्षा : बी ए (हिंदी)

संप्रति : हिन्दी अध्यापक (माध्यमिक विद्यालय)

रुचि : पढ़ना, गाने सुनना, इतिहास एवं धार्मिक स्थलों के बारे में जानकारी प्राप्त करना (इन्टरनेट पर), लिखना।

संपर्क : मॉरीशस
मो. : +230 5 929-7546
ईमेल : bkavishamz@gmail.com

देश अपना

देश हो चाहे जैसा भी
अपना देश होता है अपना
बहुत जाते विदेश आजकल
ले आँखों में समृद्धि का सपना

है अवश्य पूर्ण अधिकार उनको
करने का अपने भाग्य की रचना
परन्तु देश हो चाहे जैसा भी
अपना देश होता है अपना

हज़ारों अपने स्वार्थ के लिए
करते स्वीकार देश को बेचना
उन्हें तिजोरी की सेवा छोड़
कहाँ समय देश के लिए चिंतन करना

पर देश हो चाहे जैसा भी
अपना देश होता है अपना
धन्य हैं वो लोग जिन्होंने
देश को अपना सर्वस्व माना

उनके लिए देश ही सर्वोपरि
तुच्छ है संसार भर का सोना
क्योंकि देश हो चाहे जैसा भी
अपना देश होता है अपना
अपना देश होता है अपना।

डॉ. कविता वाचक्नवी

शिक्षा : एम.ए. हिन्दी (भाषा एवं साहित्य), एम.फिल., Sociolinguistics (स्वर्णपदक), पी.एच.डी. आधुनिक हिन्दी कविता, इतिहास और आलोचना।

संप्रति : VSS ग्लोबल की डायरेक्टर

भाषाज्ञान : पंजाबी (मातृभाषा), हिंदी, संस्कृत, मराठी, अंग्रेजी

प्रकाशन : 'महर्षि दयानन्द और उनकी योगनिष्ठा' (शोध पुस्तक), 'मैं चल तो दूँ' (कविता संग्रह), 'समाज-भाषाविज्ञान : रंग-शब्दावली : निराला-काव्य' (पुस्तक), 'कविता की जातीयता' (आलोचना-ग्रन्थ), कविता, गीत, कहानी, शोध, 50 से अधिक पुस्तकों की समीक्षाएँ, संस्मरण, ललित निबन्ध, साक्षात्कार तथा रिपोर्ताज आदि विधाओं में देश-विदेश की प्रतिष्ठित पत्र-पत्रिकाओं में निरन्तर प्रकाशन।

सम्पादक : 'सार्थक' (भाषा एवं साहित्य की मासिक पत्रिका)

सम्मान : 'उत्तर प्रदेश हिन्दी संस्थान' द्वारा 'हिन्दी विदेश-प्रसार सम्मान' (2013) से अलंकृत, 'डॉ. हरिवंश राय बच्चन लेखन सम्मान, यूके' से ब्रिटेन स्थित भारतीय उच्चायोग में उच्चायुक्त के हाथों अलंकृत, राष्ट्रीय एकता सद्भावना पुरस्कार, महारानी झाँसी सम्मान, और अनेकों पुरस्कारों से सम्मानित।

मेरा स्वप्न

सन्धि की
पावन धवल रेखा
हमारी शान्ति का
उद्घोष करती,
पर नहीं क्या ज्ञात तुमको
चक्र भी तो
पूर्वजों से
थातियों में ही मिला है,
शीश पर अंगार धर कर
आँख में हैं स्वप्न
धरती की फसल के,
हाथ में
हलधर सम्हाले
चक्र
हरियाली धरा की खोजते हैं,
और है यह चक्र भी वह
ले जिसे अभिमन्यु
जूझा था समर में,
है यही वह चक्र जिस ने
क्रूरता के रूप कुत्सित
कंस या शिशुपाल की
ग्रीवा गिराई।

हम सदा से
इन ति-रंगों में
सजाए चक्र
हो निर्वैर
लड़ते हैं अहिंसक,
और सारे शोक, पीड़ा को हराते
लौह-स्तम्भों पर
समर के
गीत लिखते,
जय-विजय के
लेख खोदें,
हम
अ-शोकों के
पुरोधा हैं।

डॉ. कृष्ण कन्हैया

जन्म स्थान : पटना, बिहार, भारत

शिक्षा : एम.बी.बी.एस. (आनर्स), एम.एस.(सर्जरी), एफ आर.सी.एस. (एडिनबरा), एम. आर. सी. जी. पी. (लंदन), डी. एफ. एफ. पी.(लंदन)।

प्रकाशन : किताब सम्वेदना की (कविता संग्रह), अनछुय तथ्य, हर पल वसंत रचते हैं, मौन दीवारों का सा, अनेकों कविताएं प्रकाशित।

सम्मान : लक्ष्मीमल सिंघवी साहित्य सम्मान पत्र एवार्ड, हिन्दी अकादमी एवम् आर के पब्लिकेशन समूह मुंबई, भारत, हिंदी एकादमी गौरव सम्मान, अंतरराष्ट्रीय साहित्य भूषण सम्मान।

संपर्क : बरमिंघम

मो. : +447803598165

ईमेल: kanhaiyakrishna@hotmail.com

हमारा देश प्यारा है

देश हमारा सबसे न्यारा सब देशों से प्यारा है
सबसे सुंदर सबसे बढ़िया भारत देश हमारा है।

फूलों से हमने हँसना सीखें, कलियों से मुस्काना
काँटों से हमने सहना सीखा, डालों से झुक जाना।
पटेल की दृढ़ शक्ति के कारण, भारत स्वरूप हमारा है।

हर प्रदेश के पुष्प से रच कर खिलता बाग़ हमारा है
चाचा नेहरु ने भी ठीक कहा था 'आराम हाराम है'
हम लोगों को पढ़ कर लिख कर करना जग में नाम है।

आधुनिक भारत के निर्माता हो, नेहरु नाम तुम्हारा है
भगत सिंह ने त्याग दिया, देश की ख़ातिर अपना प्राण
आज़ाद, सुभाष, तिलक का, कम ना आँको बलिदान।

छोटे क़द का बड़ा व्यक्ति, मुश्क़िल समय में लिया कमान
देश को सार्थक नारा दिया था 'जय जवान जय किसान'
इसी शास्त्री ने युद्ध-भूमि में दुश्मन को ललकारा है।

इंदिरा गाँधी लौह महिला थी, दुर्गा की अवतार थी
दुश्मन से लोहा लेने की, सलाहियत भी दमदार थी
तभी तो अब तक प्रेम-भाव से इंदिरा नाम पुकारा है।

देश के उच्च नेताओं में, एक नाम हुआ है अटल बिहारी
सरल कवि-हृदय तो थे पर युद्ध में पड़े दुश्मन पर भारी
उनके विशाल हृदय को, विरोधी दल नें भी स्वीकारा है।

देश-विदेश में 'मोदी' नाम का नारा गूँजता हर दिन है
तभी तो देश को विश्वास है कि 'मोदी है तो मुमकिन है'
विकास, प्रयास, विश्वास के बूते, देश ने बाज़ी मारा है।

कृष्ण टंडन

जन्म : रांची, भारत

निवास : लंदन, ब्रिटेन

शिक्षा : स्नातक (दिल्ली विश्वविद्यालय)

विधाएँ : नाटक लेखन, कलाकार, शायर, अभिनेता एवं वॉइस ओवर आर्टिस्ट

सेवाकाल : आकाशवाणी दिल्ली-1972-1994, बीबीसी हिन्दी सेवा-1994-2008

प्रकाशन : गुलदस्ता (ग़ज़ल-संग्रह) एवं आकाश से ऊँचा' (काव्य-संग्रह)।

सम्मान एवं पुरस्कार : आकाशवाणी बेस्ट एडिटर एंड प्रेजेंटर, बीबीसी: उत्तम उच्चारण हिंदी एवं उर्दू

संपर्क : लंदन
मो. : UK +44-7884056071,
India +919958484103.
ईमेल : ktkrishankantp@gmail.com

निज़ाम ए ख़ुदा-ग़ज़ल

समंदरों से, किसी प्यास को मराम[1] ना हो
यही निज़ाम-ए-ख़ुदा है तो से निज़ाम[2] ना हो!

उड़ान में ही रहें, आख़री मक़ाम ना हो
मेरे जुनूँ के परिन्दों की कोई शाम ना हो।

हवाओं में चलो सहरा में, ऐसे गुलशन से
जहाँ बहार की आमद का एहतिराम[3] ना हो।

ये माना काम की बातें भी हैं ज़रूरी मगर
वो ख़त ही कैसा जिसमें दुआ सलाम ना हो।

मैं ढूँढता ही रहूँ क़ाफ़िये, रदीफ़ नए
सफ़र तलाश का भगवान करे तमाम ना हो।

नहीं है करिश्मा कोई तो और क्या 'कृष्ण'
कि तू शहर में रहे और क़तेल-ए-आम ना हो।

---

1. **मराम** = इच्छा या उम्मीद 2. **निज़ाम** = प्रबंध या बंदोबस्त
3. **एहतिराम** = स्वागत

कृति अवस्थी

शिक्षा : एम.एस सी (बायोटेक), बी.एड

जन्मस्थान : कानपुर

निवास : जकार्ता, इंडोनेशिया

सेवाकाल : 1.चार साल जीव विज्ञान की शिक्षिका 2. उत्तर प्रदेश प्रदूषण नियंत्रण बोर्ड में वैज्ञानिक सहायक के रूप में पाँच साल कार्य किया।

संपर्क : जकार्ता इंडोनेशिया
मो. : +62 812-1853-8024
ईमेल : kdkrati@gmail.com

भारत प्यारा देश हमारा

भारत प्यारा देश हमारा
सबसे रंगीला सबसे न्यारा
बहुतेरे ऋषि मुनियों ने अपने
कठोर तप से इसको संवारा
कितने ही वीरो ने इसकी आजादी की ख़ातिर
है अपने प्राणों को न्यौछारा
तो वहीं महान वैज्ञानिकों ने अपने
अथाह ज्ञान से भारत को निखारा
अनेक प्रख्यात कवियों और लेखकों ने
अपने दैदीप्यमान शब्दों में भारत देश की गरिमा का वर्णन किया है।
मेरी तरफ़ से ये एक छोटी सी कोशिश है।
सोने की चिड़िया कहलाने वाला देश हमारा
जाने क्यूँ आज अपनी ही बहु बेटियों से माँगता है सोना
जहाँ कभी आपसी भाई चारे की बहती थी गंगा यमुना
आज वहाँ अक्सर रंजिशो से त्रस्त है कोना-कोना
भ्रष्टाचार की पराकाष्ठा न पूछिए आज
बिना अफ़सर की खातिरदारी किए यहाँ बनते नहीं काज
पर फ़िर भी पर फिर भी
अगर कभी देश की आन पर आ जाती है बात
खड़े हो जाते हैं हम सब एक साथ
जब कभी-कहीं भी मुसीबत में होते हैं हम सब भारतवासी
हमेशा बीच भँवर से हमारा देश कराता है हमारी निकासी

हैं कुछ कमियाँ इसमें, पर किस देश में कमी नहीं होती
पर भारत है हमारा जगत–गुरु और इसके
ज्ञान के आगे दुनिया है नतमस्तक होती
दुनिया के हर कोने में हमने अपना परचम लहराया है
धरती ही क्या अंतरिक्ष में भी अपना तिरंगा छाया है
लूँ जन्म अपने भारत देश की धरती पर हमेशा बस यही है चाह
यूँ ही जगमगाता रहे मेरा प्यारा भारत
और ध्रुव तारा बन दिखाता रहे सब देशों को राह!!

गरिमा सूदन

निवास : बहरीन

संप्रति : शिक्षिका

कविता लेखन : हिंदी व अंग्रेजी

प्रकाशन : सुलझे-अनसुलझे जज़्बात (कविता संग्रह), 25 से ज़्यादा काव्य संकलन में इनकी कविताएँ सम्मिलित।

सम्मान : कई हिन्दी और अंग्रेज़ी काव्य प्रतियोगिताओं में प्रतिभाग, और बहुत सारे प्रमाण पत्रों से सम्मानित।

संपर्क : बहरीन

मो. : +973 36726444

ईमेल : garima.sudanpoemswsept@gmail.com

हमारा हिंदुस्तान

'सोने की चिड़िया' के नाम से मशहूर था हमारा हिंदुस्तान,
भगवान का दर्जा मिलता है इस देश में आता जो मेहमान।

तात्या तोप, नाना साहेब, मंगल पांडे, रानी लक्ष्मीबाई
ने अपनी शूरता और दृढ़ता से अंग्रेजों को धूल चटवाई
अनगिनत वीरता की कहानियों से उजागर है भारत का मान।

भगत सिंह, राजगुरु, सुखदेव, आजाद,
अशफ़ाक उल्ला और बिस्मिल ने दी अपनी जान,
आज भी हर भारतवासी करता है इन सब का गुणगान।

महात्मा गाँधी, नेहरू, सरदार पटेल, सुभाष चंद्र ने
दिया साहस और सूझबूझ का प्रमाण,
आज़ादी का तोहफ़ा दिया जब घात हुआ देश का आत्मसम्मान।

अब्दुल हफीज़ और दादाभाई थे कलम के क्रांतिकारी,
अंग्रेज़ों के विरुद्ध उन्होंने अपनी कठिन लड़ाई नहीं हारी,
विशाल और अनूठी संस्कृति से भरा हमारा देश महान।

तिलक, लाल बहादुर शास्त्री और लाला लाजपत राय,
इन देश-प्रेमियों के किस्से हमारे बड़ों ने बतलाए,
अनोखी और प्रभावशाली है इस देश की पहचान।

ख़ुशकिस्मत हैं हम, जन्म लिया इस स्वतंत्र हिंदुस्तान में,
गर्व करो इस मिट्टी पर, आज़ादी दिलाई वीरों के बलिदान ने,
आज भी हर भारतवासी करता है इन सब का गुणगान।

जाह्नवी श्रीवास्तव

शिक्षा : 12वीं कक्षा की छात्रा (GIIS निशि कसाई)

जन्मस्थान : गोरखपुर, भारत

शैलियाँ : प्रकृति, राष्ट्र प्रेम

प्रकाशित रचनाएँ : हिन्दी की गूँज पत्रिका

संपर्क : जापान

मो. : +81 70-2621-5370

ईमेल: janhavi.srivastava007@gmail.com

इंडिया

मैं हूँ उस देश की वासी
140 करोड़ हैं निवासी
जहाँ यह देश नहीं, गुलदस्ता है
जो रंग बिरंगे फूलों से नहीं
सब धर्मों के लोगों से मिलकर बनता है।

अनेकता में एकता ही है इस देश की पहचान
ऐसी अनोखी देश पर मुझको है अभिमान।
भले ही इस देश में हो कई परेशानियाँ
फिर भी इस देश ने पायी है अनेकों कामयाबियाँ।
पूरी दुनिया ने इसे पहचान लिया
अरे भारत को ही तो कहते हैं इंडिया।

जय वर्मा

जन्म	:	मवाना, मेरठ, भारत
निवास	:	ब्रिटेन (1971 से)
शिक्षा	:	बी.ए. रघुनाथ गर्ल्स कॉलेज (मेरठ विश्वविद्यालय), बी.टैक वित्त (नॉटिंघम यूके), एडवांस डिप्लोमा एवं पोस्ट ग्रेजुएट सर्टिफिकेट इन मैनेजमेंट (नॉटिंघम ट्रेन्ट विश्वविद्यालय)
संप्रति	:	नाटिंघम एशियन आर्ट्स कॉउंसिल की डायरेक्टर, फैस्टिवल ऑफ वर्ड्स की बोर्ड मेम्बर
संपादन	:	ब्रिटेन की प्रतिनिधि हिंदी कहानियाँ, 2022, 'कलर्स ऑफ पोयट्री', 2012, लैंग्वेज सेंटर नॉटिंघम में पाठ्यक्रम की 31 किताबों का अनुवाद।
उपलब्धि	:	श्री बी.एल. गौड द्वारा संपादित कृतित्व एवं व्यक्तित्व पर आधारित पुस्तक, 'कर्मयोगी: लेखिका जय वर्मा', यू.जी.सी., स्नातक में कहानी संलग्न, महाराष्ट्र बोर्ड में कविता, अरुणाचल प्रदेश में स्नातक पाठ्यक्रम में कहानी एवं कविता शामिल
संपर्क	:	नाटिंघम मो. : +44 7772 548128 ईमेल : jaiverma777@yahoo.co.uk

वतन तुम्हें सलाम

भारत माता को प्रणाम
तिरंगे झंडे को सलाम।

केसरिया है वीरों के
बलिदान की कहानी।

सफ़ेद रंग है झंडे में
सच्चाई की निशानी।

हरा रंग है धरती के
खेतों की हरियाली।

नीला जीवन चक्र है
आसमान की गहराई।

इन रंगों के झंडे के
बार-बार प्रणाम।

माँ के आँचल को प्रणाम
हे वतन तुम्हें सलाम।

जयप्रकाश अग्रवाल (चैनवाला)

निवास : काठमाँडू, नेपाल

शिक्षा : इंजीनियरिंग स्नातक (बिट्स पिलानी)

व्यवसाय : उद्योग व्यापार

लेखन : हिन्दी, अंग्रेज़ी, नेपाली तथा मारवाड़ी चार भाषाओं में, मुख्य रूप से कविता लेखन, गीता का हिन्दी, नेपाली, मारवाड़ी में पदानुवाद तथा अंग्रेज़ी में गद्यानुवाद।

संपादक : रचना (हिंदी पत्रिका)

प्रकाशन : पत्थर और पानी (काव्य संग्रह), साधना और सिद्धि (yoga and perfection ka पदानुवाद), श्री पदरस गीता (श्रीमद्भागवत गीता का प्रथम अनुवाद), अग्रज्योति एवं कई पत्र पत्रिकाओं में नियमित प्रकाशन, कई साझा प्रकाशन में सहभागी, अनुवाद, ब्रज भूमि मोहिनी (अंग्रेजी अनुवाद), नेपाली पदरस गीता (नेपाली अनुवाद), श्री कृपारस गीता (गीता का दूसरा हिंदी अनुवाद)

विशेष : कोरोना काल में 200 से ज़्यादा काव्य गोष्ठियों में सहभागिता और 300 से ज़्यादा नज़्में लिखीं।

संपर्क : नेपाल
मो. : +977 9840006847
ईमेल : jpagnp@gmail.com

आज़ादी के मायने

सोचा आज़ादी का मतलब, अभाव मुक्ति औ ख़ुशहाली।
पर चहुँदिक फैली हिंसा क्यों, भूख-ग़रीबी-कंगाली।

न हुआ सैनिकों का आदर, न ही शहीदों का सम्मान,
कैसे कहें हो गये स्वतंत्र, वंचित की थाली ख़ाली।

जाति-धर्म पर सभी लड़ाते, गुर अंग्रेजों से सीखा,
कहो उस बाग का क्या होगा, जिसे उजाड़े खुद माली।

झूठे वादे कर ठगते हैं, याद दिला पूर्वजों की,
हथियाने को सत्ता ये, आतंक मचाते हड़ताली।

हाँ भले चले गये अंग्रेज, छोड़ गये वारिस अपने,
काले अंग्रेजों का शासन, करतूतें इनकी काली।

लगा रहे धब्बे नाम में, लोकतंत्र के ठेकेदार,
ईमानदार नेताओं को, देते जी भर कर गाली।

सबका साथ सबका विकास, सबका जीवन मंत्र बने,
संपूर्ण आज़ादी की, सबने अब उम्मीद जगा ली।

चमक रहीं आशा की किरणें, करें उजाला हर घर में,
पंद्रह अगस्त आया फिर से, ठोकें ना केवल ताली।

सभी जताते हैं अधिकार, कर्तव्य न करता कोई,
घर बैठे पूरी हो जायें, उम्मीदें सबने पालीं।

छिहत्तर वर्ष पूर्व हमें, थमा दिया एक झुनझुना,
आज़ादी बन गयी त्रासदी, बात कलम ने लिख डाली।

जितेंद्र भारद्वाज (जीतू जलेसरी)

जन्म स्थान : जलेसर जिला एटा, उत्तर प्रदेश, भारत

निवास : अफ्रीका

संप्रति : महाप्रबंधक (युगांडा, अफ्रीका)

शिक्षा : व्यवसाय प्रशासन व वाणिज्य में परास्नातक

प्रकाशन : उम्र लगी है (गीत, ग़ज़ल व मुक्तक)

सम्मान : विश्व हिंदी सेवा सम्मान 2021 (विश्व हिंदी अकेडमी मुंबई द्वारा), इंडियाज़ बेस्टीज़ अवार्ड 2021, प्रहरी सम्मान 2020

काव्यपाठ : आज तक, जी न्यूज़, सुदर्शन न्यूज़ व सूर्या समाचार के कार्यक्रमों और कई राष्ट्रीय और अंतरराष्ट्रीय मंचों पर काव्यपाठ।

अंतरराष्ट्रीय अध्यक्ष : ललित फाउंडेशन

संयोजक : राष्ट्रीय कवि संगम (अफ्रीका महाद्वीप), साहित्य समाचार (अफ्रीका महाद्वीप)

संपर्क : युगाण्डा
मो. : +256 705 047 252
ईमेल :jitendrabhardwaj1983@gmail.com

गीत

वतन से दूर बैठा हूँ, वतन पर प्यार आता है,
मुझे महसूस होता है, मुझे भारत बुलाता है।

यहाँ उपवन में मन भावन कहीं कलियाँ नही खिलती,
यहाँ पैसे तो मिल जाते हैं पर गंगा नहीं मिलती।

वही गंगा कि जिसको शीश पूरा जग नवाता है,
मुझे महसूस होता है मुझे भारत बुलाता है।

वतन से दूर बैठा हूँ, वतन पर प्यार आता है,
मुझे महसूस होता है, मुझे भारत बुलाता है।

शिशिर-हेमंत-वर्षा ऋतु का वो बादल नहीं मिलता,
मयस्सर है यहाँ ख़ुशबू मगर उत्पल नहीं मिलता।

न नींद आए तो मुझको माँ का आँचल याद आता है,
मुझे महसूस होता है मुझे भारत बुलाता है।

वतन से दूर बैठा हूँ, वतन पर प्यार आता है
मुझे महसूस होता है, मुझे भारत बुलाता है।

तेजेंद्र शर्मा

जन्म : 21 अक्तूबर 1952 (जगराँव) पंजाब, भारत

निवास : लंदन

शिक्षा : एम.ए. अंग्रेज़ी (दिल्ली विश्विद्यालय), कंप्यूटर कार्य (डिप्लोमा)

संप्रति : ब्रिटिश रेल (लंदन ओवरग्राउण्ड) में कार्यरत।

प्रकाशन : तू चलता चल, मृत्यु के इंद्रधनुष, स्मृतियों के घेरे (कहानी संग्रह), नयी ज़मीन नया आकाश (कहानी संग्रह), मौत...एक मध्यांतर, ग़ौरतलब कहानियां, सपने मरते नहीं, श्रेष्ठ कहानियां, प्रतिनिधि कहानियां, ये घर तुम्हारा है.. (कविता एवं ग़ज़ल संग्रह), मैं कवि हूं इस देश का (द्विभाषिक कविता संग्रह), टेम्स नदी के तट से

सम्मान : ब्रिटेन की महारानी एलिज़ाबेथ द्वितीय द्वारा एम.बी.ई. (मेम्बर ऑफ़ ब्रिटिश एम्पायर) की उपाधि, साहित्य भूषण सम्मान, साहित्य अकादमी सम्मान, ढिबरी टाइट के लिये महाराष्ट्र राज्य साहित्य अकादमी पुरस्कार-1995 तत्कालीन प्रधानमंत्री श्री अटल बिहारी वाजपेयी के हाथों, भारतीय उच्चायोग, लन्दन द्वारा डॉ. हरिवंशराय बच्चन सम्मान, एन.आर.आई ऑफ़ दि ईयर 2018 सम्मान।

संपर्क : लंदन
मो. : +44 7400 313433
ईमेल : editor@thepurvai.com

बर्फ़ भी आज हमारा बदन जलाती है...

ख़बर वहाँ के पहाड़ों से रोज़ आती है
पड़ोसी गोली से अपनों की जान जाती है।

वो कैसे लोग हैं, मरने से जो नहीं डरते
ज़मीन छोड़ने से शान पे बन आती है।

बमों और गोलियों से नाम जितने भी हैं जुड़े
अब उनके नाम की पहचान भी डराती है।

वो लोग भी हैं जिन्हें दोस्तों ने लूटा है
हो दिन या रात, याद गांव की सताती है।

वतन हमारा है अफ़सोस हम मुहाजिर हैं
बर्फ़ भी आज हमारा बदन जलाती है।

तिथि दानी

जन्मस्थान : जबलपुर (मध्य प्रदेश), भारत

निवास : लंदन

संप्रति : ब्रिटेन सरकार में प्रशासनिक अधिकारी, स्वैच्छिक अनुवादक, स्वतंत्र पत्रकारिता।

प्रकाशन : पहला कविता संग्रह– 'प्रार्थनारत बत्तखें' भारतीय ज्ञानपीठ से 2018 में प्रकाशित कविता संग्रह, अगला कविता संग्रह शीघ्र प्रकाश्य, साँझा संकलन 2019 में सर्व भाषा ट्रस्ट से प्रकाशित 'हाँ क़ायम हूं मैं', और अनेकों रचनाएं प्रकाशित।

सम्मान एवं पुरस्कार : भारतीय उच्चायोग, लंदन की डॉ. लक्ष्मीमल्ल सिंघवी हिंदी साहित्य प्रकाशन अनुदान योजना के तहत पहले कविता संग्रह की पांडुलिपि सम्मानित, आधारशिला फाउंडेशन का 'हिंदी गौरव सम्मान'।

उपलब्धि : भारत के कॉलेजों में अध्यापन, आकाशवाणी में कंपियरिंग, अल्पकालिक विविध प्रशासनिक कार्य, ब्रिटेन की साहित्यिक सांस्कृतिक संस्था 'वातायन' की सदस्य।

संपर्क : लंदन
मो. : +44 7502374618
ईमेल : tithidani@hotmail.com

चांदी के गिलास में अपने आनंदित होने का प्रमाण

इस तरह और भी न जाने क्या क्या घटता है
दिन भर में मेरे साथ
मेरे संस्कारों की वायु का बढ़ जाता है
शुद्धता स्तर,
उस वक़्त जब... पड़ोसी का साझा किया हुआ
मर्तबान खाली हो कर अपने साथ मिठास का
बंधन लिए आलमारी में चुपके से बैठ जाता है।
अब कहाँ कहाँ, कैसे, कब और किन रूपों में
मेरा भारत मुझसे संवाद करता
पता नहीं चलता
जब तक कोई नहीं कह देता
अरे अब भी बिंदी और सिंदूर लगाती हो
और न जाने कहाँ कहाँ लिए फिरती हो
तुम्हारी काया से लिपटी हुई साड़ी में सोखा हुआ भारत।

तूफैल अहमद

निवास : मस्कट, ओमान

शिक्षा : बैचलर ऑफ इंजीनियरिंग (जामिया दिल्ली), मास्टर ऑफ इंजीनियरिंग (एसपीए दिल्ली)

भाषाएं : उर्दू, हिंदी और अंग्रेजी

विधाएँ : ग़ज़लें, नज़्म, कता, हम्द, नात, दुआ, हास्य वीर रस

प्रकाशन : कविताएँ और ग़ज़लें भारत और विदेशों की पत्रिकाओं में प्रकाशित।

सम्मान : भारतीय दूतावास ओमान, भारतीय दूतावास कुवैत, बज़्मे सदफ कतर, बज़्मे उर्दू कतर, मेदान इंडोनेशिया में भारत के काउंसिलेट जनरल, ख्वाबग्वा ग्रुप बहरीन, इंडियन स्कूल क्लब द्वारा लाइफटाइम अचीवमेंट पुरस्कार सहित विभिन्न संगठनों द्वारा कई पुरस्कार प्राप्त।

विशेष : तीन संगीत एल्बम 'दिल से दिल तक', 'नवाज़िश' और कशिश में प्रदर्शित, बहरीन, संयुक्त अरब अमीरात, कतर, कुवैत, ओमान और भारत में मुशायरा/कवि सम्मेलन में गायन के लिए आमंत्रित।

संपर्क : मस्कट, ओमान
मो. : +968 9947 4295
ईमेल : ahmadindian@yahoo.com

नया हिंदुस्तान

आओ बनाएँ मिलकर, हिंदुस्तान नया हम।

उत्तर के हों या दक्षिण, पूरब के हों या पश्चिम
कश्मीर या कि केरल, गुजरात या कि सिक्किम
सिख जैन या इसाई, हिंदू हों या कि मुस्लिम
सब की हो एक वाणी, सबका हो एक सरगम
आओ बनाएँ मिलकर, हिंदुस्तान नया हम।

भारत को साफ-सुथरा, मिट जाए अब गरीबी
रिश्वत का हो समापन, दहशत रहे ना बाक़ी
हम ज़ात पात भूले, मज़हब कि हर लड़ाई
बापू के सपनों की तो, तब जा के होगी सिद्धि
आओ बनाएँ मिलकर, हिंदुस्तान नया हम।

शिक्षित बनाएँ सबको, शिक्षा है अपनी ताकत
जो कि विदेश में भी, खोले हमारी किस्मत
जाएं जहाँ भी हम तो, देती है हमको इज़्ज़त
जो चांद पर ले जाए, और वश में करदे पर्वत
आओ बनाएँ मिलकर, हिंदुस्तान नया हम।

उद्योग इतना विकसित, ऐसा हो कारखाना
उत्पाद इतना उत्तम, गुण से भरा हो इतना
हर देश हो दीवाना, भारत के वस्तुओं का
निर्यात वह करें हम, आयात जो कि होता
आओ बनाएँ मिलकर, हिंदुस्तान नया हम।

मेजर ध्यान जी का, यू जन्मदिन मनाएं
सब देश वासियों को, चुस्त और फिट बनाए
खेल और कूद में हम, हर टीम को हराएं
जिस देश में भी जाएं, मेडल पहन के आएं।
आओ बनाएँ मिलकर, हिंदुस्तान नया हम।

इस देश के सिपाही, चलते नहीं है डर कर
खाई हो या की पर्वत, हो रेत या समंदर
देखे जो कोई हमको, टेढ़ी नजर उठा कर
जिंदा ना उसको छोड़ें, सीमा जो छुए बढ़कर
आओ बनाएँ मिलकर, हिंदुस्तान नया हम।

लहराता यह तिरंगा, गौरव है यह हमारा
प्रभुत्व का हमारे, करता है यह इशारा
दुनिया में सब से ऊँचा, होगा हमारा झंडा
है यह कसम हमारी, संकल्प यह हमारा
आओ बनाएँ मिलकर, हिंदुस्तान नया हम।

हर देश हमसे पूछे, किसी ओर को है जाना
दुनिया को हम दिखाएं, उत्थान का ठिकाना
भारत का नाम ले फिर, दुनिया का कोना-कोना
और गर्व से कहें हम, भारत है देश अपना
आओ बनाएँ मिलकर, हिंदुस्तान नया हम।

देवी नागरानी

जन्म : भारत

निवास : न्यू जर्सी

शिक्षा : बी.ए. अर्ली चाइल्ड, व गणित में विशेष डिग्री (न्यूजर्सी)

भाषाज्ञान : हिन्दी, सिन्धी, गुरमुखी, उर्दू, तेलुगू, मराठी, अँग्रेजी,

सम्प्रति : शिक्षिका, न्यू जर्सी. यू.एस.ए (सेवानिवृत)

प्रकाशन : गम में भीगी ख़ुशी, उड़ जा पंछी, आस की शम्अ, सिंध जी आऊँ जाई आह्याँ, चराग़े-दिल, दिल से दिल तक, लौ दर्दे-दिल की, भजन-महिमा, ऐसा भी होता है।

सम्मान : अंतराष्ट्रीय हिंदी समिति, शिक्षायतन व विध्याधाम संस्था NY -काव्य रत्न सम्मान, काव्य मणि-सम्मान-"Proclamation Honor Award-Mayor of NJ, सृजन-श्री सम्मान, रायपुर -2008, काव्योत्सव सम्मान, मुंबई -2008, 'सर्व भारतीय भाषा सम्मेलन' में सम्मान, मुंबई साहित्य अकादमी -2008, राष्ट्रीय सिंधी भाषा विकास परिषद -पुरुस्कार-2009, 'ख़ुशदिलान-ए-जोधपुर' सम्मान-2010

संपर्क : न्यू जर्सी
मो. : +1 (201) 637-8485
ई मेल : dnangrani@gmail.com

मेरे वतन की ऐ सबा

(ग़ज़ल)

मेरे वतन की ऐ सबा, आएगी कब यह तो बता
चंदन सी लेकर खुशबू आ, आएगी कब ये तो बता

करती नहीं कुछ भी असर हर इक दवा है बेअसर
छू कर उन्हें दे ने शिफ़ा, आएगी कब ये तो बता

आंखों में हैं सपने जगे, ऐ शमअ तू रौशन रहे
दिल में जलाने अब दिया, आएगी कब ये तो बता

कल कल बहे नदिया सी तू, फिर भी रही है तिश्नगी
गागर से अपने जल पिला, आएगी कब ये तो बता

चुनरी दबा होंठों तले, तेरे अधर हंसते रहे
ऐ शोख़ चंचल सी सबा, आएगी कब ये तो बता

'देवी' के दिल में जो बसी, सांसो में वो रच बस गई
तुझको है उसका वास्ता, आएगी कब ये तो बता

दिव्या माथुर

निवास : लंदन यू के

कार्यक्षेत्र : वातायन यूके की संस्थापिका, रॉयल सोसाइटी ऑफ़ आर्ट्स की फ़ेलो, आशा फ़ाउंडेशन की संस्थापिका, ब्रिटिश-लाइब्रेरी की 'फ़्रेंड, नेहरू केन्द्र की सदस्य, लन्दन में वरिष्ठ कार्यक्रम अधिकारी, कथा यूके की अध्यक्षा।

सम्मान : पद्मभूषण मोटुरी सत्यनारायण लेखन सम्मान, आर्ट्स-काउन्सिल ऑफ इंग्लैंड के आर्ट्स-अचीवर पुरस्कार, 'इक्कीसवीं सदी की प्रेरणात्मक महिलाएँ'

पुस्तकें : आठ कहानी-संग्रह, आठ कविता-संग्रह, उपन्यास-'शाम भर बातें' दिल्ली विश्विद्यालय के बीए-औनर्स पाठ्यक्रम में शामिल, बाल उपन्यास 'बिन्नी बुआ का बिल्ला', छः सम्पादित संग्रह प्रकाशित।

उपलब्धियां : दूरदर्शन द्वारा आपकी कहानी पर दूरदर्शन द्वारा एक टेली-फ़िल्म का निर्माण, डॉ. निखिल कौशिक द्वारा निर्मित 'घर से घर तक का सफ़र: दिव्या माथुर' विभिन्न फिल्म-फेस्टिवल्स में शामिल।

संपर्क : लंदन यू के
मो. : +44 7770 775314
ईमेल : vatayanpoetry@gmail.com

शब्दकोष

शब्दकोष वह अदभुत था, युद्ध शब्द उसमें न था
शत्रु का था न अता-पता, बारूद बेचारा क्या करता।

घृणा न थी न द्वेष वहाँ, आहें थीं न बीमारी
न आँसू थे न शोक वहाँ, न मृत्यु न गोलाबारी।

बंजर शब्द का अर्थ वहाँ था, सरसों के जैसा पीला
पतझड़ था बसंत वहाँ, और मरुस्थल था नीला।

झूठ वहाँ था जिज्ञासा, आलस्य वहाँ था फुर्तीला
था रोना मुस्कान वहाँ और बेसुर था एक गीत सुरीला।

विनम्र, परिष्कृत, सदय तो थे, किंतु न थे नैराश्य, हताशा
थे रामराज्य शुभ मंगलमय, सम्मान स्नेह, गौरव, मर्यादा।

शब्दकोष सीने पर रख, मीठे सपनों में व्यर्थ बही
सुबह आज जब मैं जगती काश कि रहते अर्थ वही।

डॉ. दुर्गा सिन्हा 'उदार'

निवास : अमेरिका

शिक्षा : एम ए, एम एड, पीएचडी (मनोविज्ञान)

संप्रति : साहित्य एवं समाज सेवी, देहदानी समाज व देश सेवा का संकल्प, मनोवैज्ञानिक सलाहकार।

प्रकाशन : 8 पुस्तकें प्रकाशित, 2 ई ऑडियो बुक, (ग़ज़ल एवं भजन की प्रकाशित), 3 पुस्तकें प्रकाशनाधीन, अनेक साँझा संकलनों, पत्र-पत्रिकाओं में नियमित रचनाएँ प्रकाशित।

सम्मान : अनेक संस्थाओं से पुरस्कृत एवं सम्मानित, रचनाएँ एवं पुस्तकें पुरस्कृत।

अनुवाद : अनेकों पुस्तकों का गुजराती व अंग्रेज़ी से हिन्दी में अनुवाद।

विशेष : नाटक गुजरात राज्य स्तर पर पुरस्कृत एवं दूरदर्शन आकाशवाणी पर गुजराती अनुवाद के साथ प्रसारित।

संपर्क : सैन डिएगो

मो. : +91 9910408884 (भारत)

मो. : +1 (858) 204-5091 (अमेरिका)

ईमेल : durga.a.sinha@gmail.com

हम ही हिन्दुस्तान हैं

हम से ही है बना देश यह,
हम ही हिन्दुस्तान हैं
देश का बच्चा-बच्चा अपने, देश पर ही क़ुर्बान है।।

हम प्रहरी हैं, हम सेवक हैं, हम ही चौकीदार हैं
बाल न बाँका कर सकता है, हम सब पहरेदार हैं
मातृभूमि के लिए समर्पित, हम भारत की जान हैं
हम से ही है बना देश यह, हम ही हिन्दुस्तान हैं।।

हम सेना हैं, हम हैं नेता,
कर्णधार भारत के हम
करें सुरक्षा सीमा की,
सरहद के रखवाले हम
जन्मभूमि है जान हमारी
भारत अपनी शान है
हम से ही है बना देश यह,
हम ही हिन्दुस्तान हैं।।

हमें न कोई छू सकता है, तीरों से तलवारों से
हम ही करते सदा सुरक्षा
आतंकी हत्यारों से
कर्मभूमि है प्राण हमारी
भारत अपनी आन है
हम से ही है बना देश यह, हम ही हिन्दुस्तान हैं।।

दुश्मन ताकतवर होगा,
अपनी ताक़त में कमी नहीं
दुर्गम राहों की बाधाएँ,
रोक सकेंगी कभी नहीं
देशभक्त भारत के हम ही, आनबान और शान हैं
हम से ही बना देश यह, हम ही हिन्दुस्तान हैं।।

नमिता पाठक

जन्म : बिहार, भारत

शिक्षा : स्नातकोत्तर, श्रम एवं समाज कल्याण (पटना विश्वविद्यालय), मास्टर इन एजुकेशन, सिडनी

कार्यक्षेत्र : भारत-समाचार वाचिका (आकाशवाणी पटना), डीडी-1 (दूरदर्शन पटना, बिहार), बिहार के परिचित समाचार पत्रों में लेखन, प्रो़फ़ेसर ज़ाकिर हुसैन संस्थान, **सिडनी** – नॉमिनेटेड सुपरवाईजर एवं एजुकेशनल लीडर ऑफ विज़न फ़ैमिली डे केयर सर्विस, शिक्षक (न्यू साउथ वेल्स एजुकेशन विभाग)

संपर्क : सिडनी
मो. : +61 422 447 971
ई मेल : namitapathak@gmail.com

आज़ादी : कही-अनकही

आज़ादी, आज़ादी, आज़ादी और आज़ादी।
बिना वजह सड़कों पर दौड़ने की नहीं,
आसमानों को छूने की आज़ादी दे दो।।
रोज़ भीड़ में खड़े होकर नारे लगाने की नहीं,
स्कूल की एक बेंच पर बैठने की आज़ादी दे दो।।
मत मारो मुझे बेटी हूँ हाँ,
माँ के गर्भ में रहने की आज़ादी दे दो।।
सड़को पर फ़ख्र से चलने की,
अपने मन की कह सकूँ,
इसकी आजादी दे दो।।
मंदिरों में बैठे हैं, भगवान-भगवती,
मस्जिदों की दरों-दीवार में बसने वाले अल्लाह,
गिरिजा घरों में माँ मरियम, ईसा मसीह और गुरु के द्वार में
जपनाम वाहे गुरु को गुनगुनाने वालों में
एक सी मुहब्बत,
प्यार और सम्मान देने की आज़ादी दे दो।।
चाँद ईद का हो या करवाचौथ का,
एक सी ख़ुशियाँ मनाने की आज़ादी दे दो।
राम और रहीम, कृष्ण और करीम,
प्रार्थना, प्रेयर, अजान, गुरूवाणी, भाव, भक्ति,
आराधना की शक्ति, एक ही तो है।
श्रद्धा में सर या तो उठ रहे,

या जमीं पर झुके हुए,
हमें हमारे अल्फ़ाज़ों की आजादी दे दो।।
हमें हमारे परवरदिगार के दर पर, सर झुकाने की
हमें उसकी जमीं पर हँसने-मुस्कुराने की,
आजादी दे दो।।
किसी के सर पर हिजाब,
किसी के माथे पर पल्लू, चूनर, घूँघट
लिपटे रहने दो ना हमें हमारे दुपट्टे में,
हाँ हमें हमारे नाम के मक़ाम की आज़ादी दे दो।।
हाँ अपने गाँव, शहर, क़स्बे, देश की माटी से।
बाबा की लाठी, दादी माँ के आँगन,
बाबूजी के चश्मे, और माँ के आँचल से
सदीद मुहब्बत है।
बेटी हूँ तो क्या-मुझे भी,
मेरे अधिकारों की आज़ादी दे दो।।
कुछ सुकूँ, थोड़ी सी चैन हमें भी चाहिए।
खुली हवाओं में साँस लेने की आजादी दे दो।।
ज़िंदगी के इस सफ़र को हम भी तय कर रहे हैं,
नदियों के पानी सा हमें भी बहने दो।
अपने नाम के साथ जीने की आज़ादी दे दो ना।।
माँ याद है, आज़ादी का जश्न तो,
हम खूब मनाते थे।
छोटे थे, जलेबियाँ खूब खाते थे।
प्रभात फेरी की भीड़ होती,
हाथों में तिरंगा।
इंक़लाब का शोर,
और मीठी सी वो भोर।
आज़ादी के उन जज़्बों में,

आज़ाद कहीं पर ज़िंदा थे।
कहीं सिरों पर केशरिया साफ़े,
कही जनेऊ पगड़ी बांधे,
वीर भगत सिंह जी उठते थे।।
सर पर टोपी गाँधी वाली,
तिलक, बोस और लक्ष्मीबाई,
हर एक शहीदों की याद में,
बाबू कुंवर सिंह की फ़रियाद में,
हम बच्चे कितने सच्चे थे।
आज़ादी के नारों में,
आज़ादी के गानों में,
वीर अश्फ़ाकउल्ला के सजदों में,
हम कंधों को ऊँचा करते।
एक सलामी उन अपनों को,
आज़ादी के परवानों को,
आज़ादी का मतलब समझा जाता।
स्कूल के मैदान में तिरंगा फहरता,
गीत आज़ादी का हर कंठ गुनगुनाता।
आज़ादी के दर्द को, तब कहाँ समझती थी मैं!
गीत, कविता, कहानी, नारे होते थे,
पंडित हों, प्रीस्ट, मौलवी या फ़कीर,
देशप्रेम सभी में एक सा था।
अम्मा कहूँ या अम्मी, मतलब तो एक ही था।
वतनपरस्ती, वफ़ादारी माँ भारती के वंदन में,
अब भी वैसे ही जुड़ते हों हर हाथ।
हाँ अब नज़्म हो या छंद,
शेरों-शायरी या कुछ बंद,
किसी ग़ज़ल में सही,

मुझे देश प्रेम के, गीत गाने की आज़ादी दे दो।।
मुझे मेरे मैं में रहने की आज़ादी दे दो।।
हाँ मुझे मेरे मैं में रहने की आज़ादी दे दो।।

आज़ादी के इस पर्व की आप सभी को बधाई।

प्रो. नीलू गुप्ता विद्यालंकार

जन्म : फ़रीदाबाद (हरियाणा)

निवास : अमेरिका

शिक्षा : एम ए (दिल्ली विश्वविद्यालय)

संप्रति : हिंदी शिक्षिका, लेखिका, समाज सेविका

प्रकाशन : पत्र–पत्रिकाओं में इनके चर्चित लेख कविताएँ प्रकाशित

सम्मान : भारतीय कौंसलावास, सैनफ्रांसिस्को सान्ता क्लारा कैलिफोर्निया, इंडिया कम्युनिटी सेंटर कैलिफोर्निया, अंतरराष्ट्रीय हिंदी समिति वाशिंगटन, विश्व हिंदी ज्योति कैलिफोर्निया, ग्लोबल वीमेन पावर, कैलिफोर्निया, संस्कार भारती देहली, नागरी प्रचारणी सभा देहली आदि से सम्मानित।

विशेष : गुलजार, गोपाल दास (नीरज) जैसे विश्व विख्यात कवियों से लेकर प्रवीण शुक्ला जैसे कवियों का कार्यक्रम इनके नेतृत्व में हुआ, भारतीय सभ्यता संस्कृति का प्रचार प्रसार करने के लिए 2021 में भारत के महामहिम राष्ट्रपति द्वारा सर्वोच्च सम्मान 'प्रवासी भारतीय सम्मान' से तथा अमेरिकन राष्ट्रपति द्वारा समाज सेवा के लिए सम्मानित।

संपर्क : यू एस
मो. : +1 (510) 557-5120
ईमेल : nilugupta@yahoo.com

स्वतंत्रता दिवस

स्वतंत्रता दिवस का नारा भारत देश हमारा है
इसको शिखर पर पहुँचाना कर्तव्य हमारा है।

शहीद हुए जो वतन पर उनको हमें शीश झुकाना है
भारत की आज़ादी का फिर हमें जश्न मनाना है।

आओ हिलमिलकर ध्वज तिरंगा हम फहराएँ
लहर लहर लहराए इस पर न्यौछावर हो जाएँ।

देश-बलिदान पर शीश कटे तो न घबराएँ
जाते जाते अपनी मातृभूमि का ऋण चुका जाएँ।

आने वाली नई पौध को हरा भरा भारत हम दे पाएँ
अपने प्यारे भारत में प्यार का सागर हम लहराएँ।

झरने फूटें यहाँ ख़ुशी के ख़ुशहाल भारत कर जाएँ
आतंकवाद का घिनौना डंक कुचल भेदभाव मिटाएँ।

आज़ादी का अमृतमहोत्सव धूमधाम से मनाएँ
श्रीराम कृष्ण की पुण्यस्थली पर शीश नवाएँ।

कृष्ण-सुदामा जैसी मित्रता का जग को पाठ पढ़ाएँ
स्वतंत्र भारत को विश्वगुरु बनाने में सहयोग दे पाएँ।

नीना शर्मा

जन्मस्थान : नई दिल्ली भारत

निवास : नीदरलैंड

संप्रति : प्रिंसिपल आई टी कॉलेज नीदरलैंड

रुचियां : सितारवादन, पेंटिंग, कुकिंग, गीत सुनना एवं लिखना, क्राफ्ट बनाना

विशेषज्ञ : अंतरराष्ट्रीय ज्योतिषाचार्य एवं वास्तु एक्सपर्ट

अध्यक्ष : सनातन धर्म और विश्व हिन्दू परिषद, (महिला)

प्रकाशन : चार पुस्तकें-देश से प्रदेश, अनजान राह, पोष्टिक शाकाहारी आहार, वास्तु का जीवन में महत्व

अनुभव : भूतपूर्व कार्यकर्ता दूरदर्शन,

संपर्क : नीदरलैंड
मो. : +32 472 33 80 35
ईमेल : neena1959@gmail.com

सपनों का भारत

चलो बनाएं दुनिया ऐसी, जिसमे अत्याचार न हो!
नही सताए कोय किसी को, शोषित जन अधिकार न हो!!

मिले सभी को हक बराबर, मिले सभी को सम्मान!
काम करें ऐसे कि जिससे, बढे देश का स्वाभिमान!!

मुक्त हो बचपन मजदूरी से, अबला की चित्कार न हो!
चलो बनाएं दुनिया ऐसी, जिसमे अत्याचार न हो!!

ऊँच नीच के न हो झगड़े, भाषा भेद न नक्शलवाद!
नाम पर मजहब के कोई, होए न अब वाद-विवाद!!

अपनत्व से भरा हर दिल हो, आपस में तकरार न हो!
चलो बनाएं दुनिया ऐसी, जिसमें अत्याचार न हो!!

मिलावटी न हो कोई वस्तु, काला बाजारी होय नहीं!
खिला हुआ हो हर इक मुखड़ा, आँख एक भी रोय नही!!

देश भक्त हों सभी यहाँ पर, छुपा कोई गद्दार न हो!
चलो बनाएं दुनिया ऐसी, जिसमें अत्याचार न हो!!

काली कमाई नहीं रे भाई, देओ समय पर आयकर!
भरा खज़ाना सरकारी तो, राष्ट्र बनेगा ताकतवर!!

सभी यहाँ हों शिक्षित दिक्षित, अनपढ मूढ गवाँर न हो!!
चलो बनाएं दुनिया ऐसी, जिसमें अत्याचार न हो!!

नेहा शर्मा

निवास : अल थयाल ग्रीन्स, दुबई

संप्रति : ग्राफिक डिजाइनर

लेखन विधा : दोहा, घनाक्षरी, आरिल्ल छंद, जयकारी छंद, कविता, अतुकांत, तुकांत, ग़ज़ल, गीत, कहानी, संस्मरण, हास्य व्यंग्य, पत्रलेखन।

प्रकाशन : लहरें नेह की, व अनेकों कविताएं, लेख प्रकाशित।

लेखन भाषा : हिंदी, हरियाणवी, पंजाबी

संस्थापिका : साहित्य अर्पण, अनुरनन प्रतिध्वनि मंच

सम्पादक : लघुकथा आयोजन 2020 पुस्तक।

साहित्यिक सम्मान : पी के एस प्रकाशन : बेहतरीन कहानी हेतु, साहित्य संगम संस्थान, काव्यांचल : बेहतरीन कविता हेतु, शाम ओ सुखन दुबई बज्मे ए उर्दू की तरफसे : बेहतरीन गजल हेतु, बॉलीवुड टोस्टमास्टर क्लब : बेहतरीन काव्य प्रदर्शन हेतु, शुभ संकल्प द्वारा हरिकृष्ण देवसरे सम्मान।

संपर्क : दुबई
मो. : +917302213984
ईमेल : sharmanehabhardwaj@gmail.com

मिट्टी की ख़ुशबू

कौन कहता है कि लोग विदेशों में जाकर बस जाते हैं।
बस वतन की मिट्टी की खुशबू है जो लोग विदेशों तक ले जाते है।

वही खुशबू वही स्वतंत्रता हम सैनिकों से उधार लाये है।
अपनों की खुशबू से यहाँ भी चार चांद लगाने आये है।

सुकून हवाओं का हर तरफ मिलता है हमे एक सा
15 अगस्त और 26 जनवरी तो हम यहाँ भी मनाते हैं।

एक रोटी और पानी हम एक ही नदी का पीते है।
क्या फर्क पड़ता है कोई गंगा तो कोई थेम्स बुलाते है।

आज भी हिंदी और उर्दू शब्द सुनने पर छलकते है आंसू
फिर कैसे कह दे कि विदेशों में जाकर विदेशों के हो जाते हैं।

आज भी पंचतंत्र और नन्दन चंपक के दीवाने बच्चे हैं यहाँ।
आज भी राष्ट्रगान को सीना तानकर हम सब गाते हैं।

आज भी सैनिकों के बलिदान के किस्से बच्चों को सुनाए जाते हैं।
कौन कहता है कि कितनी आसानी से देश भुलाए जाते है।

अपनी संस्कृति का परचम हम यहाँ लोगो के दिल में फहराते हैं।
कैसे कह दें कि अपनी मिट्टी को भूल जाते हैं।

कौन कहता है कि लोग विदेशों में जाकर बस जाते हैं।
देश की मिट्टी की खुशबू है साहब जो लोग विदेशों तक ले जाते हैं।

निर्मला जोशी

अध्यक्ष : नेपाल राष्ट्रिय मा. महिला संगठन,

संस्थापक : डी पी एस एजुकेशन फ़ाउंडेशन

संपर्क : नेपाल

मो. : +977 9842628551

ईमेल : Nirmala.btm@gmail.com

शांति

मेरा देश हँसती फूलवारी हैं
प्रेम के फूल यहाँ खिलते हैं।
यहाँ कर्तव्य सभी निभाते हैं
अरमान दिलों में मचलते हैं।

यहाँ रुक नहीं सकती विपदाएं
यहाँ सेवा स्वप्न सलोने पलते हैं।
नहीं टिक सकती बुरी बलाएं
हम विपरीत हवाएं सहते हैं।

त्याग, समर्पण जहाँ उदित हैं
सुख समृद्धि के फल फलते हैं।
यहाँ नीत विवेक-भाव से
सद्भाव के दीप जलते हैं।

मेरे देश मे सह रिश्ते सजते हैं
यहाँ शांति के फूल खिलते है।

निशा गिरि

जन्म स्थान : बोकारो (झारखंड)

निवास : दुबई

शिक्षा : एम बी ए (मानव, मुंबई), अर्थशास्त्र में स्नातक

रुचि : लेखन (कहानी, कविता, भजन, गीत, नज़्म, क्षणिका, संस्मरण, लेख, उपन्यास, हास्य, व्यंग आदि)

सम्मान : कई राष्ट्रीय और अंतर्राष्ट्रीय पुरस्कारों से सम्मानित, अब तक 2 विश्व रिकॉर्ड में सहभागिता

प्रकाशन : यशस्वी भव (काव्य संग्रह), भारत, यू ए ई समेत अन्य राष्ट्रीय, अंतर्राष्ट्रीय पत्रिकाओ में, कविताएँ, संस्मरण तथा अन्य रचनाएँ प्रकाशित।

विशेष : भारत, यूएई, बहरीन, कुवैत समेत अन्य अंतर्राष्ट्रीय काव्य गोष्ठियों में ऑनलाइन और ऑफलाइन सहभागिता, महिला काव्या मंच शारजाह इकाई की महासचिव, यू ए ई मे हिन्दी साहित्य की सेवा में पिछले कई वर्षों से समर्पित।

संपर्क : दुबई
मो. : +971 56 618 1641
ईमेल : kgirinisha@gmail.com

स्वतंत्रता दिवस

स्वतंत्रता दिवस की सबको बधाई
कितने बलिदानों के बाद,
ये घड़ी है आई।

जाने-माने नाम हैं कुछ
कुछ अनजाने भी रह गए
खुशी-खुशी देकर बलिदान,
माँ भारती के लाल, जो बन गए।

खून से सींचा पुरखों ने
तब जाके ये दिन आया है,
आज भी उनका बलिदान
इस मिट्टी में समाया है।

उनकी भी जवानी थी
प्यारी सी प्रेम कहानी थी।
अपनी माँ के लाल थे वो भी,
पर थोड़े से मतवाले थे।

कैसे चुकाएंगे हम क़र्ज़ उनका
जो पराधीनता की बेड़ी, तोड़ गए
बस सिर झुका कर,
चलो कर लें नमन!!

जो उन्मुक्त गगन हमें दे गए ।

नितिन तिवारी

जन्मस्थान : अलवर राजस्थान

निवास : जापान

शिक्षा : राजस्थान विश्वविद्यालय जयपुर से होटल एवं पर्यटन प्रबंधन में स्नातकोत्तर

संप्रति : सैतामा-केन में भारतीय रेस्तरां व्यवसाय

प्रकाशन : लेख राष्ट्रीय स्तर के मीडिया हाउस में लगातार प्रकाशित।

उपलब्धियां : कॉलेज जीवन की शुरुआत से ही पत्रकारिता से जुड़े हुए, देश के प्रतिष्ठित हिंदी अखबार दैनिक भास्कर में जापान से जुड़ी खबरें कवर करना आदि।

संपर्क : जापान

मो. : 070-9093-2296

ईमेल: nitinnihonjapan@gmail.com

आज़ादी के मायने

मेरे देश में बदल रहे हैं आज़ादी के मायने,
जिसको सींचा था अपने ख़ून से उनसे
पूछ रहे हैं आज़ादी के मायने।।

पानी से भी हुआ सस्ता पुरखों का बलिदान है
जिस आज़ादी की क़ीमत जान देकर चुकाई थी
आज वो कह देते हैं वो आज़ादी तो हमने
अंग्रेजों से लीज पर पाई थी।।

जो आज बने बैठे हैं आज़ादी के हाकिम
क्या कभी उनके पुरखों ने कोई कीमत चुकाई थी।।
आज किसी को भी देशद्रोही कह देना
टॉप ट्रेंडिंग बना हुआ है क्योंकि उनको पता ही नहीं
हमने आज़ादी अपनों की जान देकर पाई थी।।

देश में सवालों का अनगिनत दौड़ है
क्या तुमको मालूम है कैसे हमने आज़ादी पाई थी।।

डॉ. नितिन उपाध्ये

जन्म : इन्दौर उज्जैन भारत

निवास : दुबई

संप्रति : एसोसियेट प्रोफ़ेसर

विधाएं : ग़ज़ल, गीत, कहानी, बाल-साहित्य, हास्य नाटक

सम्मान : अनुस्वार रत्न सम्मान, विश्व मराठी कवि सम्मेलन, दुबई

प्रकाशन : देश की प्रतिष्ठित पत्र पत्रिकाओं जैसे 'सरिता, चंपक आदि' में इनकी रचनाएँ प्रकाशित।

विशेष : वरिष्ठ नागरिक काव्य मंच के विदेश महा सचिव और मिडिल ईस्ट इकाई के अध्यक्ष, 'ग्रन्थ तुम्हारे द्वार' योजना को प्रारम्भ, हिन्दी/मराठी साहित्यकार और कवि, वर्ल्ड बुक ऑफ़ रिकार्ड्स के कई कार्यक्रमों में प्रतिभाग, विश्व हिंदी दिवस पर भारतीय दूतावास, आबू धाबी और वाणिज्य दूतावास में काव्य पाठ।

संपर्क : दुबई
मो. : +971 56 360 8330
ईमेल : n_upadhye@yahoo.com,
nupadhye@gmail.com

तुम गर्व से मस्तक उठाओ देशवासियों

तुम गर्व से मस्तक उठाओ देशवासियों
जय गान भारती का गाओ देशवासियों।

परतंत्रता की बेड़ियां सदियों की हटाने
आए थे कई वीर यहाँ शीश कटाने
हम में भी रक्त तो उन्हीं सेनानियों का है
तैयार हम खड़े हैं अपनी जाँ को लुटाने
हो एकजुट आज आओ देशवासियों।

खेलों में तिरंगे को है फहराया शान से
आगे हम बढ़ चले है ज्ञान से, विज्ञान से
ये विश्व में जो आज अपनी साख बनी है
है राम के आदर्श से, मुरली की तान से
स्व नाम तुम ऐसा कमाओ देश वासियों।

मन में सभी के स्वच्छता की लग गई लगन
मेरे और देश में विकास की बहने लगी पवन
गंगा की पवित्र धाराएं ये कहती हैं ये हमें
उन्नत ये देश होगा करोगे जो तुम जतन
सौगंध तिरंगे की खाओ देशवासियों।

अमृत महोत्सव का बड़ा पावन ये पर्व है
स्वतंत्र है ये देश जिसपे हमको गर्व है
मंगल पे, चंद्र पे तिरंगे को लगाया है,
वैक्सीन बना के रोका करोना का कर्व है
जम कर के ये उत्सव मनाओ देश वासियों।

पूजा अनिल

शिक्षा : प्राणी विज्ञान में स्नातकोत्तर

निवास : मैड्रिड, स्पेन

विधाएं : कहानी, लघुकथा, लम्बी कहानी, कविता, नाटक, गीत, आलेख

प्रकाशन : कहानियाँ, कवितायें एवं आलेख भारत के कई प्रसिद्ध पत्र पत्रिकाओं (पाखी, मधुराक्षर, कादम्बिनी, नई दुनिया, गर्भनाल, अनुभूति, सेतु, उर्वशी इत्यादि) में प्रकाशित।

योगदान : हिंदी गुरुकुल स्पेन की संस्थापक, साल 2008 से स्पेन की राजधानी मद्रिद में हिंदी कक्षा संचालन, विदेशी विद्यार्थियों के लिए हिंदी सिखाने तथा भारत से बाहर हिंदी को प्रतिष्ठा दिलाने में सहयोग।

उपलब्धियां : हिंदी एवं स्पेनिश दोनों ही भाषाओं में कविता लेखन और परस्पर अनुवाद, विभिन्न ऑनलाइन हिंदी वेबिनार और गतिविधियों में सम्मिलित।

संपर्क : मैड्रिड स्पेन
मो. : +34 685 554 103
ईमेल : poojanil2@gmail.com

कर लो देश से प्यार

इक छोटी सी गुड़िया रानी,
जो बसे देश से कोसों दूर,
भावुक भारत राष्ट्र के लिए
हर एक पल होती भरपूर।

आत्मा उसकी देश में बसती,
उसकी तपस्या देश से प्यार।
अलख देश प्रेम की जगाती
माटी प्रणाम करे बारम्बार।

कहती देश की सीमाओं पर
क्यों लड़ते मरते हमारे शूरवीर?
घर में सुरक्षित रहते हम सब
कफ़न बांधते रण में वीर।

एक प्रयास तुम इतना करना,
वीर सैनिकों को दुआ भेजना,
राष्ट्र हित में प्रार्थना करना,
शुचिता अपने मन में रखना।

तुमने क्या कभी यह सोचा?
देश ने तुमको भी था जगाया?
इसकी धड़कनों ने रह रह कर
नाम तुम्हारा भी था पुकारा?

माँ की ममता जैसा आलिंगन
रक्षा करे तुम्हारी सुबह शाम।
लेकिन तुमने ध्यान दिया कब?
बस करते रहे सदा विश्राम!

सुनो देश की माटी कहे क्या,
चलो, उठो, छोड़ो आराम।
कौन है अपना कौन पराया?
कदमों की आहट से पहचान!

दरिया, खेत, पर्वत, मैदान,
देश के रक्षक और पालनहार,
अपनेपन का कवच बंधा है,
देश से कर लो तुम अक्षय प्यार।

इसके सहारे विश्व जीत लो,
कदमों में झुक जाए संसार।
मन प्राण न्यौछावर कर लो,
होगी दुनिया में जय जयकार।

पौपी डे अपरुपा बसु डे

शिक्षा : एम.ए (अंग्रेजी साहित्य), इलाहाबाद विश्वविद्यालय

संप्रति : अध्यापिका

प्रकाशन : लेख, कहानी, कविता व यात्रा वृतांत भारत के विभिन्न पत्र-पत्रिकाओं (मनोरमा, सत्य कथा, अमृत प्रभात, शिक, हिन्दी इत्यादि) में प्रकाशित।

पुरस्कार : हिंदी नाटक लेखन (कफ़न, प्रेमचंद) पुरस्कृत,

विशेष : विख्यात साहित्यकार डॉ रामकुमार वर्मा, इलाचन्द्र जोशी, नरेश मेहता, अमरकांत, ममता कालिया, रवीन्द्र कालिया, भवानीप्रसाद गुप्त आदि के साक्षात्कार लिए जो प्रकाशित भी हुए।

संपर्क : लंदन
मो. : +44 7438 891008
ईमेल : dey.poppy@rediffmail.com

जन्मभूमि माँ!

तू वहाँ मैं यहाँ।
तुझ से दूर इस विदेश में बस कर
जीती हूँ हर पल तेरा ही नाम लेकर
बरसों बीत गये बिछड़े गोद से तेरी
फिर भी लगता है तू हरदम है पास मेरी
क्या इसी को कहते हैं जन्म-जन्म का नाता
सात समुन्दर पार जाकर भी जो टूट नहीं जाता
इसीलिए तो कभी एकाकीपन मुझे नही काटता
तेरी यादों की सवारी पर तय जो करती हूँ रास्ता।

जन्मभूमि माँ, क्यों होती हैं स्मृतियाँ तेरी सदा सुख की
आँचल में तेरे रह कर भी काटी हैं घड़ियां मैंने दुख की।
विविधतापूर्ण है मेरे देश का रंग, रूप व धार्मिक आस्थाएं
मेरे भारत की एकता के अनोखेपन की यही हैं विशेषताएं
विश्व के देश-विदेशों का करती हूँ यात्रायें मैं जब भी
नहीं दिखता मेरे देश भारत से बेहतर कोई कभी भी
दुख में हो या सुख में जब तेरी याद में बेचैन होती हूं मैं
तभी जन्मभूमि तेरी गोद में समाने के लिए तड़पती हूं मैं
प्रवास में रहने की क्या यही होती है वेदनादायक सज़ा
अन्यथा क्यों नहीं लूट सकी हूँ मैं, रहकर प्रवास का मज़ा।

प्राची चतुर्वेदी

निवास : कनाडा

संप्रति : वरिष्ठ प्रबंधक, Syntax Canada (सूचना प्रोद्योगिकी)

साहित्यिक परिचय : हिंदी व अंग्रेजी कवयित्री एवं लघुकथाकार

संस्थापिका : सृजनी ग्लोबल, कैनाडा प्रभारी, प्रज्ञान विश्वम

सम्मान : भारतीय कोन्सुलावास Vancouver एवं विज्ञान संचार मंत्रालय भारत से सम्मानित।

विशेष : दैनिक जागरण, अमर उजाला आदि हिंदी अखबारों में रचनाएँ प्रकाशित, Zee TV Canada और आज तक पर काव्यापाठ, Sanctuary Asia एवं India Today Group द्वारा पुरस्कृत nature photographer व travel writer

चल कदम कदम

चल क़दम क़दम, इस विजय डगर, बनने मैं एक मिसाल चला
उड़ गगन पवन कह दे माँ से, बनने भारत का लाल चला
जो होश उड़ा दे दुश्मन के, बन तूफ़ान की रफ़्तार चला
उड़ गगन पवन कह दे माँ से, बनने भारत का लाल चला

जो बचपन बीता आँचल मे, मैं उसको भूला ना पाऊँगा
माँ वतन का फ़र्ज निभा लूँ फिर ममता का क़र्ज़ चुकाऊँगा
जिससे काँपे दुश्मन थर थर–मैं गरज वज्र सी धार बना
उड़ गगन पवन कह दे माँ से, बनने भारत का लाल चला

जो होश उड़ा दे दुश्मन के, बन तूफ़ान की रफ़्तार चला
उड़ गगन पवन कह दे माँ से, बनने भारत का लाल चला

जो चूमती थी माथा मेरा, वो स्पर्श सदा है याद मुझे
बर्फ़ीली काली रातों मे, गरमाये तेरा लाड़ मुझे
वो हिम्मत पायी तुझसे माँ, मैं सरहद की चट्टान बना
उड़ गगन पवन कह दे माँ से, बनने भारत का लाल चला

जो होश उड़ा दे दुश्मन के, बन तूफ़ान की रफ़्तार चला
उड़ गगन पवन कह दे माँ से, बनने भारत का लाल चला

जो वादा किया निभाउंगा, तू डरना मत मैं आऊँगा
बन्दूक से दुश्मन ढा लूँ माँ, फिर कंधे तुझे बिठाऊँगा
ऊँचा लहराये ध्वज जिससे, मैं जीत की वो हुंकार बना
उड़ गगन पवन कह दे माँ से, बनने भारत का लाल चला

जो होश उड़ा दे दुश्मन के, बन तूफ़ान की रफ़्तार चला
उड़ गगन पवन कह दे माँ से, बनने भारत का लाल चला

प्राची गर्ग

शिक्षा : आर्किटेक्ट, मुंबई

जन्मस्थान : बरेली, उत्तर प्रदेश

निवास : जकार्ता इंडोनेशिया

विधाएँ : हिंदी व अंग्रेजी कविता

संप्रति : विभिन्न काव्य मंच पर नियमित रूप से स्वरचित कविता प्रस्तुत करना

प्रकाशन : अंग्रेजी में प्रकाशित हुई–Editor's Choice Award by poetry.com & International Library of Poets in September 2001

विशेष : योग, पर्यावरण और सामाजिक कार्य के क्षेत्र में सक्रिय

संपर्क : जकार्ता इंडोनेशिया
मो. : +62 85883891756
ईमेल : prachiigoel@gmail.com

मेरा भारत

मुझे गर्व है अपने भारत पर,
मेरा भारत किसी से कम नहीं।
यह वह उभरती शक्ति है,
जिसे कोई अब रोक सकता नहीं।
हर क्षेत्र में अव्वल हो रहा है,
अब पीछे मुड़ने की सोच रहा नहीं।
जिन अंग्रेजो की हुकूमत चलती थी यहाँ,
आज उन्हीं की कंपनियों को चलते भारतीय कईं।
हमसे कोहिनूर छीन लिया तो क्या,
हमारे देश में अब भी हीरो की कमी नहीं।
जिसने विश्व में आध्यात्मिकता का प्रकाश फैलाया,
ऐसा उज्जवल सूरज अब ढलेगा नहीं।
योग का ज्ञान हो या नासा इसरो का विज्ञान,
पूर्ण आत्मनिर्भर होने से अब हम दूर नहीं।
जब भारतीयों को देखती हूं, माइक्रोसॉफ्ट गूगल व स्टारबक्स के ऊँचे पदों पर,
तब सीना तान के कहती हूं, हम में कोई भी हुनर की कमी नहीं।
जैगुआर हो या हैमिली व लैंड रोवर,
हमने जो एक बार ठान ली, तब चांद तो क्या मंगल को भी छोड़ेंगे नहीं।
अनेक भाषाओं, संस्कृति और धर्म से रंग कर भी सबसे बड़ा लोकतंत्रीय है,

ऐसा देश कोई और मैंने देखा नहीं।
जहाँ बर्फीले पहाड़ व नदियों से लेकर हरियाली व रेगिस्तान हो,
ऐसे पावन धरती पर कई महापुरुषों के पद चिह्न अभी मिटे नहीं।
जिसने विश्व को शतरंज, गणित और शुन्य का मूल्य सिखाए,
वह आज अर्थव्यवस्था में भी पीछे नहीं।
आयुर्वेदिक से लेकर आधुनिक दवाइयां जिसने दी है पूरे विश्व को,
मुझे पूर्ण विश्वास है, हमारा देश अब शक्तिशाली बनने से दूर नहीं।
इसीलिए गर्व है मुझे अपने भारत पर,
मेरा भारत किसी से कम नहीं।

जय हिंद।

प्रगीत कुँवर

जन्म : ग़ाज़ियाबाद उ.प्र.

निवास स्थान: ऑस्ट्रेलिया (सिडनी)

शिक्षा : बी. कॉम, सी. ए., आई. सी. डब्ल्यू. ए., एल. एल. बी., भारतीय शास्त्रीय संगीत का अध्ययन

अभिरुचि : साहित्य लेखन, अध्ययन, संगीत और काव्य

संप्रति : ऑस्ट्रेलियन कम्पनी में डायरेक्टर एकाउंट्स एवं फ़ाइनेंस

प्रकाशित पुस्तक : देखें थे जो ख़्वाब (दोहा संग्रह)

प्रकाशन : दोहे, हाइकु, ताँका, सेदोका, गीत, ग़ज़ल, माहिया, कहानी, लघुकथा आदि का प्रकाशन समय-समय पर विभिन्न स्तरीय पत्र-पत्रिकाओं में और साँझा संकलनों में।

विशेष : देश-विदेश के विभिन्न रेडियो और टी. वी. चैनलों परकाव्य पाठ एवं साक्षात्कार, विश्व हिंदी सचिवालय मॉरीशस द्वारा पुरस्कृत।

सम्पर्क : सिडनी

मो. : +61 430 651 519

ईमेल : prageetk@yahoo.com

आओ करें स्वागत

आओ इसका स्वागत हम सब करें नए सुर-ताल में
आज़ादी का पंछी उड़कर चला छियत्तर साल में।

अमर शहीदों को पानी थी आज़ादी हर हाल में
जीवन आहुति देकर वो गए काल के गाल में।

चमक रहा है ताक़त बन भारत दुनिया के भाल में
बरसों से था कैद ग़ुलामी के जो खूनी जाल में।

परदेसी पर किया भरोसा तब ही हम ये जान सके
सीधे-साधे लोग ही अक्सर फँस जाते हैं चाल में।

सीमाओं पर लिए तिरंगा औ बंदूक़ें हाथ में
हँसते-हँसते शूरवीर रंग जाते हैं रंग लाल में।

भारत माँ के मंदिर में आते हैं वीर सपूत सब
अपनी साँसों के पुष्पों को रखकर अपने थाल में।

प्रीति गोविंद राज

निवास : वर्जीनिया, अमेरिका

अभिरुचि : शास्त्रीय नृत्य, गायन, चित्रकला और कढ़ाई

संप्रति : जार्जटाउन यूनिवर्सिटी अस्पताल के कैंसर सेंटर में कार्यरत।

प्रकाशन : हिन्दी में दो काव्य संग्रह, अनेक कथा संग्रह प्रकाशित, अंग्रेज़ी में एक काव्य संग्रह प्रकाशित, अनेक पत्र-पत्रिकाओं में कविता, कहानी, हाइकु और गजलें प्रकाशित।

पुरस्कार : विश्व हिंदी सचिवालय द्वारा विश्व हिंदी दिवस 2020 के अंतरराष्ट्रीय कहानी-लेखन प्रतियोगिता में अमेरिका भौगोलिक क्षेत्र से प्रथम पुरस्कार, विश्व हिंदी सचिवालय के 2022 संस्मरण प्रतियोगिता में अमेरिका क्षेत्र से प्रथम पुरस्कार।

संपर्क : वर्जीनिया

मो. : +1 (571) 574-1169

ईमेल : preethigovindaraj2@gmail.com

समुद्र पार आये हैं

यह सही हम समुद्र पार आये हैं
आत्मा देश की हम, साथ लाए हैं
है सांसों में अब तक, महक गाँव की
चूड़ियाँ धड़कनों में खनकाये हैं।
यह सही हम, समुद्र पार आये हैं।

गर्भ में जब नया, अंकुर उपजाया,
संस्कृति से अपने, मिठास बढ़ाया
नई धरा पर घिसे, पवन महकाया
चंदन-वन श्रम से तब उगाये हैं।
यह सही हम समुद्र पार आये हैं।

जब उल्लास पर्व का, लहरे जग में
जोश देश का ही तो, थिरके पग में
झूमे तन-मन, उमंग दौड़े रग में
मन बच्चा झूले, पेंग बढ़ाये है।
यह सही हम समुद्र पार आये हैं।

भेद रंग-रूप के जब बंधन गये
दूत हम देश के इस तरह बन गये
देश के फूल, जग का चमन बन गये
योग और ध्यान का गुण सिखाये हैं।
यह सही हम समुद्र पार आये हैं।

प्रीति मिश्रा

जन्म : कोलकाता पश्चिम बंगाल

निवास : शिकागो

शिक्षा : स्नातक (कोलकाता), कम्पनी सचिव की शिक्षा बैंगलोर (कर्नाटक)

संप्रति : शिक्षिका

प्रकाशन : कौस्तुभ, दृष्टि, गर्भनाल, नविनक़दम छत्तीसगढ़ समाचारपत्र, मानवी, आरुषि पत्रिका जैसी पत्रिकाओं में रचनाएं प्रकाशित।

उपलब्धियां : रेडिओ पानीपूरी शिकागो, महिला काव्य मंच, यूँगानूज, हिंदी क्लब ओफ़ llinois, प्रहरी मंच अमरीका और रूट्स टू हिंदी, वरिष्ठ नागरिक मंच जैसे कई मंचों पर अपनी रचना प्रस्तुत करने का भी सौभाग्य प्राप्य कर चुकी।

विशेष : महिला काव्य मंच नेपरविल इकाई में सचिव पद को सम्भालने का सौभाग्य मिला।

संपर्क : शिकागो
मो. : +1 (504) 327-9793
ईमेल : pritimishra82@gmail.com

भारत की बातें

भारत देश की मेरी बात ही कुछ निराली है,
हर ज़र्रे में हर कोने में मिलती नयी कहानी है।

धरती की गोद में छुपे अमोल ख़ज़ाने हैं,
कण कण में मिट्टी के रहस्य कई पुराने है।

मस्ती में बहती नदियों को माँ कह के हम बुलाते है,
आस्था की क्या बात करूँ श्रद्धा से यहाँ पत्थर भी पूजे जाते हैं।

भेद नहीं है जात पात का बस प्यार दिलों में बसता है,
मन में केवल एक दूजे के करुणा प्रेम ही रहता है।

देव समझ के अतिथियों को पाव पखारें जाते हैं,
हर संभव सम्मान में उनके स्नेह सुमन बिछाये जाते हैं।

महापुरुषों की गाथा से सजी मेरे भारत की धरती है,
सीता, राधा और सावित्री की पावन कथा सुनायीं जाती है।

देश में हर बच्चे के भीतर भगत सिंह सा साहस है,
भारत माँ की हर बच्ची में बनने की लक्ष्मीबाई सी चाहत है।

वीरों ने है लहू से सींची इस मिट्टी की रंगत को,
ना भूले बलिदान हम उनका हर दिल पे वो अंकित हो।

हम सारे है प्रहरी राष्ट्र के अब हमको ही कुछ करना है,
बस देश के ख़ातिर जीना है और देश के ख़ातिर मरना है।
बस देश के ख़ातिर मरना है।

प्रेमदीप चमन

शिक्षा : विद्यावाचस्पति, G. C. E. A. L-हिंदी

जन्मस्थान : प्रेम निकेतन, पंडितवासुदेव विष्णुदयाल मार्ग, लालमटी

निवास : मॉरिशस

मूलत विधाएं : कविता, नाटक, कहानी, शेर

सम्प्रति : काव्य संग्रह की रचना

प्रकाशित कृतियाँ : ***कहानी***- सहानुभूति कि आड़ में, ***एकांकी***- कलयुग की रामायण, हड़ताल, मानिलाल डॉर्टर आदि।

सम्पदित कृतियाँ : गोदान

सम्मान/पुरस्कार : 1. प्रथम स्थान, मुख्य अभिनेता-शरू, मोटरवाला, हिंदी लेखक संघ की ओर से पुरस्कृत व सम्मानित
2. विश्व हिंदी सचिवालय से सम्मानित।

सम्पर्क : मॉरिशस
मो. : +230 57843795, +230 52808861
ईमेल : premdeepchmmun.1@gmail.com

देश पराया

देश पराया
गलियाँ परायीं
सूनी सपाट सीं
बिछी चौड़ी सड़कें परायीं,

कभी न पूछतीं
पहचान,
बढ़ती कदमों की फ़कत
किसी न किसी मोड़ से
इस कदर जोड़ देती हैं
जैसे,
सदियों की पहचान हैं।

रुकते दिखते मिले
जो भी
सारे अजनबी निकले
मगर,
चेहरों और लबों पे
सबके झलकती खुशियाँ
और होठों से टपकते मुस्कान मिले
जैसे
जन्मों की पहचान हैं।

प्रोफ़ेसर पुष्पिता अवस्थी

निवास : नीदरलैंड

पुरस्कार/ सम्मान : पद्मभूषण मोटूरि सत्यनारायण पुरस्कार (भारत के सम्मानित राष्ट्रपति श्री प्रणब मुखर्जी द्वारा प्रदान), रवींद्रनाथ टैगोर पुरस्कार से सम्मानित, गांधी शांति पुरस्कार 2019, उत्तर प्रदेश हिंदी संस्थान द्वारा 'प्रवासी हिंदी साहित्य भूषण पुरस्कार',

उपलब्धियाँ : भारतीय सांस्कृतिक संबंध परिषद (ICCR), विदेश मंत्रालय, भारत सरकार की वरिष्ठ फेलोशिप, महात्मा गांधी अंतर्राष्ट्रीय हिंदी विश्वविद्यालय, वर्धा, भारत द्वारा 2019 में अनिवासी भारतीय लेखक के रूप में आमंत्रित।

संपर्क : नीदरलैंड
मो. : +31 6 30 41 07 78

राष्ट्र का ईश्वर है- राष्ट्रीय ध्वज

विदेशों में भारतीय हृदय ही राष्ट्रीय ध्वज है-
जिसमें लहराता है तिरंगा
अपनी विरासत के गीत गुनगुनाता।

राष्ट्रीय तिरंगा
स्वदेश का सजीला पासपोर्ट है जिसके भीतर है-
अपने प्रिय वतन
स्वदेशी भारत की छवि।

जिसके चक्र से
सम्बद्ध है-हमारी चेतना
जो करती रहती है अहर्निश
वैश्विक मानवीय संस्कृति का प्रवर्तन
स्वदेश के नेतृत्व में।

देश की आपदाओं में
हम सबके वक्ष-भीतर
सिहरता रहता है-अपनी चेतना का तिरंगा
हमारी व्यथित-व्याकुल संवेदनाओं के साथ।

विदेश में
अपने अस्तित्व से रचाते हैं हम
स्वदेश की वैभवमयी अस्मिता

जिसका रक्षा-कवच है
स्वाभिमानी तिरंगा
कर्ण को प्रदत्त
सूर्य द्वारा रक्षा-कवच सरीखा।

विदेशी वसुधा पर
विश्व के अन्य राष्ट्र ध्वजों के बीच
भारतीय तिरंगा
मनुष्यता की प्राचीनतम विरासत को
आधुनिकता के साथ
हवाओं में लहराता है और विलय करता है-आत्मीयता के साथ।

विश्व में
अपने ही वैभव से
झेलता है- विश्व की चुनौतियाँ
मानवता के पक्ष में
अहिंसा की सत्याग्रही कीर्ति के साथ।

सृजनात्मकता ही
समस्याओं का समाधान है जिसका
सृष्टि करती है- नित्य उद्घोष
विश्व मानवता और पृथ्वी-संरक्षण-बोध
'तिरंगा' की धारणा का है- आध्यात्मिक जनक
तिरंगा जिसे जपता है- सदैव।

देश की अस्मिता के महापुरुषों
और स्वाधीनता के शहीदों के नाम ही
'तिरंगा' के बीजक मंत्र हैं।

देश के निज स्वामित्व निमित्त
'स्वाधीनता' राष्ट्र का
राष्ट्र के शहीदों द्वारा लिखा
'स्वदेशी-वेद' ग्रंथ हैं
जिसकी ऋचाएं लिखी हैं-राष्ट्र भक्तों ने
अपनी आहुति की लेखनी से
जिसका जय घोष करता है- नित्य।

भारतीय तिरंगा
स्वदेश और विदेश में
मानें संपूर्ण विश्व के भारतीय
अपने इतिहास के साथ
तरंगित और आह्लादित
रहते हैं- कि
भारतीय राष्ट्रीय तिरंगे के
यशस्वी गौरव के साथ- जुड़ा है उनका जीवन।

देश का राष्ट्रीय ध्वज ही
'राष्ट्र का ईश्वर है'
और उसकी ही भक्ति करनी चाहिए
मातृभूमि और पृथ्वी के पक्ष में।

अपना तिरंगा हृदय की धड़कन है-
हम सबकी तरह
संपूर्ण विश्व में
देश के लिए धड़कता और तपता हुआ-
देश से एकात्म होकर
देश के नागरिकों के लिए

स्वदेश में भी
विदेश में भी।

भारतीय तिरंगे में समाविष्ट हैं-
स्वदेश की ज्ञानेन्द्रियाँ
तिरंगा सुनता है- हमें
और देखता है- हमारे सपने
हमारी ही तरह।
विदेश में होने पर भी
स्वदेश की तरह
रहता है- हमारे साथ
मातृभूमि की शक्ति और निजता सरीखा
उसके फहराने में
गूंजता है- स्वदेश का हार्दिक संगीत
जिसमें धड़कता है-
अपनी धरती की ममता का
देश-राग
और माँ के वात्सल्य का सरस-पराग।

डॉ. भावना कुँवर

निवास : सिडनी, ऑस्ट्रेलिया

शिक्षा : हिन्दी व संस्कृत में पोस्ट ग्रेजुएशन, बी. एड., पी-एच. डी. (हिंदी ग़ज़ल), टेक्सटाइल डिजाइनिंग में पीजी, डिप्लोमा।

संप्रति : ऑस्ट्रेलियन सौंदर्य प्रसाधन कंपनी में सेल्स एवं मार्केटिंग डिपार्टमेंट में कार्यरत

संपादक : साहित्यिक हिंदी ई-पत्रिका 'ऑस्ट्रेलियांचल' एवं देश-विदेश की विभिन्न पत्रिकाओं में संपादक

प्रकाशन : (21) शोध ग्रंथ, दूसरा संस्करण, तारों की चूनर (हाइकु संग्रह), धूप के खरगोश (हाइकु संग्रह), जाग उठी चुभन (सेदोका संग्रह), परिन्दे कब लौटे चोका संग्रह), कूल कछुआ स्मार्ट कंगारू (बाल गीत)

सम्मान : हाइकु रत्न सम्मान, कविता कोष सम्मान, हिन्दुस्तानी भाषा काव्य प्रतिभा सम्मान, हिन्दी रत्न सम्मान, ईप्सा एवार्ड, प्रवासी साहित्कार सम्मान।

संपर्क : सिडनी, ऑस्ट्रेलिया
मो. : +61 430 653 598
ईमेल : bhawnak2002@gmail.com

वतन से दूर

(ग़ज़ल)

वतन से दूर हूँ लेकिन अभी धड़कन वहीं बसती
वो जो तस्वीर है मन में निगाहों से नहीं हटती

बसी है अब भी साँसों में वो सौंधी गंध धरती की
मैं जन्मूँ सिर्फ़ भारत में दुआ रब से यही करती

बड़े ही वीर थे वो जन जिन्होंने झूल फाँसी पर
दिला दी हमको आज़ादी नमन शत-शत उन्हें करती

वतन के वास्ते जीते वतन के वास्ते मरते
उन्हीं वीरों की गाथाएँ मेरे मन में सदा पलती

लहू उनका ही बन स्याही लिखाता है सदा मुझसे
उन्हीं वीरों की क़ुर्बानी सदा मेरी क़लम लिखती

ये फल उनकी ही मेहनत का है कि आजाद हैं हम
ना करते कोशिशें वो सब तो आज़ादी नहीं मिलती

भारती सिंह

शिक्षा : बी ए एल एल बी

विधाएं : कविता, लघुकथा, कहानियां

निवास : घाना, पश्चिमी अफ्रीका

प्रकाशन : विभिन्न पत्र-पत्रिकाओं में कहानियां एवं कविताएं प्रकाशित।

संपर्क : घाना, पश्चिमी अफ्रीका
मो. : +233 26 726 1995
ईमेल : bharti.guddi@gmail.com

सुंदर भारत भूमि

देखना हो भारत की सुंदरता
चलो हमारे गावों में
लजाई षोडशी सी भारत भूमि
मिलेगी हमारे खलिहानों में

सोलह श्रृंगार करे भारत माँ
कहाँ रह पाए अट्टालिकाओं में
खुली जमीन है खुला आसमान
आँचल पसारे रहती घर ओसारो में

छन छन करती नूपुर ध्वनि सी
पुरवा पछिया कानो में घुलती है
कल कल करती नदियां हरपल
इनके चरण ही तो धुलती है

सिंदूरी सुबह का तिलक लगाता
सूरज हर दिन वंदन करता
रत्नजड़ित पर्वतराज शिखर पर
सागर नित्य गीत गाता अभिनंदन करता

पक रही गेहूं की बालियां
यौवन भार से झुकी कर रही अठखेलियाँ

धान, मक्के, ज्वार, बाजरे
बारहमासे की गीत गाती सखी सहेलियां

मंदिरों के घण्टे सुन जागता
खेत पर चैता गाता किसान
दूध दही की मटकी छलकाता
कहीं सुनाई पड़ी अजान

रंग होली के सब ओर पड़े
दीवाली से रौशन जहान
हर दिन त्यौहार में मग्न
देखो मेरा ये है हिंदुस्तान

गीत बसंती के गूंजे जब जब
भीड़ निकल पड़ी मेलों में
आओ थोड़ा तुम भी मस्त हो जाओ
क्या रखा है झमेलों में

मधु खरे

जन्मस्थान : लखनऊ

निवास : अमेरिका (पिछले 45 वर्षों से)

शिक्षा : लखनऊ विश्वविद्यालय

जीविका : लॉजिस्टिक विश्लेषक 27 वर्ष

कवियित्री : हिंदी और अँग्रेजी

प्रतिभागी : राष्ट्रीय और अंतरराष्ट्रीय गोष्ठी और संचालिका

प्रकाशन : 1. पुस्तक-काव्य सुमन, हिंदी कवितायें 2. पुस्तक-My Memoirs-अंग्रेजी 3. पुस्तक-प्रियंवद-हिंदी कवितायें 4. पुस्तक-Shimmering thoughts अँग्रेजी कवितायें

साँझा पुस्तकें : कस्तूरी, काव्य कस्तूरी, प्रेम, इंद्रधनुष सात समुद्र पार इत्यादि।

सम्मान : 1. Magic ManN Chandra- सम्मान-2021 2. Yuganugoonj -गौरव सम्मान 2023

संपर्क : अमेरिका
मो. : +1 (571) 359-1394
ईमेल : madhurima.khare@gmail.com

स्वतंत्रता दिवस

चिड़िया जैसी मस्त हूँ,
देश हुआ आज़ाद।
बनूँ ग़ुलाम कभी नहीं,
देश मेरा फ़ौलाद॥

विस्तृत नदियाँ हैं जहाँ,
यमुना गंगा सिंधु।
दक्खिन में गोदावरी,
है कावेरी बंधु॥

अडिग हिमालय है खड़ा,
उत्तर दिशा महान।
रक्षा करता देश की,
भारत की वो शान॥

गाँधी, बोस औ' शास्त्री
भगत सिंह, आज़ाद।
आंदोलन विजयी हुआ,
सदा रहो आबाद॥

रजिया बाई लक्ष्मी
कमला जैसी नार।
औ' सरोजिनी नायडू,
भारत का उपहार॥

पंछी गण मदमस्त हैं,
निकले पिंजरे पार।
बालक, नर-नारी, युवा,
गायें राग बहार॥

देश स्वतंत्र सदा रहे,
उन्नति करें जवान।
युवक, वृद्ध औ' बालिका,
विकसित औ' उत्थान॥

स्वतंत्रता दिन शान से
सभी जलाते दीप।
विश्व मिले अब मान से,
भारत की है जीत।।

मधु शर्मा

निवास : न्यू यॉर्क

शिक्षा : एम ए, (अंग्रेजी साहित्य), बी एड, एम एड

प्रकाशन : मिट्टी की सुगंध, एक शेर अर्ज़ किया है, समन्दर पार इन्द्रधनुष (तीन काव्य संग्रह प्रकाशित)

विशेष : समरस संस्थान कॉफ़ी विद् स्नेहिल कार्यक्रम की सहसमन्विका, विभिन्न विश्व रिकॉर्ड कार्यक्रमों में सहभागिता, माँ भारती कविता महायज्ञ आयोजन, World Book Nf Records-मैजिक मैन फेसबुक पेज, महिला काव्यमंच की लॉन्ग आइलैंड न्यूयार्क इकाई की अध्यक्ष, साहित्यिक व सामाजिक गतिविधियों में हमेशा सक्रिय

संपर्क : न्यू यॉर्क
मो. : +1 (631) 645-9919
ईमेल : madhu1300@yahoo.com

हिंदुस्तान

थी पली मिट्टी में जिस वो ही मेरी पहचान है,
जाँ लुटा पाऊँ मिले मौका, यही अरमान है।

प्यार से जीता जहाँ को, ज्ञान गीता का दिया,
सत्य–अहिंसा शस्त्र जिसके, औ तिरंगा शान है।

चूड़ियाँ हाथों में खनकें, वक़्त पर तलवार भी,
'*मैंने पूछा नाम तो बोला कि हिंदुस्तान है*'।

माँ कहें हम गाय को औ चाँद को मामा कहें,
पूजते नदियाँ जलधि, पत्थर में भी भगवान है।

भाल पर हिंदी के बिंदी, है मुकुट हिमराज सर,
देववाणी बोल, करते देवता गुण गान हैं।

दे दिया अपना निवाला द्वार आये अतिथि को,
इस अनोखी प्रथा वाली धरा पर अभिमान है।

हर मकाँ हर घर तिरंगा हो जमी या आसमाँ
बसता हो हर दिल तिरंगा, बस यही अभियान है।

जन्म इस धरती पे हो हर बार इसके संस्कार,
हाथ दोनों जोड़ 'मोहना' माँगती वरदान है।

मनीष कुमार गुप्ता

जन्म : मध्यप्रदेश, भारत

निवास : रेडमंड, वाशिंगटन

शिक्षा : कम्प्यूटर विज्ञान में इंजीनियरिंग स्नातक (भोपाल विश्वविद्यालय), स्नातकोत्तर भारतीय (प्रौद्योगिकी संस्थान, कानपुर)।

सम्प्रति : कम्प्यूटर अभियंता (माइक्रोसॉफ्ट)

रुचि : हिन्दी साहित्य, कविताओं में विशेष रुचि।

प्रकाशन : स्कूल और कॉलेज की पत्रिकाओं में रचनाएँ प्रकाशित।

सम्मान : विश्वरंग-2019 महोत्सव में प्रवासी साहित्य सम्मान

विशेष : सियटेल इलाके में और आभासी जगत में होने वाले कवि सम्मेलनों और गोष्ठियों में सक्रिय भागीदारी।

संपर्क : रेडमंड, वाशिंगटन
मो. : +1 (425) 785-0133
ईमेल : manishkg@outlook.com

मेरा रंग दे बसंती चोला

आज फिर एक बार माये, मेरा रंग दे बसंती चोला

अँधियारों के घने जंगल, हम दूर छोड़ आए हैं
कदम कदम पर अनेकों, ज़ंजीरें तोड़ आए हैं।

काँटों से भरी राहें, दलदल से सने पड़ाव
उतने आगे बड़े हैं हम, जितने मिले हैं घाव।

लहू सुखाने वाले ख़तरों में, खून हमारा खौला
आज फिर एक बार माये, मेरा रंग दे बसंती चोला।

राहों पर मिली है अक्सर, औरों की, अपनों की चोट
अचूक नहीं थे हम, तौरों में रही है खोट।

भूलें लगातार हुई है, मुंह की भी खाई है
ऊँचाई पाने से पहले, भरना यह खाई है।

ग़लतियाँ अब और न हो, ऐसी शक्ति दे मेरे मौला
आज फिर एक बार माये, मेरा रंग दे बसंती चोला।

चूल्हा जब जलता है, दीवारें काली होती हैं
आंधियों के बाद अक्सर, क्यारियाँ खाली होती हैं।

कचरा बुहारने में, थोड़ी धूल छिटक जाती है
रास्ते गर लंबे हों, पदचाल भटक जाती है।

मेहनत, शिद्दत से बढ़ रहा है, दीवानों का टोला
मुशकें कसी हैं अभी भी, रगों में इंकलाब है घोला।

आज फिर एक बार माये, मेरा रंग दे बसंती चोला

मनीष पांडेय

जन्म	:	छत्तीसगढ़, मध्यप्रदेश, भारत
निवास	:	नीदरलैंड, यूरोप
संप्रति	:	अमेज़न में कार्यरत
शिक्षा	:	स्नातकोत्तर (कंप्यूटर साइंस, भारत), एमबीए (नीदरलैंड)
रुचि	:	क्षेत्रीय साहित्यकारों के सानिध्य के परिणाम स्वरूप हिन्दी साहित्य से गहरा लगाव
प्रकाशन	:	कविताएँ विभिन्न पत्र पत्रिकाओं में प्रकाशित, तीन साझा कविता संग्रहों में सहभागी लेखक।
संपर्क	:	नीदरलैंड, यूरोप मो. : +31 6 51 06 51 66 ईमेल : tomanishp@gmail.com

जश्ने आजादी

मनाओ जश्ने आजादी, के ये त्यौहार जैसा है
मगर ये बात मत भूलो, के ये उपकार जैसा है।

अगर कीमत नहीं जानो, तो सुन लो देश के प्यारों
लिया है मोल देकर सर, ये उस उपहार जैसा है।

मुबारक हो तुम्हें गुलशन, ये कलियाँ, फूल, ये डाली
इन्हे सींचा मगर जिसने, लहू के धार जैसा है।

लगाई जान की बाजी, कभी अपने बुजुर्गों ने
बिंधे हैं शीश वीरों के, कटीले तार जैसा है।

अभी उतरी नहीं मेहंदी, है जिसके कोरे हाथों से
उसी दुल्हन के माथे से, लुटे श्रृंगार जैसा है।

दिया बलिदान है जिसने, बुढ़ापे के सहारे का
उसी माँ के हृदय में, मौन के चीत्कार जैसा है।

सम्हलना हर कदम पर तुम, कभी बेसुध नहीं होना
है बैठा ताक में दुश्मन, गिराते लार जैसा है।

तिरंगा शान है अपना, इसे झुकने नहीं देना
भाल के चंद्र जैसा है, ये मुक्ता हार जैसा है।

मैं भारत का बेटा हूँ, उसी के गीत गाता हूँ
मेरा हर शब्द उसकी, वंदना उद्गार जैसा है।

मनीष श्रीवास्तव

निवास : बोस्टन, यूनाइटेड स्टेट्स

संप्रति : प्रतिष्ठित इन्वेस्टमेंट फर्म में सीनियर एनालिस्ट

प्रकाशन : 'दो पीढ़ियों का अंतर्द्वंद्व' (प्रकाशाधीन काव्य संकलन)

संपादक : 'दृष्टि' हिंदी मासिक पत्रिका

सह संपादक : साहित्यिक वीडियो पॉडकास्ट, द पश्चिम प्रोजेक्ट

काव्य पाठ : हिंदी मंच यू एस ए, हार्वर्ड विश्वविद्यालय केम्ब्रिज, हैच मेमोरियल शेल बोस्टन, न्यू यॉर्क कौंसलावास न्यू यॉर्क, कबीर सेण्टर कनाडा, हिंदी क्लब ऑफ़ इलिनॉय जैसे सम्मानित मंचों पर काव्य पाठ

संपर्क : बोस्टन, यूनाइटेड स्टेट्स
मो. : +1 (347) 409-0007
ई मेल : srivman@gmail.com

मेरी माँ मेरी पहचान

आसमान की चादर जैसा,
आँचल तेरा हृदय विशाल
खुशबु तेरी रगों में बहती,
मेरी माँ मेरी पहचान।

सतरंगी बूटों से जगमग,
चमक रहा तेरा परिधान
विस्मित पूरा विश्व खड़ा है,
इस परिवेश की ऐसी शान
इस रौनक से ही मैं रौशन,
निश दिन रहे तुम्हारा ध्यान।

खुशबु तेरी रगों में बहती,
मेरी माँ मेरी पहचान।

काबा जाऊँ या काशी ठहरूं,
तू ही है मेरा भगवान्
इक इश्वर इक जात है तेरी,
तू ही हिन्दू तू मुसलमान
जब भटकूँ, तू राह दिखाए,
रहे हृदय में तेरा ध्यान।

खुशबु तेरी रगों में बहती,
मेरी माँ मेरी पहचान।

जब जब शत्रु नज़र उठाए,
तब तब होता रहे हैरान
तेरे ही ज्ञान से झोली भरता
तेरा सच उसका इमकान,
खुशबू तेरी रगों में बहती,
मेरी माँ मेरी पहचान।

इसकी खातिर जीना मरना,
जय भारत जय हिन्दुस्तान,
जय भारत जय हिन्दुस्तान,
जय भारत जय हिन्दुस्तान।

सुश्री मंजू श्रीवास्तव 'मन'

निवास : वर्जीनिया-यू एस

शिक्षा : पैरास्नातक अंग्रेजी साहित्य

रुचि : कथक नृत्यांगना, अत: नृत्य, गायन, पेंटिंग

लेखन विधायें : छंद बद्ध एवं छंद मुक्त कवितायें, कहानी, लघु कथायें, आलेख

प्रकाशित पुस्तकें : मन तरंग (काव्य-संग्रह), कोपलें (लघुकथा, कहमुकरी एवं कविता), देह से परे (कहानी-संग्रह)

साँझा संग्रह : प्राची, समंदर पार इंद्रधनुष, स्त्री, कस्तूरी, काव्य कस्तूरी, द वूमनहुड आदि।

संपर्क : वर्जीनिया-यू एस
मो. : +919759219497
ईमेल : srivastava30manju@gmail.com

मेरा प्यारा हिंदुस्तान

लोकतंत्र दुनिया का वृहतर, करते सब तुझ पर अभिमान!
मेरा प्यारा हिंदुस्तान, नमन नमन ऐ हिंदुस्तान!
चरण पखारें तेरे सागर,
तेरा प्रहरी हिम का आगर,
वेद, पुराण, ज्ञान की गागर,
रास रचाते हैं नटनागर,
कला के संग बढ़ता विज्ञान!
मेरा प्यारा हिंदुस्तान, नमन नमन ऐ हिंदुस्तान!
शांतिदूत धरणी का तू है,
गंग-यमुन का संगम तू है,
नव प्रभात की नई किरण है,
बौद्ध भिक्षु को मिले शरण है,
अतिथि होता है भगवान!
मेरा प्यारा हिंदुस्तान, नमन नमन ऐ हिंदुस्तान!
क्षमा, दया, तप, त्याग मनोबल,
हिंदुस्तानी का है सम्बल,
ऋषि, मुनियों का यहाँ है मेला,
सारा विश्व बना है चेला,
सब करते हैं पूजा, ध्यान!
मेरा प्यारा हिंदुस्तान, नमन नमन ऐ हिंदुस्तान!
राष्ट्र गान का मान हैं करते,
संविधान का ध्यान हैं रखते,

विश्व बंधुत्व हमारा नारा,
ऊँचा रहे तिरंगा प्यारा,
तुझ पर मेरी जां कुर्बान!
मेरा प्यारा हिंदुस्तान, नमन नमन ऐ हिंदुस्तान!

डॉ. मीनू पाराशर 'मानसी'

निवास : क़तार

सम्प्रति : लेखिका, कवयित्री, यूनिवर्सिटी ऑफटेक्नोलॉजी, राजस्थान में सलाहकार समिति की सदस्य

प्रकाशन : क्रांति त्रिवेदी और उनके उपन्यास: एक अनुशीलन, मेरी उड़ान (काव्य संग्रह), पहला कदम (लेख), अंतर्राष्ट्रीय पत्रिकाओं में लेख एवं शोध पत्र, कई साझा संकलन प्रकाशित, विभिन्न समाचार पत्र एवं वेब पोर्टल में कविताओं का निरंतर प्रकाशन

सम्पादन : नवचेतना ई पत्रिका, अभिव्यक्ति आदि कई पत्रिकाओं में सम्पादन कार्य एवं सहयोग

सम्मान : संस्कृति युवा संस्था द्वारा 'राष्ट्र शिरोमणि पुरस्कार (भारत)' एवं 'साहित्य गौरव सम्मान (दुबई)' द्वारा सम्मानित, अन्य प्रतिष्ठित मंचों एवं संस्थाओं द्वारा अन्य कई पुरस्कारों से सम्मानित।

संपर्क : क़तार

मो. : +974 5557 6569

ईमेल : meenunayan2019@gmail.com

मेरा तिरंगा महान

जब भी तिरंगा लहराया है
एक नई उड़ान फिर लाया है
कुछ भी कह लो कुछ भी कर लो
काम यही तो आया है।।

जब पड़ी मुसीबत दिखा दिया
औरों को भी सिखा दिया
न धर्म पूछा न रंग दिखा
बस भारतीय थे यही दिखा।।

आँसू पोंछे उन माँओं के
जिन्हें आस नहीं थी बाकी अब
हर पल हर क्षण बढ़ता उनको
चारों ओर से काल दिखा।।

युद्ध नहीं है चिंता का हल
मत दिखलाओ कमज़ोरों पर बल
अंत सभी का एक ही है
मृत्यु का भय चहुँओर दिखा।।

शव पूछ रहे हैं अब तुमसे
और कितने घरों को लूटोगे

सर्वस्व छीन कर लाशों का
क्या महल बनाने आया है।।
उड़ती मिट्टी ये कहती है

न घमंड दिखा झूठे बल पर
तूने अपना क्या पाया है
अरे! नश्वर तेरी काया है।।
जब भी तिरंगा लहराया है

एक नई उड़ान फिर लाया है
कुछ भी कह लो कुछ भी कर लो
काम यही तो आया है।।

जय हिंद, जय भारत

मीरा ठाकुर

शिक्षा : एम. ए. (हिन्दी), मुंबई यूनिवर्सिटी, एम. एड.

निवास : आबूधाबी

प्रकाशन : कई पत्र-पत्रिकाओं जैसे नवभारत टाइम्स (मुंबई), जनसत्ता, गृह शोभा, सरिता, मुक्ता, नन्दन आदि में रचनाएँ प्रकाशित, यू ए ई के रचनाकारों की पहली पुस्तक 'सोच-इमाराती चश्मे में' के सांझा संकलन में कविताएँ प्रकाशित।

विशेष : भारतीय कौंसलावास, न्यूयार्क की हिंदी पत्रिका के यू. ए. ई. संस्करण संपादन में सहयोग, यू ए ई के कई काव्यमंच में सक्रिय सहभाग, डॉ आरती लोकेश की पुस्तक 'प्रीत बसेरा' की समीक्षा

संपर्क : आबूधाबी
मो. : +44 7949 083724
ईमेल : meerasid@yahoo.com

मेरा देश

यह कविता नहीं
अपने मन की बात कह रही हूँ।

क्या है देश में मेरे खास
यह बात लिख रही हूँ।

देश में सोने की चिड़िया रहती थी,
औ दूध की नदियाँ बहा करती थी।

मुगलों से लेकर अंग्रेजों की
आँखों में इसको पाने की चाह बनी रहती थी।

पास में न हो पैसा तब भी
अपनापन मिलता है यहाँ ऐसा।

कुछ तो ऐसी बात है इस धरती में
जो इसको खास करती है।

सभी को इसकी आरजू है,
मैं इस पर राज करती हूँ।

मोहन सेठी 'इंतिज़ार'

शिक्षा : आईआईटी रुड़की, आईआईटी दिल्ली

निवास : ऑस्ट्रेलिया

रुचि : तबला, ढोल और ढोलक बजाना

रचनात्मक प्रयास–बॉलीवुड गायन और पेंटिंग

विशेष : एक प्रकाशित हिंदी कवि हैं, जिन्हें मोहन इंतिज़ार के नाम से जाना जाता है और वो मानते हैं कि रचनात्मक अभिव्यक्ति ही अच्छे जीवन का रहस्य है।

संपर्क : ऑस्ट्रेलिया

मो. : +61 421 966 055

ईमेल : msethi88@hotmail.com

ऐ मेरे भारत...

बैठा हूं विदेश में
मगर तेरी याद आती है
वो खेत नदियां और पहाड़
वो तेरी सौंधी सी सुगंध
ऐसी ही तो थी
मेरे देश की मिट्टी
बस तुझे नमन कर लेता हूं
ऐ मेरे भारत

तेरी गोद में
खेल कर बड़े हुए
ज्ञान पुराण
धर्म अध्यात्म
सब तेरी ही तो देन है
सोचता हूं कहाँ और मिलता
सत्य और अहिंसा का मार्ग दर्शन
वो ऋषि मुनियों की धरती
वो निस्वार्थ सेवा भाव का पाठ

फिर सोचता हूं
सब तो बदल सा गया है
पूरी दुनिया की भाँति
प्रगति मेरे देश में भी हो गई है

कहीं से सीख लिए हैं उसने भी
नए रंग और ढंग
मगर वो पुरानी यादें
अब भी ताजा हैं
बस तुझे नमन कर लेता हूं
ऐ मेरे भारत

मोनीबिजय

नाम : मोनी श्रीवास्तव कोइराला

निवास : काठमाँडू, नेपाल

संप्रति : संस्थापिका एवं संरक्षक
शेयर योर ह्यूमैनिटी वैश्विक मंच एवम शेयर योर टैलेंट एंड क्रिएटिविटी किड्स वर्ल्ड, भोर ई पत्रिका

कार्यक्षेत्र : सॉफ्टवेयर इंजीनियर (एमसीए), लेखिका, कवयित्री, हिंदी ब्लॉगर, समाजसेविका

लेखन विधा : समसामयिक लेख, कहानी, विचार, कविता, दोहे, गीत, ग़ज़ल, संस्मरण इत्यादि

प्रकाशन : विश्वभर (भारत, नेपाल, क़तर, कनाडा, नीदरलैंड, शिकागो, जापान इत्यादि) के कई सम्मानित पत्र-पत्रिकाओं और ई-मैगज़ीनों में कविताएं, लेख और कहानियां इत्यादि प्रकाशित।

सम्मान : वर्ल्ड रिकॉर्ड में कविताएं सम्मिलित, अंतर्राष्ट्रीय मैत्री सम्मेलन, ग्लोबल एक्सीलेंसी अवॉर्ड 2023, देवनागरी सम्मान 2023-हिंदी भाषा के प्रचार प्रसार एवम काव्य सृजन के लिए बुलंदी साहित्यिक सेवा समिति (पंजीकृत) द्वारा सम्मानित, अन्य अनेकों सम्मानों से सम्मानित।

संपर्क : काठमाँडू, नेपाल
मो. : +977-9801794046
ईमेल : monibijay@gmail.com

भारत देश हमारा

धरा गगन पत्थर सागर, हैं झूम झूम जहाँ लहराते,
जहाँ कलकल बहती हरसू अविलेय प्रेम की धारा है...!
वो पावन भारत देश हमारा है।

बातों में विश्वास छलकती हर जन के मन,
जहाँ रिश्तों में मिठास पनपती हर प्रांगण...!
वो पावन भारत देश हमारा है।

संस्कृति विरासत की शुभता, वेदों कुरान, ग्रंथों की निर्मलता,
जहाँ खिंचा आए विश्व समागम...!
वो पावन भारत देश हमारा है।

है फूलों जैसी रंग बिरंगे, उत्सवों की होती नित गूंज यहाँ,
एकत्रित होने को जीवन में, भिन्नता में भी एक सूत्र बंधा..!
वो पावन भारत देश हमारा है।

हर क्षेत्र में अविष्कार की चहुं बिगुल बजी,
प्राचीन से लेकर नवीन युग तक क्रांति सजी..!
वो पावन भारत देश हमारा है।

छल के जाल को अपने बुद्धि बल से काटे,
जहाँ संतगण शान्ति अहिंसा का पाठ पढ़ाते....!
वो पावन भारत देश हमारा है।

है शूरवीर और साहसी वीरों की अद्भुत गाथा यहाँ,
राधा, मीरा और सीता का है त्याग जहाँ....!
वो पावन भारत देश हमारा है।

पौराणिकता, नवीनता, उत्तम चरित्र, नैतिकता का है पाठ यहाँ...
चरित्र निर्माण, शौर्य, पराक्रम की अनंत कथा है यहाँ..
वो पावन भारत देश हमारा है।

शालीनता, व्यवहारिकता और गुणवत्ता की है कृपा यहाँ...
भगवान भी जन्मे और कई संतों का है वास यहाँ...
वो पावन भारत देश हमारा है।

मृणाल शर्मा

जन्म	:	छत्तीसगढ़, भारत
निवास	:	सिडनी
शिक्षा	:	स्नातक (इंजीनियरिंग)
प्रकाशन	:	भारतीय पत्र पत्रिकाओं में अनेकों रचनाओं का प्रकाशन।
विशेष	:	कविता, लेख एवं कहानियों का विविध रसों में सृजन
रुचि	:	पुरातत्व, इतिहास एवं प्राचीन भारतीय साहित्य में विशेष रुचि और इस क्षेत्र का प्रभाव रचनाओं मे झलकता है।
सम्मान	:	हिंदी साहित्य सम्मान प्राप्त (छत्तीसगढ़ सरकार की पुरातात्विक गोष्ठी में पत्र प्रस्तुत)
संपर्क	:	सिडनी मो. : +61 404 857 290 ईमेल : mrinal14@gmail.com

जम्बूद्वीप आविद्ध पूछता है

शीश हिम से, पाद सिंधु तक,
भुज विशाल योजन कोटि तक,
था अबाध विस्तार धरा पर, भग्न हुआ है।

जम्बूद्वीप आविद्ध पूछता है स्वजनों से,
विघटित होते अवशेषों को कौन गढ़ेगा?
खंड राष्ट्र को एक बताओ कौन करेगा?

कनक देवालय, कनक सिंघासन,
थे द्वार द्वार मणियों से सज्जित,
ज्ञान पुंज स्यमन्तक था जो, कांतिहीन है।

जम्बूद्वीप आविद्ध पूछता है स्वजनों से,
इस जननी का भाल रत्न से कौन जड़ेगा?
खंड राष्ट्र को एक बताओ कौन करेगा?

शस्त्र, शास्त्र, विज्ञान, सम्पदा,
योग, भोग अगणित वैभव का,
था गरुड़, पर अब जटायु सा मूर्छित है।

जम्बूद्वीप आविद्ध पूछता है स्वजनों से
इस विहंग के परों को स्वर्णिम कौन करेगा?
खंड राष्ट्र को एक बताओ कौन करेगा?

शिवी, मोरध्वज, ऋषभ, बुद्ध का,
त्याग कहो क्या दोहराओगे,
राष्ट्र बन रहा है, क्या यौवन दे पाओगे?

जम्बूद्वीप आविद्ध पूछता है स्वजनों से
यज्ञ माँगता हविश, समर्पण कौन करेगा?
खंड राष्ट्र को एक बताओ कौन करेगा?

सप्त सिंधु सिञ्चित सुन्दर वन,
फल फूल सुसज्जित उत्तम उपवन,
तन जीवित है किसी तरह पर शुष्क पड़े मन।

जम्बूद्वीप आविद्ध पूछता है स्वजनों से
कृष्ण मेघ बन निर्झर जैसा कौन झरेगा?
खंड राष्ट्र को एक बताओ कौन करेगा?

यह राष्ट्र जनक का जहाँ क्षुधा का नाम नहीं था,
दर्शन के प्रश्नो का पूर्ण विराम यही था,
शंकर के गौतम के कोमल पग की भूमि,
ऊबड़ खाबड़, उजड़ी सूनी सूनी।

जम्बूद्वीप आविद्ध पूछता है स्वजनों से
पथरीले पथ पर पग पहला कौन धरेगा?
खंड राष्ट्र को एक बताओ कौन करेगा?

योगिता शर्मा

जन्म स्थान : अंबाला कैंट, भारत

वर्तमान निवास : मेदान, इंडोनेशिया

शिक्षा : बीटेक टेक्सटाइल, पीजीडीसीए

प्रकाशन : साँझा पुस्तक ''काव्यात्रा-भारत से दक्षिण पूर्वी एशिया तक'' में कविता प्रकाशित, उड़ान-भारत से विश्व तक में उप संपादक, प्रधान सेवक नरेन्द्र मोदी काव्य प्रेरणा' में उप संपादक, विजय विश्व तिरंगा प्यारा (साँझा संग्रह) में रचनायें सम्मिलित।

संप्रति : संस्थापिका, ग्लोबल प्रेसिडेंट(एल.पी.जी.आई. साहित्या एसोसिएशन) (रजि.), जनरल सेक्रेटरी (इंडियन एक्सपैट्रिएट्स एसोसिएशन मेदान EAM)

सम्मान : डॉ.मनुमक्त मानव, विशिष्ट हिन्दी सेवी सम्मान 2021, World Book Nf Records (participation award), Golden Book of Records (online poetry show on the theme of legends), अन्य सम्मानित संस्थाओं द्वारा सम्मानित।

संपर्क : मेदान, इंडोनेशिया

मो. : +62 811 6132233

ईमेल : ashishmeenu911c@gmail.com

शूरवीर योद्धा

वो जो अंगारों पर चलने का हौसला रखतें हैं,
पाँव के छालों से डरा नहीं करते,
वक्ती तूफान क्या बिगाड़ेगें उनका,
जो जज़्बों, जुनून और हौसलों, का कवच पहनते हैं।

समर भूमि में कौशल रणनीति की समझ रखते हैं,
कालचक्र के चक्रव्यूह से डरा नहीं करते,
छल, कपट एवं प्रपंच क्या बिगाड़ेगा उनका,
जो स्वयं चक्रव्यूह को भेदने का जिगर रखते हैं।

शतरंज की बिसात पर जो पैनी नज़र रखते हैं,
श्याम मात के खेल में मात से डरा नहीं करते,
तिरछी-सीधी चालें क्या बिगाड़ेगीं उनका,
जो हर बाजी को जीतने का हुनर रखते हैं।

देख जिनको दुश्मन की रूह काँप, प्राण सूख जाते हैं,
चीते की बिजली से वार हैं करते,
नापाक मनसूबे किया बिगाड़ेंगा उनका
जो हिंद की सेना का शौर्य रखते हैं।

ऐसे वीर योद्धाओं की इतिहास सुनाता गाथाऐं हैं,
जो शूलों कें पथ से डरा नहीं करते,
सम-विषम परिस्थितियाँ क्या बिगाड़ेंगी उनका,
जो स्वयं आग में तपकर निकलते हैं।

योद्धा भारत की धरती पर हर युग में आया करते हैं,
वीरांगनाओं के हाथों से तिलक सजाया करते हैं,
समय की आँधी, तेज़ वेग से क्या ख़ाक बिगाड़ेगी उनका,
जो सर को हाथ पे रख के अपना धर्म निभाया करते हैं।

भारत की पावन धरती को मैं शत-शत शीश निवाती हूँ,
भारत के योद्धाओं की गाथा गौरव से मैं गाती हूँ,
हर जनम मैं पाऊँ भारत में,
बस दिल से मैं ये चाहती हूँ।

डॉ. योजना साह जैन

निवास : जर्मनी

संप्रति : कॉरपोरेट लीडर, उद्यमी, लेखिका, टेड-एक्स वक्ता

प्रकाशन : कागज पे फुदकती गिलहरियां (काव्य संग्रह), इमली का चटकारा' (काव्य संग्रह), साहित्यिक लेख, कविता और कहानियाँ विभिन्न प्रतिष्ठित पत्र पत्रिकाओं, समाचार पत्रों में प्रकाशित, अंतरराष्ट्रीय पत्रिकाओं में कई वैज्ञानिक शोध पत्र प्रकाशित,

सम्मान : राष्ट्रकवि मैथिलीशरण गुप्त सम्मान, शंभू प्रसाद श्रीवास्तव-साहित्य प्रज्ञा सम्मान, धरा भूषण सम्मान, हिंदी सेवी सम्मान, श्रेष्ठ साहित्य सृजन सम्मान, साहित्य रत्न, साहित्य शिरोमणि, गोल्डन पिन्नेकल अवार्ड, इंडीयन लेगेसी अवार्ड।

विशेष : हिंदी साहित्य के विकास और प्रसार में ये निरंतर सक्रिय, दुनिया के कई देशों के भारतीय दूतावास के कार्यक्रमों के साथ साथ कई राष्ट्रीय, अंतरराष्ट्रीय कवि सम्मेलनों, लेखन कार्यशालाओं में भागीदारी।

संपर्क : जर्मनी
मो. : +49 176 11844596
ईमेल : yojna.jain@gmail.com

तिरंगा

रोम रोम में रचा है जो
हर धड़कन में बसा है जो
आन बान है शान मेरी
सम्मान मेरा सदा है जो

वो तिरंगा महान, तेरी मेरी पहचान
पूरी दुनिया पे लहरायेगा
तन दूर देश की माटी से पर
पर मन जन गण मन गाएगा

मेरे शब्दों का उच्चार तुम्हीं
जीवन जीने का आधार तुम्हीं
जिस मिट्टी में पला, साँचे में ढला
उस कविता का आकार तुम्हीं

सुबह के गीत से साँझ तलक तक
हर सृजन में नज़र वो आएगा
तन दूर देश की माटी से पर
पर मन जन गण मन गाएगा

दिवाली होली ईद गणगौर तुम्हीं
हर त्तीज त्योहार का ठौर तुम्हीं
दुनिया के नक़्शे पे तनके खड़े
हर भारतीय का सिरमौर तुम्हीं

योग प्रेम तप कर्म की भाषा
जब भी ये मन दोहराएगा
तन दूर देश की माटी से पर
पर मन जन गण मन गाएगा

माना पंछी दूर उड़ा है
घर आना मुश्किल भी बड़ा है
तटबंधों से बांध कर रहना
ये पंछी अब भूल चला है

पर परदेश में होली के रंगो से
जब आसमान रंग जाएगा
तन दूर देश की माटी से
पर मन जन गण मन गाएगा

मेरे दिल का हर कोना कोना
हिंदुस्तान ज़िंदाबाद कहे
दूर भले हो तन लेकिन
मन में सदा हिंदुस्तान रहे

विरासत में जो दे जाएगा
राजदूत बन भारत का वो
तिरंगा हर सू लहरायेगा
पर मन जन गण मन गाएगा।

रचना श्रीवास्तव

जन्म : लखनऊ, उत्तर प्रदेश, भारत

शिक्षा : बी.एस.सी (लखनऊ विश्वविद्यालय), स्नाकोत्तर, समाजशास्त्र (गोरखपुर विश्वविद्यालय, उत्तर प्रदेश), हिन्दी (कानपुर विश्वविद्यालय, उत्तर प्रदेश), बी. एड.(गोरखपुर विश्वविद्यालय, उत्तर प्रदेश)

प्रकाशन : विश्व गौरव मोदी जी साझा संकलन 2023, आओ हिन्दी पढ़ें, बाल फुलवारी, सपनो की धूप (हाइकु कविता), यादों के पाखी (हाइकु संग्रह) का संयोजन, मन के द्वार हजार (हाइकु कविता का अवधी अनुवाद), भोर की मुस्कान (हाइकु कविता)

सम्मान : विश्व हिन्दी अकादमी एवं मालवा रंगमंच समिति के द्वारा सम्मान, शुभ संकल्प संस्था द्वारा सम्मान, अमेरिका के राष्ट्रपति श्री जो बाइडन की तरफ़ से समाज सेवा के लिए से प्रमाण पत्र, विश्व हिंदी सेवा सम्मान।

संपर्क : कैलिफ़ोर्निया
मो. : +1 (940) 595-5927
ईमेल : rach_anvi@yahoo.com

काश वल्लभ भाई आ जाते

भटके हुए लोगों को सही राह दिखलाते
काश फिर धरती पर वल्लभ भाई आ जाते।

बारडोली सत्याग्रह का आपने नेतृत्व किया
बढ़े हुए लगान का जम कर विरोध किया।
हार गए अंग्रेज सारे किसानो की जीत हुई
स्त्रियों ने दी उपाधि सरदार कहने की रीत हुई।
नि:स्वार्थ सेवा का ऐसा पाठ सभी को पढ़ाते
काश फिर धरती पर वल्लभ भाई आ जाते।

टुकड़े टुकड़े बिखरे थे जनता अब किसको चुने
लड़ रहे थे राजा सारे कौन किसकी बात सुने।
भारत के एकीकरण में बहुत बड़ा योगदान दिया
तभी तो सभी ने आपको लौह पुरुष का नाम दिया।
निर्भय हो कर डटे रहो यही सबको समझाते
काश फिर धरती पर वल्लभ भाई आ जाते।

बीवी की मौत का तार जब आया
बिना हुए विचलित मुकदमा पूरा करवाया।
स्वयं से ऊपर कर्म है कर्म है प्रधान
लिया हाथ में जो कभी छोडो न वह काम।
कर्तव्य पूर्ति का ऐसा आदर्श दिखलाते
काश फिर धरती पर वल्लभ भाई आ जाते।

राजीव रंजन

जन्म स्थान: नालंदा बिहार, भारत

निवास : चीन

शिक्षा : चीनी भाषा साहित्य में सनातक, स्नातकोत्तर (गोल्ड मेडलिस्ट), एल एल बी (महात्मा गाँधी काशी विद्यापीठ, 2021)

सम्प्रति : चीन के चचीयांग विदेशी भाषा विश्वविद्यालय में अध्यापन।

सम्मान : चीनी भाषा एवं साहित्य शिक्षण के लिए चीन के शिक्षा मंत्रालय द्वारा सम्मानित।

विशेष : चीन के शिक्षा मंत्रालय द्वारा चीन के शी आन विश्वविद्यालय में Young Sinologist Fellowship, वर्ष 2009 में भारत सरकार के मानव संसाधन विकास मंत्रालय द्वारा चीन में उच्च शिक्षा हेतु स्कालरशीप एवं वर्ष 2007 में चीन के बीजिंग विश्वविद्यालय द्वारा स्कॉलरशिप के लिए चुने गए।

संपर्क : चीन
मो. : +86-18767516571
ईमेल : rajivlotus@live.com

एक कहानी लोकतंत्र की

एक कहानी लोकतंत्र की
और एक कहानी भारत की
एक कहानी नये लोकतंत्र की
एक नयी कहानी भारत की

लोकतंत्र का बीज दबा था
इतिहास की माटी में
इंडिया बनकर भूल चुका था
भारत जन-मन की कहानी में

लोकतंत्र जब प्रदर्शित हुआ
पूरब की परतंत्र बंजर भूमि में
पश्चिम में यह वृक्ष बना था
पर बीज दबा था भारत में।

जब झरना फूटा देश प्रेम का
लहुलुहान धरती पर तब
एक अंकुरण फूटा,
और लोकशक्ति का ज्वार उठा।

भारत माँ ने तब मर्यादा की चादर ओढ़ी,
यवनों और अंग्रेजों से अपमानित माँ ने
अपने पुत्रों के लिए सींचा इस नन्हे अंकुर को

कभी युद्ध कभी छद्म युद्धों से बचती
आज लहलहा रही है लोकतंत्र की फसल
और आज खड़ा है नया भारत
जो दैवीय संदेश भेज रहा चहुँओर
ईश्वर की प्रिय इस भूमि पर
शासन कर रहा
ईश्वर का पुत्र मानव
नागरिक बन कर
अपने मत से है सींच रहा
अब लोकतंत्र के वृक्ष को
और इस वृक्ष की ठंडी छाया
अब सृजन केंद्र है नागरिकों का।

अब इस मंगल बेला में
आकाश मग्न है
धरा भी मग्न है
मगन है भारत भूमि

लोकतंत्र का लोक पर्व है
उत्साहित जन–मानस हैं
तेज प्रबल है
विकास अटल है
भविष्य उज्ज्वल है।

ये एक कहानी लोकतंत्र की
और एक कहानी भारत की
एक कहानी नये लोकतंत्र की
एक नयी कहानी भारत की।

राकेश मल्होत्रा

जन्म : दिल्ली, भारत

निवास : शिकागो अमेरिका

शिक्षा : मास्टर डिग्री (बिज़नेस मैनेजमेंट)

मुख्य समन्वयक : हिंदी समन्वय समिति (शिकागो)

प्रकाशन : 'ऐडवेंचर्स ऑफ़ टॉर्नेडो किड्स'

लोकप्रिय कविताएं-पहले देश फिर शेष, हिन्दवी, आत्मविश्वास, चुप रहने से क्या होगा, फिरासत, राम के आदर्श, इबादत, दोस्ती, तारीख़, आतिश, नर हो नारी का सम्मान करो, पुरुषार्थ, चुनौती, सफलता के मंत्र, कृष्णा सुदामा, बदलती ज़िन्दगी, कैसे चुकाएगा क़र्ज़ तुम्हारा हिंदुस्तान और माँ तुम याद आती हो।

विशेष : अमेरिका में हिंदी के प्रचार और प्रसार के लिए भारतीय कौंसलावास द्वारा स्थापित हिंदी समन्वय समिति और हिंदी क्लब ऑफ़ इलेनॉइस के सक्रिय सदस्य, हिंदी भाषा और भारतीय संस्कृति के प्रचार में सक्रिय

संपर्क : शिकागो अमेरिका

मो. : +1 (847) 417-1892

ईमेल : rakeshmalhotra349@gmail.com

पहले देश, फिर शेष

ना जाने लहू की कितनी नदियाँ हमनें बहाई है
कितनी सूनी माँगों ने भेंट अपने सुहाग की चढ़ाई है
सूनी गोदों और बुढापे की लाठी ने
आज़ादी की भारी कीमत अपने बलिदान से चुकाई है

सदियों तक लहू से किया है मातृभूमि का अभिषेक
तब जाकर आज़ाद हुआ है हमारा प्यारा भारत देश
प्रयास हमारा है भारत को बनाना सुन्दर और समृद्ध
शान से लहराए तिरंगा विश्व में स्थान हो इसका विशेष

आज की पीढ़ी को शायद अंदाज़ नहीं ज़रा है
शूरवीरों के बलिदान से हमारा इतिहास भरा है
सीने पर खाकर गोलियाँ आन मातृभूमि की बचाई है
कितनी मुश्किल से हमने यह आज़ादी पाई है

जान देकर जिन्होंने ने आन, तिरंगे की बचाई है
उनके सपनो को पूरा करने की बारी अब हमारी आई है
शूरवीरों की शहादत का ऋण अब हमको चुकाना है
देश के लिए जीना और देश के लिए मर जाना है

अमृत समान हमारे लिए गंगा का पावन पानी है
जो माटी को भी माँ कहते वो सब हिंदुस्तानी है
सभ्यता हमारी विश्व में सबसे उत्कृष्ट व पुरानी है
पहले देश फिर शेष बस यही हमारी कहानी है

वो जीवन ही क्या जो सिर्फ़ अपने लिए जिया
सोचो ज़रा देश के लिए हमने क्या किया
प्रश्न हमें आज यह स्वयं से करना है
भारत को स्वच्छ, सुरक्षित और स्वस्थ कैसे रखना है

मनाना जश्न आज़ादी का वर्ष में केवल दो दिन
काफ़ी नहीं है वतन के लिए सेवा के लिए
प्रगति सम्भव नहीं संस्कार और सद्भाव के बिन
देश प्रेम का दीपक जलाना है हमको हर दिन

वसुधैव कुटुंबकम् परम्परा है हमारी
निभाना जिसको होगा अमन के लिए
एकजुट होना होगा नफ़रत के पतन के लिए
यही संदेश है हमारा प्यारे वतन के लिए

हम को आज यह सोचना है, आगामी पीढ़ी को क्या सौंपना है
हर बच्चे को शिक्षित, सक्षम और आत्मनिर्भर कैसे बनाना है
अपनी सभ्यता संस्कृति और भाषा का बोध उन्हें कराना होगा,
हृदय में उनके राष्ट्र के प्रति प्रेम को जगाना होगा

दुर्योधन और दुशासन जैसों को रोकना होगा
नारी को स्वाभिमान और सम्मान सौंपना होगा
एक भारत श्रेष्ठ भारत का सपना सच तभी होगा
जब अवसर की समानता का सूरज उदय होगा

नई दिशा और नई सोच का सृजन करें
सबकी भावनाओं और आस्था का सम्मान करें
जाति और धर्म की राजनीति का अंत अब करें
सार्थक रामराज्य की परिकल्पना करें

साथ में चलें हम सब एकता का परिचय दें
भय मुक्त समाज का निर्माण मिलकर करें
न हो मन में कोई ईर्ष्या न किसी से कोई द्वेष
पहले देश फिर शेष का सब तक पहुंचे सन्देश

आओ मिलकर भारत को सर्व श्रेष्ठ बनाएं
'पहले देश फिर शेष' का जयकारा लगाएं
वंदे मातरम की गूंजे आज ललकार ऐसी
कि देश भक्ति का रंग हम सब पर चढ़ जाए

रामा तक्षक

निवास : नीदरलैंड

संप्रति : एक वरिष्ठ प्रख्यात साहित्यकार, उपन्यासकार, कवि, अनुवादक एवं नीदरलैंड में स्थापित उद्यमी

भाषाएं : हिंदी, अंग्रेजी, डच, इटालियन

आयोजक : साँझा संसार, विश्व रंग, भारतीय ज्ञानपीठ, वनमाली सृजन पीठ, 'साहित्य का विश्वरंग'

प्रकाशन : जब माँ कुछ कहती मैं सुनता रहता (काव्य संग्रह), हीर हम्मो (उपन्यास), नीदरलैंड्स की चयनित रचनाएँ (संपादन), यात्रा संस्मरण एवं कई आलेख, पत्र अनुवाद सम्मिलित, खबर चुनरिया (उपन्यास) प्रकाशाधीन।

सम्मान : अन्तर्राष्ट्रीय भाषा पुरस्कार, प्रवासी साहित्यकार सम्मान, हिंदी गौरव सम्मान, साहित्य संस्कृति सेवी सम्मान, विश्व रंग सम्मान इत्यादि।

विशेष : विश्वरंग नीदरलैंड्स के निदेशक एवं साझा संसार, नीदरलैंड्स के अध्यक्ष, साथ ही हालैंड से प्रकाशित वैश्विक साहित्य की समावेशी पत्रिका 'साहित्य का विश्व रंग' के सम्पादक।

संपर्क : नीदरलैंड
मो. : +31615421594
ईमेल : drramatakshak@gmail.com

राजदूत

मैं राजदूत हूँ भारत का,
मैं पत्थर इसी इमारत का।
मैं पूरे प्रण से प्रतिष्ठित हूँ,
मैं इसी भाव से पोषित हूँ।

मैं राजदूत हूँ भारत का,
मैं हिस्सा इसी इमारत का।

मैं देश नहीं मिटने दूँगा,
मैं मर मिटने को सदा सजग,
मेरा है एक ये प्रण अडिग,
रहे अस्तित्व नित्य पार्थ का।

मैं राजदूत हूँ भारत का,
मैं पत्थर इसी इमारत का।

हे देश तुम्हारे आँगन में,
मैं भी एक छोटा सा पत्ता हूँ,
मैं एक पवन का झोंका हूँ,
मैं हूँ हिस्सा भी आंधी का।

मैं राजदूत हूँ भारत का,
मैं पत्थर इसी इमारत का।

पौ माह की सर्द सुबह हूँ
तपते ताप की जेठ दुपहरी,
मैं रात चाँदनी पूर्णिमा की,
मैं सघन अँधेरा मावस का।

मैं राजदूत हूँ भारत का,
मैं पत्थर इसी इमारत का।

योग ज्ञान मेरा गौरव है,
मैं सौन्दर्य मानवता का।
इसी से यह जग सौरभ है,
मैं शांति दूत ध्यान धरा का।

मैं राजदूत हूँ भारत का,
मैं पत्थर इसी इमारत का।

महासागर का गाम्भीर्य सलिल,
मैं पिघलन हूँ उष्ण ताप का,
मैं ठोस बड़ा हिमखण्डों सा,
हिम-श्रृंखला के आंचल का।

मैं राजदूत हूँ भारत का,
मैं पत्थर इसी इमारत का।

शिक्षा:डॉक्टर ऑफ फिलॉसफी
जन्म:जालंधर, पंजाब
निवास:त्सुकुबा, टोक्यो जापान
विधाएं:कविता, कहानी, लेख, लघुकथा, उपन्यास

रमा पूर्णिमा शर्मा

कार्य : हिंदी और पंजाबी का प्रचार प्रसार, भारतीय संस्कृति की सेवा और किन्नर समाज के सुधार और उद्धार के लिये विशेष रूप से कार्यरत।

संप्रति : जापान से रजिस्टर्ड हिंदी की गूंज अंतरराष्ट्रीय पत्रिका एवं पंजाबी दी गूंज अंतरराष्ट्रीय मैगज़ीन (**ਪੰਜਾਬੀ ਦੀ ਗੂੰਜ ਅੰਤਰ ਰਾਸ਼ਟਰੀ**) का कार्यभार।

प्रकाशन : जापान का सनातन धर्म शिंतो, आतप जीवनम्, मुरझाते फूल, बहते पानी के साथ बहना, दिल की बातें और देहरी पर दीपक तथा अनेक साँझा संग्रहों में कविताएँ, लेख और कहानियां प्रकाशित।

संपादन : अपनी अपनी धरती, अपना अपना आसमान, अपने अपने सपने, गूंज उठी हिंदी, प्रत्याशित सोच, अधूरी, जज़्बात, हिंदी की गूंज अंतरराष्ट्रीय पत्रिका ।

सम्मान : थाई भारत गौरव सम्मान, वर्ल्ड रिकॉर्ड होल्डर, हिंदी अकादमी मुंबई द्वारा 2 बार सम्मानित, रविंद्र नाथ टैगोर यूनिवर्सिटी से सम्मानित, गुरुग्राम यूनिवर्सिटी, कुरुक्षेत्र यूनिवर्सिटी, सोनीपत यूनिवर्सिटी, चौधरी चरण सिंह यूनिवर्सिटी व अनेकों संस्थानों द्वारा सम्मानित।

विशेष : हिंदी अकादमी मुंबई की अंतर्राष्ट्रीय सचिव, हिंदी साहित्य परिषद कोलकाता की अंतरराष्ट्रीय अध्यक्ष, महिला काव्य मंच की जापान अध्यक्ष, अंतरराष्ट्रीय पत्रिका हिंदी की गूंज की संस्थापक एवं संरक्षक।

संपर्क : त्सुकुबा, टोक्यो जापान

मो. : +919289641577, +818070067270

ईमेल: hindikeegoonj@gmail.com

ramaajay.jp@gmail.com

मेरा देश (वंदना)

मेरा देश है बड़ा महान
जय जयकार है करता इसकी
देखो ये सारा जहान

है वीरों का देश ये
कभी न झुकता किसी के आगे
कुछ वहशी दरिंदों ने किया है इसे बदनाम

हे माँ भारती ऐसा देना वरदान
निर्भय हो जिसमें हर निर्भया
शर्मिंदा न हो कोई माँ
हे माँ ऐसा करना कुछ
सदा रहे मेरा भारत स्वच्छ
ये मेरा हिंदुस्तान जिस पर कुर्बान है मेरी जान

गली कूचों से अब न आये कोई दुर्गंध
महके हर घर हर गली हर कूचा
परिवारों में हो पहले सा प्यार
हर रसोई से आये वो ही प्यार की सुगंध
रोक न पाये उसे जमाने की
आबो हवा की कोई दुर्गंध
हे माँ ऐसा देना वरदान

जलते रहें प्रेम दीप अब
महके मेरा हिंदुस्तान
बर्बादियों के अंधड़ न चलने पायें अब
हर राह हर जगह हो जाये प्रेम से हरी भरी
सूखे फूल बन जायें खाद !!!
महके मेरा भारत चहके यहाँ की हर कली
हर गली से आये आवाज़
मेरा भारत ज़िंदाबाद

वहशी दरिंदों को अब इंसान बनाना
हे भारत माँ
आज करूँ वंदना और चाहूँ बस इतना वरदान
न रोये कोई अबला अब
न हो कोई भ्रूण हत्या
पढ़ें बिटिया आगे बढ़ें बिटिया
ऊँचा करें भारत का नाम

बस इतना करना
मेरे भारत को हरा भरा रखना
प्यार के फूल महकाना
जग में ऊँचा नाम कराना
मेरा देश है बड़ा महान
बस इतना सा तुम देना वरदान।

रेखा राजवंशी

निवास : सिडनी, ऑस्ट्रेलिया

विधाएँ : कविता, कहानी, गीत, ग़ज़ल और नज़्म

प्रकाशन : ग्यारह पुस्तकें प्रकाशित

सम्मान : उत्तर प्रदेश हिंदी संस्थान द्वारा सम्मानित

संपादक : 'अनन्य ऑस्ट्रेलिया'

विशेष : पिछले 23 वर्षों से सिडनी, ऑस्ट्रेलिया में हिंदी भाषा और साहित्य के प्रचार के लिए कार्यरत, विश्वविद्यालय में प्रौढ़ शिक्षा कार्यक्रम में उन्होंने कई वर्ष हिंदी शिक्षण, आदिवासियों की लोक कथाओं का हिंदी में अनुवाद, जिसके लिए राष्ट्रीय स्तर के पुरस्कार (AUSIT) से पुरस्कृत, विश्वरंग ऑस्ट्रेलिया की डायरेक्टर

संपर्क : सिडनी, ऑस्ट्रेलिया
मो. : +61 403 116 301
ईमेल : rekha_rajvanshi@yahoo.com.au

याद बहुत आता है तू

इस विदेश में, नए वेश में, याद बहुत आता है तू
देश मेरे तू दिल में रहता, हर पल तड़पाता है तू।

गंगा जिसको करती पावन और हिमालय रखवाली
ऋतुएं जिसमें नर्तन करतीं, छाई रहती हरियाली
योग, धर्म और कर्म मार्ग, इस जग को सिखलाता है तू
देश मेरे तू दिल में रहता, हर पल तड़पाता है तू।

कभी गुरु बन पाठ पढ़ाए और कभी माँ बन जाता
कभी उठाए शत्रु दृष्टि तो, भृकुटि चढ़ा कर तन जाता
लक्ष्मी बाई और प्रताप सा साहस दिखलाता है तू
देश मेरे तू दिल में रहता, हर पल तड़पाता है तू।

तू मेरी पहचान बना है, रक्त तेरा मुझमें बहता
तीज और त्यौहार सभी में, संस्कार बनकर रहता
माता, पिता, बहन, बिटिया सा याद बहुत आता है तू
देश मेरे तू दिल में रहता, हर पल तड़पाता है तू

तुझ पर संकट कोई न आए, सदा रहे तू अविनाशी
प्रगति मार्ग पर बढ़ता जाए, गर्वित हों भारतवासी
आई टी, गणित, ज्ञान, दर्शन में गुरु माना जाता है तू
देश मेरे तू दिल में रहता, हर पल तड़पाता है तू।

हुए प्रवासी ये दुःख है पर, तेरा मान बढ़ाएंगे
डटे रहेंगे कर्म मार्ग पर, काम देश के आएँगे
कभी-कभी सब होने पर भी तनहा कर जाता है तू
देश मेरे तू दिल में रहता, हर पल तड़पाता है तू।

रोहित कुमार 'हैप्पी'

निवास : न्यूज़ीलैंड

प्रशिक्षण : मैस्सी यूनिवर्सिटी, न्यूज़ीलैंड से पत्रकारिता, इंवेस्टिगेटिव सर्विसिस, ग्राफिक्स व वेब डिवेलपमैंट

संपादन : 'हैप्पी' इंटरनेट पर विश्व के पहले हिंदी प्रकाशन, भारत-दर्शन का सम्पादन

सम्मान : राष्ट्रीय निर्मल वर्मा सम्मान 2020

प्रकाशन : न्यूज़ीलैंड की हिंदी यात्रा, प्रशांत की लोक-कथाएँ, न्यूज़ीलैंड की हिंदी पत्रकारिता का इतिहास और दूसरा रुख

विशेष : अपनी वेब पत्रकारिता व खोजी पत्रकारिता के लिए विख्यात

संपर्क : न्यूज़ीलैंड
मो. : +64 21 171 3934
ईमेल : editor@bharatdarshan.co.nz

शहीद पूछते हैं

भोग रहे जो आज आज़ादी
किसने तुम्हें दिलाई थी?
चूमे थे फाँसी के फंदे,
किसने गोली खाई थी?

बलिवेदी को शीश दिया था
मौत से रची सगाई थी।
क्या 'ऐसी आज़ादी' खातिर
हमने जान गंवाई थी?

माँग रहा था देश ख़ून जब
किसने प्यास बुझाई थी?
देश के वीरों ने हँस-हँसकर
काहे गोली खाई थी?

देश की खातिर मर मिटने की,
कसमें खूब निभाई थी।
भारतवासी मिटे हजारों
तब आज़ादी आई थी!

ललिता मिश्रा

निवास : आबूधाबी

शिक्षा : एम.ए, बी.एड. (हिंदी एवं समाजशास्त्र) लखनऊ विश्वविद्यालय

संप्रति : हिंदी शिक्षिका

प्रकाशन : विभिन्न पत्र पत्रिकाओं में कविताएँ प्रकाशित, परमवीर चक्र एवं अशोक चक्र विजेता पर कविताएँ संकलित

सम्मान : एन आर बी फ़ाउंडेशन एवं भव्या इंटरनेशनल इंडियन बेस्टीज़ एवार्ड, विभिन्न अंतरराष्ट्रीय मंचों पर सम्मान, गोल्डन बुक ऑफ वर्ल्ड रिकार्ड्स सम्मान पत्र, अंतरराष्ट्रीय शब्द सृजन काव्य रत्न सम्मान, इंडिया सोशल एवं कल्चरल सेंटर द्वारा शिक्षक सम्मान

उपलब्धि : अंतरराष्ट्रीय मंचों पर सहभागिता, महिला काव्यमंच की अध्यक्षा, काव्यकुल संस्थान साहित्योदय यूएई प्रभारी

संपर्क : आबूधाबी
मो. : +971502632572
ईमेल : lalitamisra190@gmail.com

माँ के चरणों में नमन

देश के नौजवानों तुम्हें है शपथ,
माँ के चरणों में सेवा का व्रत दान दो...

माँ का मंदिर सजाना तेरा काम है,
उसके आंचल में सोना तेरी शान है
माँ की ममता भरी ऐसी आवाज है
अंग मेरे जो काटे तो फटकार दो...

माँ के चरणों में सेवा का व्रत दान दो....

तुम अमर पुत्र हो स्वाभिमानी बनो
प्राण दीपक जला रक्तदानी बनो
आन की है चुनौती तुम्हें बांकुरों
दृष्टि माँ पे जो डाले तो हुंकार दो....

माँ के चरणों में सेवा का व्रत दान दो....

झूम कर यह तिरंगा यही कह रहा
तीन रंगों के भावों का बल रहा
चक्र की जीवनी शक्ति बाहों में भर
आए सीमा पर दुश्मन तो ललकार दो...

देश के नौजवानों तुम्हें है शपथ,
माँ के चरणों में सेवा का व्रत दान दो...

लतिका दत्त

पति : दिनेश शर्मा

जन्म : मनीला, अल्मोडा (उत्तराखंड)

निवास : दोहा, क़तार

शिक्षा : एम बी ए (एच आर एंड मार्केटिंग)

कार्य : एच आर एक्जीक्यूटिव

"कलम के द्वारा अपने शब्दों को वर्णन करने का सिलसिला कुछ समय ही पहले शुरू हुआ, जिसमें कि मेरे कुछ विशेष दोस्तों के प्रोत्साहन का काफी योगदान है"

संपर्क : दोहा, क़तार

मो. : +974 7015 4227

ईमेल : latikadutt@gmail.com

लफ्ज़

ए देश मेरे तेरी मिट्टी को नमन।
तेरे हर वीर को नमन।
गर्व से सीना चौड़ा होता है
जब कोई इंडियन कहकर बुलाता है।

है भांति भांति के रंगों के लोग यहाँ
पर कोई नजर तो उठाए देश पर,
हम एक गुट एक रंग हो
जान पर खेल जाते हैं।

हमारा तो तिरंगा भी
देश के नाम पर बेख़ौफ़ लहराता है।
इसलिए ही तो हम
देश प्रेमी कहलाते हैं।

ए देश मेरे तेरी मिट्टी को नमन
तेरे हर वीर को नमन।

लक्ष्मी जयपोल

शिक्षा	:	बी ए और एम ए हिन्दी (महात्मा गांधी संस्थान)
संप्रति	:	टंकक (महात्मा गांधी संस्थान)
भाषाएं	:	हिन्दी, अंग्रेज़ी, भोजपुरी और फ्रेंच
विधाएं	:	लेख, कहानी और कविता
विशेष	:	14 साल से लेखिका
संपर्क	:	मॉरीशस मो. : +230 5 773-0541 **ईमेल :** luxhmee_jaypaul@yahoo.com

विजय-भेरी

विजय! विजय!
कैसे बनूँ विजय-भेरी!

विजय-भेरी बनो
देश की सेवा करो
मानवता का सत्कार करो
यही विजय का मूल-मंत्र!

सशक्त बनो
धर्म के मार्ग पर चलो
सत्कर्म सदा करो
चरित्रवान बनो
कानून का उल्लंघन न करो!

स्वतंत्र बनो
प्यार का पारावार निछावर करो
स्वयं पर विश्वास करो
स्वदेश का जिम्मेदार नायक बनो
वरवीर तथा ध्रुववीर बनो!

विजय! विजय!
कैसे बनूँ विजय-भेरी!

लीना शारदा

निवास : जकार्ता, इंडोनेशिया

प्रकाशन : 3 बार विश्व रिकार्ड *सांझा संकलन में कविताएं प्रकाशित, एल.पी.जी.आई .एस .ए साँझा संकलन में कविता प्रकाशित, 8 सांझा संकलन में कविताएं प्रकाशित,

सम्मान : शुभसंकल्प समूह द्वारा नारी शक्ति सम्मान, श्रीलंका साहित्य रत्न सम्मान से सम्मानित, ई बुक-हिन्दी दिवस पर उत्कृष्ट लेखन पर प्रशंसित पत्र, रवींद्र नाथ टैगोर सम्मान से सम्मानित, कर्त्तव्यनिष्ठ माँ की उपाधि से विभूषित, अंतरराष्ट्रीय प्रवासी भारतीय महिला साहित्य सम्मेलन में, सर्वोत्तम संचालिका *पुरस्कार से सम्मानित

सदस्य : साईं कल्प अध्यात्म संस्थान नई दिल्ली, शुभसंकल्प समूह की सदस्य

संपर्क : जकार्ता, इंडोनेशिया
मो. : +62 815-8470-1745
ईमेल : leenadhiraj10@gmail.com

देश प्रेमी शूर वीरों को सलाम

मैं आज़ाद हूँ आज़ाद ही रहूँगा और आज़ाद ही मरूँगा-
स्वतन्त्रता के पुजारी चन्द्रशेखर आज़ाद
ऐसे उन देश प्रेमी शूरवीरों को
श्रद्धांजलि स्वरूप कुछ सुमन पुष्प मेरी क़लम से
जो आपके समक्ष प्रस्तुत करती हूँ

कुछ मर-मर के जीते है और
कुछ मर के जी जाते हैं जो मर के जी जाते है उन
ऐसे, देश प्रेमी शूरवीरों को सलाम

बुझा कर चिराग अपने घरों के, बीज बोए स्वतंत्रता के, जन-जन में,
किया न्योछावर, खुद का संसार अपना वतन पर दिया हमको,
स्वतंत्र भारत का स्वप्निल सपना
ऐसे उन देश प्रेमी शूर वीरों को सलाम

जब सब जग सोता है, कोई सरहद पर,
अपनों की याद में मन ही मन रोता हैं
छोड़ आते हैं जो, अपने घोंसलों को,
हमारे आशियानों की हिफज़त करने के लिए
ऐसे उन देश प्रेमी शूर वीरों को सलाम

दिलों में जिनकी, जीती हर दम भारत माता है

मुस्कुराकर मौत को, बखूबी गले लगाना जिनको आता है
लहू देकर, देश को अपना, हिफाज़त करनी वतन की, इनको बख़ूबी भाता हैं !
ऐसे उन देश प्रेमी शूर वीरों को सलाम

देश की सरहद पर, गोले बारूद से, खुद खेलकर
वतन के अपने त्योहारों को, सुरक्षित रखने का हुनर जिनको आता है !
ऐसे उन देश प्रेमी शूर वीरों को सलाम

देशभक्ति की चमक जिनकी आंखों में कौंधतीं है,
भारत माँ के जिन बहुमूल्य सपूतों से दुश्मनों की आन शान बान खोखली महसूस होतीं है
ऐसे उन देश प्रेमी शूर वीरों को सलाम

करते हैं, भारत माँ को तिलक, अपने खून से जो
मुस्कुराकर, मौत को गले लगाना, देश के लिए जिनके मन को, सहजता से भाता हैं !
लिपट कर, तिरंगे में, भारत माँ की गोद में जाना
सपना एक मात्र ही जिनका अपना होता हैं
ऐसे उन देश प्रेमी शूर वीरों को मेरा शत-शत प्रणाम

जय हिन्द जय भारत

वैशाली रस्तौगी

निवास : इंडोनेशिया

संप्रति : LPGISA, ग्लोबल वाइस प्रेसिडेंट (मीडिया स्पोर्ट), ज्वाइंट प्रिसिडेंट सेंट्रल इंडिया

उपाध्यक्ष : युग परिवर्तन ट्रस्ट संभल

विधा : दोहे, हाइकु, अतुकान्त कविताएं, मुक्तक, गीत, मुकरी, संस्मरण आदि।

प्रकाशन : करती खुद को मैं नमन (कविता संग्रह), शुभप्रभात (हाइकु संग्रह), मेरे चारों धाम (दोहा संग्रह), 14 सांझा संकलन,

सम्मान : 4 बार वर्ल्ड रिकॉर्ड ऑफ बुक सांझा संकलन में सम्मानित, उत्तर प्रदेश सरस्वती सम्मान से सम्मानित, कल्कि गौरव सम्मान, हिंदी गौरव सम्मान, नारी शक्ति सम्मान

संपर्क : इंडोनेशिया
मो. : +62 858-8390-6998
ईमेल : vaishali.rastogi@yahoo.com

वीरों का अभिनंदन

भारत माँ के मस्तक ऊपर छाया संकट गहरा है
पूरब पश्चिम उत्तर दक्षिण, हर दिशा तुम्हारा पहरा है
गिद्ध कोई जब दृष्टि डालें, उसके बाजू तीर तुम्हारा हो
भारत माता के अमर सपूतों, वीरों का अभिनंदन हो।

शब्दभेदी हर लक्ष्य तुम्हारा, चूका नहीं कभी रण में।
जल थल हो गगन असीमित, पहुंच गए हो कुछ क्षण में।
शीश हिमालय के मस्तक पर, शोभित रोली चंदन हो।
भारत माँ के अमर सपूतों, वीरों का अभिनंदन हो।

बुझे चिरागों की लौ तुम, जन गण मन अरमान तुम्हीं।
आन बान और जान देश के, स्थापित सम्मान तुम्हीं।
देशद्रोह और मन में दुश्मन के, हलचल हो तुम क्रंदन हो।
भारत माँ के अमर सपूतों, वीरों का अभिनंदन हो।

एड़ी मारकर जलधार निकालो, शक्ति इतनी तुम में है।
धरती पर भगवान उतारो, भक्ति इतनी तुम में है।
कुरुक्षेत्र में अर्जुन, कृष्ण कन्हैया, लंका में रघुनंदन हो।
भारत माँ के अमर सपूतों, वीरों का अभिनंदन हो।

वंदना खुराना

जन्म : धारीवाल, पंजाब भारत

निवास : इंग्लैंड

संप्रति : स्थानीय NHS हॉस्पिटल में मैनेजमेंट कंसल्टेंट

शिक्षा : एमएससी, बीएससी (गोल्ड मेडलिस्ट) मैनेजमेंट कंसल्टेंट लंदन स्कूल ऑफ फ़ायनेंस

प्रकाशन : "Awakening with Sunrise",

साझा संग्रह : इंद्रधनुष के पार, महकते अल्फ़ाज़, काव्य उड़ान, प्रकृति ओर भावनाएँ, लफ्ज़ दे मोती, वंदे मातरम्

पुरस्कार : 'She Inspires'IIW 2023 Inspiring Indian Women Award, 'Shero' 'शीरू' अवॉर्ड बर्मिंघम

विशेष : देश विदेश के साहित्यिक आयोजनों में काव्यपाठ, संस्मरण तथा आलेख द्वारा सम्मिलित होने की सौभाग्य प्राप्ति, रेडियो प्रसारण और वक्ता के रूप में रेडियो रंगोंली पर 'कुछ दिल ने कहा' द्वारा एक हिंदी काव्य से जुड़ा साप्ताहिक कार्यक्रम प्रसारण।

संपर्क : इंग्लैंड
मो. : +44 7917 466720
ईमेल : vandana303@aol.com

तिरंगा

कह रहा है कुछ यह तिरंगा, सुन लो धर के ध्यान
विश्व भर में भारती की, है यही अमिट पहचान
कह रहा...

सुना रहा है शौर्य और धैर्य का बखान
क्रांति और शांति का अनुपम, विजयपथ संग्राम
कह रहा...

रंग केसरिया में लिपटे, वीरता और स्वाभिमान है
वीर सावरकर अनंत, जलियांवाला के बलिदान है
कह रहा...

श्वेत रंग से विश्व शांतिदूत की बनाई पहचान है
बुद्ध, दयानंद, महावीर ने दिया अहिंसा ज्ञान है
कह ....

अशोक चक्र है कर्म गति और प्रगति का स्नेह निशान
राम, कृष्ण के संस्कारों की, पुण्य भूमि यह महान
कह ....

हरा है संजीवनी और कृषक का स्वाभिमान है
भव्य हिम से कन्याकुमारी, तक लहलहाती मुस्कान है
कह .....

पाकर जन्म इस भूमि पर हम, सब बने धनवान है
इसकी गरिमा धूमिल ना हो यह, हम पर ऋण पान है
कह ....

पूर्वजों की तपोभूमि यह, सुंदर शोभायमान है
संस्कृति की ज्ञान रश्मि, करती विश्वकल्याण है
कह रहा ...

श्रीमती वंदना राज

जन्म : लखनऊ, भारत

निवास : क़तार

विधायें : गीत, कविता, मुक्तक, शेर, छंद, चौपाई, हास्य, व्यंग्य, गद्य, कहानी,

प्रकाशन : 5 साझा संकलन प्रकाशित, 3 प्रकाशाधीन, समाचार पत्र पत्रिकाओं में कविताएँ प्रकाशित,

सम्मान : राष्ट्रीय एवं अंतरराष्ट्रीय संस्थाओं द्वारा अवार्ड से सम्मानित, अनेक सम्मान पत्र, प्रमाण पत्रों से सम्मानित, अनेक वर्ल्ड रिकॉर्ड में नाम दर्ज़

अध्यक्ष : हिन्द देश परिवार, क़तार

सांस्कृतिक सचिव सेंट्रल इंडियन एसोसिएशन (क़तार) दोहा म्यूज़िक लवर्स (क़तार)

सचिव : साहित्योदय, क़तार

संपर्क : क़तार

मो. : +974 5075 7548

ईमेल : rajvandana0203@gmail.com

मैं देश हूँ भारत, जनतंत्र की जीत में मैं हूँ

सर्वधर्म समभाव, लोकतंत्र, संविधान की जीत में मैं हूँ
कश्मीर से जोड़ती केरल को, एकता की रीत में मैं हूँ।

हर भाषा, हर गीत में बसा, मुखर शब्द भीत में मैं हूँ
संस्कृत, उर्दू, हिंदी, ग़ज़ल, नज़्म, श्लोक और गीत में मैं हूँ।

मै देश हूँ भारत, जनतंत्र की जीत में मैं हूँ
लहराता हूँ फसलो में तो नृत्य, लोक गीत में मैं हूँ।

बदलता कोस पर पानी, नही टूटी, अटूट प्रीत में मैं हूँ
हिमगिरि हिमालय हिमशीर्ष सहयाद्री विजीत में मैं हूँ।

वृहद विस्तृत महासागर हिन्द, गंगा की लहर शीत में मैं हूँ
मै देश हूँ भारत जनतंत्र की जीत में मैं हूँ।

विनीता तिवारी

जन्म : राजस्थान, भारत

निवास : वर्जीनिया, अमेरिका

शिक्षा : बी एस सी ऑनर्स (रसायन शास्त्र), बी.एड. तथा कम्प्यूटर में डिप्लोमा, हिंदुस्तानी शास्त्रीय संगीत में विशारद

अभिरुचि : लेखन के अतिरिक्त हिन्दुस्तानी शास्त्रीय संगीत, नृत्य एवं चित्रकला में अभिरुचि

कार्यक्षेत्र : इंडिया इंटरनेशनल स्कूल, शैंटिली, वर्जीनिया में हिन्दी का अध्यापन कार्य,

प्रकाशन : एक काव्य-संग्रह 'दिल से दिल तक' एवं कई साझा संकलनों में रचनाएँ प्रकाशित

विशेष : स्थानीय कवि सम्मेलन एवं मुशायरों में शिरकत

संपर्क : वर्जीनिया, अमेरिका
मो. : +1 (571) 438-2380
ईमेल : vinu_t@hotmail.com

भारत का सपना

लो फिर याद आया है
गुजरा ज़माना
मेरे देश भारत का
सपना सुहाना
वो रेतीले टीले
वो काँटों का झुरमुट
वो अँखियो को पानी की
टोह में घुमाना
कि नाचो और गाओ
मनाएँगे होली
वो राधा की बस्ती में
गोकुल का कान्हा
पड़े खेत बागों में
झूले है सावन
वो सरसों के फूलों से
चेपा उड़ाना
लो चीलों सी उड़ती
पतंगों का मौसम
ये काटा वो लूटा
और चीखा चिल्लाना
जले दीप जगमग
दीवाली है आई

वो सजना संवरना
रंगोली बनाना
लो फिर याद आया है
गुज़रा ज़माना
मेरे देश भारत का
सपना सुहाना।

विनोद दूबे

जन्म : उत्तर प्रदेश (भारत)

निवास : सिंगापुर

सम्प्रति : मर्चेंट नेवी में कैप्टन

प्रकाशित : कृतियां इंडियापा (हिंदी उपन्यास), वीकेंड वाली कविता (कविता संग्रह), जहाजी (कविता संग्रह),

सम्मान : HEP पुरस्कार (highly enriched personality), सिंगापुर हिंदी सेवी सम्मान, प्रवासी साहित्यकार सम्मान।

संपर्क : सिंगापुर
मो. : +65 9821 7162
ईमेल : vinod5787@gmail.com

हम प्रवासी हैं

वहाँ भी हम नहीं पूरे, यहाँ अब तक आभासी हैं,
कहीं का जन्म है अपना, कहीं के हम प्रवासी हैं,
ये पहली पीढ़ी के हर, NRI के दिल का क़िस्सा है,
जितना इसमें विदेश, उतना ही भारत का हिस्सा है।

यहाँ दौलत, यहाँ शोहरत, यहाँ जो हाल है अपना,
इसी से पहचान है अपनी, अब यही ससुराल है अपना,
मगर कैसे उसे भूलें, ऐसा ज़ायका था वो,
जहाँ जन्मे, हुनर सीखा, शायद मायका था वो।

वहाँ के तंगहाली की, यहाँ जब बात आती है,
माथे पर शिकन की कुछ, लकीरें खिंच ही जाती हैं,
वहाँ की बुलंदियों का, कहीं जो ज़िक्र होता,
सीना फूल जाता है, हमें भी फ़क्र होता है।

पीढ़ियाँ बदल रही है, रिश्ता पीछे छूट रहा है,
पकड़ी है रस्सी मुट्ठी में, पर रेशा-रेशा टूट रहा है,
बच्चे समझते हैं हॉलीवुड, कब तक बॉलीवुड दिखाएँगे,
उन्हें ज़िद है पिज़्ज़ा बर्गर की, कब तक चावल-दाल खिलाएँगे।

ऐ सड़क, बिजली, विकास, तुम क्यूँ इतनी देर से आए,
तुम्हारे ही तलाश में कई, मुल्क से हो गए पराए,
अब यही नियति इस देह की, इसका दो तरफ़ा व्यापार रहेगा
एक मिट्टी ने पाला पोषा, दूजे का नमक उधार रहेगा।

वहाँ भी हम नहीं पूरे, यहाँ अब तक आभासी हैं,
कहीं का जन्म है अपना, कहीं के हम प्रवासी हैं।

विश्वास दुबे

जन्म : ग्वालियर मध्य प्रदेश, भारत

निवास : नीदरलैंड

संप्रति : सॉफ्टवेयर कंपनी में वरिष्ठ पद पर कार्यरत

प्रकाशन : रचनाएँ कई अंतर्राष्ट्रीय पत्र-पत्रिकाओं और काव्य संग्रहों में प्रकाशित, स्मारिका और भारतीय सांस्कृतिक संबंध परिषद की पत्रिका गगनांचल में आलेख प्रकाशित।

सम्मान : नीदरलैंड्स में भारतीय दूतावास, गाँधी केंद्र द्वारा उनके प्रयासों के लिए सम्मानित

विशेष : हिंदी यूनिवर्स फाउंडेशन से भी सक्रिय भागीदारी, प्रवासी भारतीयों के दो काव्य-संग्रह का संपादन, अनेकानेक काव्य आयोजनों में संचालन, समन्वय और काव्य पाठ, अंतर्राष्ट्रीय काव्य गोष्ठियों का आयोजन, अग्रणी प्रवासी साहित्यकार

संपर्क : नीदरलैंड
मो. : +31 6 87 90 70 54
ईमेल : vishwas.dubey@gmail.com

क्या लिखूं?

तुझ में बसते अपने प्राण लिखूं
या तुझे मैं अपना अभिमान लिखूं।

ए वतन, मैं तुझे अपना महबूब लिखूं
या गाँव में छिटकी होगी वो धूप लिखूं।

वो मैं सुबह सवेरे की राम-राम लिखूं
या सुभाष, भगत, गाँधी का नाम लिखूं।

टैगोर सा यमुना-गंगा विंध्य-हिमाचल लिखूं
बहुत याद आता भारत माँ का आँचल लिखूं।

कश्मीर की वो वादियां, पंजाब के खेत लिखूं
आसाम के बागान, या राजस्थान की रेत लिखूं।

पहाड़ों से सजे मुकुट या पांव धोते समंदर लिखूं
बंगाल का हावड़ा या गुजरात का पोरबंदर लिखूं।

शिवाजी का जोश या महाराणा की तलवार लिखूं
मर्दानी लक्ष्मीबाई या पद्मावती का प्रतिकार लिखूं।

सीमा पर मुस्तैद खड़ा, वो सेना का जवान लिखूं
या हर रोज दुनिया में बढ़ता, देश का मान लिखूं।

वो मेरे खेत की मिट्टी, सरसो के खलिहान लिखूं
मंदिर में बजती घंटी, या मस्जिद की अजान लिखूं।

परमात्मा से प्रार्थना है, कि मेरी किस्मत में ये लिखना
अगले जन्म और हर जन्म, मुझे भारतवंशी ही रखना।

विवेक मणि त्रिपाठी

जन्म : चंपारण, बिहार (भारत)

निवास : चीन

संप्रति : एसोसिएट प्रोफेसर (हिंदी) क्वान्तोंग विदेशी भाषा विश्वविद्यालय

शिक्षा : पी एच डी, हिंदी (क्वान्तोंग विदेशी भाषा विश्वविद्यालय), चीनी साहित्य में स्नातक व स्नातकोत्तर (काशी हिन्दू विश्वविद्यालय)

पुरस्कार/सम्मान : अटल अंतर्राष्ट्रीय सम्मान, श्री अरबिंदो सम्मान, उत्कृष्ट अंतर्राष्ट्रीय शिक्षक पुरस्कार, पहली साहित्यिक हिंदी पत्रिका 'संचेतना' का संपादन एवं प्रकाशन के लिए भारतीय प्रधानमंत्री श्री नरेन्द्र मोदी जी द्वारा प्रसंशा पत्र, राष्ट्र गौरव सम्मान, प्रवासी साहित्यकार सम्मान, विश्व प्रतिभा अंतर्राष्ट्रीय सम्मान, लोकचिंतन विशिष्ट सेवा सम्मान, भाषा साहित्य रत्न सम्मान।

संपर्क : चीन

मो. : +86- 13044291595 (China),
+91- 9958550683 (India-WhatsApp)
ईमेल: vivekmani.bhu@gmail.com,
vmtripathi@gdufs.edu.cn

उद्घोष

भूधरा पर आर्ष सभ्यता सबसे न्यारी,
सर्वाधिक प्राचीन सनातन संस्कृति हमारी,
हम ही से सुशिक्षित हुआ था जग सारा,
हम ही नायक–उन्नायक की वसुंधरा।

सम्पूर्ण विश्व है परिवार हमारा,
भारतीयता है पहचान हमारी,
हम है खंडित भारत के वासी,
अखंड भारत है आस हमारी।

प्रकृति का है यह शाश्वत नियम,
सभी दिवस होते नहीं एक समान,
जो आरूढ़ होता है शिखर पर,
वही अवतरित होता है भूतल पर।

उन्नति–अवनति का चक्रवत नियम,
राष्ट्रीयता का ह्रासमान इतिहास,
विखंडित होती रही भारतीय स्मिता,
पुनर्स्थापित न हो सकी राष्ट्रीय एकता।

आजादी का अमृत महोत्सव,
राष्ट्रीय विमर्श का यह महान पर्व,
करें विवेचन विगत में हमने, क्या खोया क्या पाया,
कैसे रखेंगे सुरक्षित हम अपनी आजादी।

हम भारतवासियों की यह प्रबल भावना,
प्रखर राष्ट्रीयता की हो पुनर्स्थापना,
जन जन का है यही सन्देश,
'विजयिनी भारतीयता' का उद्घोष।

शैल अग्रवाल

जन्मस्थान : वाराणसी

निवास : यू के

शिक्षा : संस्कृत, अंग्रेजी व चित्रकला में आनर्स, स्नातकोत्तर (काशी हिंदू विश्वविद्यालय)

प्रकाशित कृतियाँ : 8 प्रकाशित पुस्तकें, 11 प्रकाशन में, 50 से अधिक साँझा संग्रह में अनेकों कहानियां, कविताएं प्रकाशित

सहसंपादन : काव्य संग्रह: 1.राम काव्य पीयूष, 2. कृष्ण काव्य पीयूष, 3. राम हायकू पीयूष।

सम्मान एवं पुरस्कार : हिन्दी सेवी सम्मान (यूके हिंदी समिति), कमलेश्वर कथा सम्मान(मुंबई), साहित्य सारथी सम्मान (मुंबई), प्रवासी मीडिया सम्मान(अक्षरम)

उपलब्धि : 8 वर्ष की आयु में पहली काव्य रचना और 11 वर्ष की अल्पायु में कहानी लेखन, तीस वर्ष के मौन के उपरांत पिछले ढाई दशक से निरंतर हिन्दी और अंग्रेजी दोनों ही भाषाओं में गंभीर लेखन में संलग्न।

संपर्क : यू के
मो. : +44 7701 348154
ईमेल : shailagrawal@hotmail.com

अभिनंदन मेरे देश!

मेरे आजाद देश की, पचासवीं साल गिरह पर
लोगों ने खूब गाया, बहुत जश्न मनाया
फिर मेरे ही मस्तिष्क में क्यों, आज एक तूफान-सा उठा है
जो मेरे हृदय को लपेटता, अस्तित्व को ही ले उड़ा है
दूर बहुत दूर नदी-नाले, समुंदर पहाड़ सब पार करता
उस देश, उस धरती की ओर, जो मेरा घर था, घर है
मेरा अपना भारत देश, माना कि धीरे-धीरे
मेरे सब निशान, मिटते जा रहे हैं
और बंजारे सी अपनी, इस नई पहचान के संग
खड़ी मैं सोच रही हूँ, कैसे तुम मुझे भला अब
इससे दूर-दूर रख पाओगे, मैं तो इसी मिट्टी से बनी हूँ
और मिट्टी कण कण ही, मेरे पूर्वजों के खून से सिंची है
इसी ने तो मुझे, सर्वस्व दिया है, और इसी ने
मेरा हर सुख चैन, सबकुछ लिया है
मैं इसकी पहचान हूं, यह मेरा अभिमान
क्या हुआ जो दूर, मुझसे बहुत दूर मेरा देश महान!
स्वराज लेकर भी, सुराज का सपना देखने वाली
हर आँख क्यों आज भी, खून के ही आँसू रो रही है
क्यों गरीबी और भ्रष्टाचार के बिस्तर पे लेटी
मेरे आजाद भारत की किस्मत आज तक सो रही है
क्यों दुराचारी दशानन के, दसों सर कट-कटकर
बार बार उग आते हैं, देखो विभीषण के संग

राम, लक्ष्मण और हनुमान, जाने कब कहाँ और कैसे
वापस मिल पाते हैं, सफेद हरे और वसंती रंग में लिपटा
यह तिरंगा शान्ति, सौहाद्र और संयम का प्रतीक है
हमने माना अमन हमे प्यारा है, यह भी हमने जाना
भटके तो यदा-कदा पर, भूले नहीं बसंती चोले पर
जब-जब खून के छींटे पड़े, हजारों प्राण आज भी तो
कर्तव्य-पथ पर साथ-साथ ही आगे बढ़े
शस्त्रों के संग लड़ने वाले, माना वे सब सेनानी वीर हैं
आत्म-बल पर जो लड़े, मेरे देशवासी वीर ही नहीं महावीर हैं
राम, कृष्ण, बुद्ध और नानक जैसे महात्मा व पैगम्बर पीर हैं
मेरे हाथों में श्रद्धा के फूल हैं, और आँखों में कर्तव्य का पानी
मेरे प्यारे देश बता आज मैं तुझ पर, कौन-सा फूल चढ़ाऊँ
देश-परिवेश की परिधियों से परें, हम-तुम तो अभिन्न और
अविच्छेद हैं
जो कुछ भी मेरा तन-मन-धन, सब तुझको ही अर्पण
आशीष यही चाहूँ अब तो, जब भी जन्मूँ सिर्फ भारती ही
बनकर मैं आऊँ, मैं तेरी पहचान हूँ तू मेरा अभिमान
क्या हुआ जो दूर बहुत दूर, मुझसे मेरा देश महान!

शैलजा सक्सेना

निवास : टोरोंटो

शिक्षा : एम ए, (हिंदी), एम फिल, पी.एच.डी. (दिल्ली विश्वविद्यालय), मानव संसाधन डिप्लोमा (मैक मास्टर यूनिवर्सिटी, हैमिल्टन, कनाडा)

सम्मान : विश्व हिन्दी सम्मान, हिंदी राइटर्स गिल्ड कैनेडा, हिंदी गौरव सम्मान, वूमैन अचीवर अवार्ड-2018

प्रकाशन : क्या तुम को भी ऐसा लगा? (काव्य संग्रह), अष्टाक्षर, काव्योत्पल, हाशिये उलांघती औरत, प्रवासी (कहानी संग्रह), वैश्विक प्रेम कहानियाँ, इतर, अनेक पत्रिकाओं तथा वेब पत्रिकाओं में समीक्षायें, साहित्यिक निबंध, कविताएँ, हाइकु और कहानियाँ प्रकाशित।

नाटक निर्देशन : अंधायुग, रश्मिरथी, मित्रो मरजानी, संत सूरदास-जीवन, संत जनाबाई, दूसरी दुनिया

निदेशिका : हिन्दी साहित्य सभा की आजीवन सदस्या और भूतपूर्व उपाध्यक्षा

संपर्क : टोरोंटो
मो. : +1-905-580-7341
ईमेल : shailjasaksena@gmail.com

वंदे मातरम्

मेरे सारे शब्द उधारी के हैं।
बोल रही मैं उन्हीं शब्द में
जिनमें बोली माँ और दादी
और उनकी भी दादी
और दादी की दादी...
इन शब्दों की मिट्टी से ही
देश बना और देह बनी है,
इन शब्दों को रटते, गाते
भाव बने और तर्क बने हैं,
मेरी हर उपमा में, सोच-सीख में,
पुरखों के जीवन गुँथे हुए हैं,
जाने कितने संस्कृति पुरुषों की वट छाया में
चुन-मुन जैसे हम खेले हैं,
जब-जब चोट लगी मन में या तन में
इनसे लिपट-लिपट रोये हैं,
जब-जब हमने साहस हारा
इनके शब्दों की मशाल ने किया उजाला।
बाँहों पर सिर रख जब रोई,
तुलसी बाबा की चौपाई
यादों की खिड़की से झाँकी
और अनोखा साहस दे गई।
नानक, मीरा, सूर, कबीरा

अतिथि से आँगन में आए
अपने मधुर स्वरों में सब ने
जाने कितने ही पद गाए..।
मेरी सारी सोच उन्हीं के
डी.एन. ए. से बनी हुई है।
मेरे सारे कार्य एक प्रभारी के हैं
मेरे सारे शब्द उधारी के हैं।

मेरे देश के पास ज्ञान की कितनीं पुस्तक
हर पुस्तक में भरे हुए हैं ढेरों अक्षर,
हर अक्षर में भरा हुआ है उनका जीवन,
महाबोध के महाकवि थे वे सारे
हर पुस्तक में बसा सचेत एक महानगर।
पन्ना पलटें तो जैसे गली मुड़ गए
वाक्य लग रहे जैसे पुश्तैनी घर
जिस अक्षर के दरवाज़े पर भी दस्तक दी,
उस पर ही था पुरखों का रक्त-स्वेद प्रखर,
कहीं पराक्रम की हुंकारे तो
कहीं कोई रोया था हार समर।
कहीं विराम की चौपाल, योग साधना की बाते थीं,
कहीं कॉमा-डैश उलझ रहे थे शास्त्रार्थ में,
रस-गंगा के पास भरत मुनि औ दंडी
जला रहे अनुभावों के दीप अमर!
मेरे तन-मन की मिट्टी में आग है इनकी
जहाँ रहूँ, मेरे भीतर का आकाश, इन्हीं का दिया हुआ है,
पासपोर्ट चाहें जो भी कहता हो
पर चेहरा अक्सर सब से यह कहता है,
मैं बाशिंदा, उसी देश का,

जिसके माथे ताज हिमालय का रहता है,
गंगा जिसकी प्राण दात्री,
आँखों में काशी रहता है
चाहें जिस मिट्टी पर बस ले
हर भारतवासी की साँसों में
शाश्वत भारतपन रहता है॥
मैं कैसे कह दूँ, मौलिक अपनी आकृति को
मेरे रक्त और चाम उधारी के हैं।
मैं जो कुछ भी सोचूँ या बोलूँ
मेरे सारे शब्द उधारी के हैं॥

शालिनी गर्ग

जन्म : मेरठ उत्तर प्रदेश (भारत)

निवास : दोहा क़तार

विधाएं : कविताएँ, छंद, व्यंग नाटक आदि

प्रकाशन : कविताएं, कहानी लेख आदि अनेक पत्र पत्रिकाओं में प्रकाशित।

विशेष : 1. परदेश में माँ भारती और हिंदी भाषा की सेवा में योगदान। 2. विदेशी और दक्षिण भारतीयों को हिंदी बोलना सिखाती हैं। 3. कतर के नोर्थ इंडियन एसोसिएशन के आयोजनों में लिखित नाटकों की बच्चों द्वारा प्रस्तुति 4. श्रीमद्भागवत गीता के संपूर्ण अध्यायों पर कविता लेखन। 5. सुंदरकांड का हिंदी दोहो व चौपाइयों में रूपांतरण 6. अनेक मंचों पर संचालन व काव्य पाठ

संपर्क : दोहा क़तार
मो. : +974 5539 8365
ईमेल : gshalu76@gmail.com

ऐ देश मेरे, ऐ मेरे वतन

ऐ देश मेरे, ऐ मेरे वतन
तुझको मेरा शत-शत है नमन
तेरी माटी से महका है चमन
ऐ देश मेरे, ऐ मेरे वतन...

फसलों से धरती खुशहाल रहे
नदियों में अमृतजल धार बहे
सोना चाँदी उगले कण कण
ऐ देश मेरे ऐ मेरे वतन....

यहाँ की संस्कृति, यहाँ की भाषा
विश्व के कल्याण की अभिलाषा
उच्च विचारों का सादा जीवन
ऐ देश मेरे, ऐ मेरे वतन......

त्योहारों से सजती धरती
रिश्तो में स्नेह मस्ती बस्ती
मधुर गीतों से गूँजे है गगन
ऐ देश मेरे ऐ मेरे वतन......

नए नए पकवानों से थाल सजें
हर कदम पर नए परिधान फबे
सभी को लुभाता है रहन-सहन
ऐ देश मेरे ऐ मेरे वतन.......

वीरों में वीर, सज्जनों में सज्जन
महापुरुषों से धरती पावन
विश्व भी सदा करता अनुसरण
ऐ देश मेरे ऐ मेरे वतन.......

कोना-कोना अब स्वच्छ रहे
बच्चा-बच्चा शिक्षा ग्रहण करे
होगा भारत स्वर्ण सा संपन्न
ऐ देश मेरे ऐ मेरे वतन....

शालिनी वर्मा

जन्म : अलीगढ़ उत्तर प्रदेश, भारत

निवास : दोहा क़तार

कार्यक्षेत्र : लेखिका, शिक्षिका

संप्रति : हिंदी विभागाध्यक्ष (दोहा कतर)

प्रकाशन : हिंदी समाचार पत्रों में अनेक रचनाएँ प्रकाशित, भारतीय जन संचार संस्थान की पत्रिका 'राजभाषा विमर्श' में आलेख प्रकाशित, विश्व हिंदी सचिवालय की पत्रिका में कविता, हाइकु, साक्षात्कार व आलेख प्रकाशित, विश्वा पत्रिका अमेरिका में खाड़ी देशों में हिंदी विषय पर शोधपरक लेख प्रकाशित।

विशेष : कतर में नवचेतना हिंदी ई पत्रिका का आरंभ, एनआईए हिंदी टोस्टमास्टर क्लब दोहा की सक्रिय पदाधिकारी, विदेशों में हिंदी भाषा को सम्मान दिलाने के लिए सांस्कृतिक कार्यक्रमों के आयोजन में सक्रिय भूमिका।

संपर्क : दोहा क़तार
मो. : +974 7710 4556
ईमेल : shln.verma2@gmail.com

बदलता मेरा देश

बदला बदला सा मेरा यह देश
पर यह बदलाव अच्छा लगता है

विकासशील से विकसित होने की ओर,
बढ़ता मेरा यह देश अच्छा लगता है

सुभाष, भरतसिंह, पटेल के आदर्शों से शिक्षा लेता
बाधाओं के आगे अंगद सा अटल खड़ा मेरा देश

विकास के पथ पर बढ़ता मेरा देश
सबको साथ लेकर चलता मेरा देश

पुरातन के साथ नवीन राह पर कदम बढ़ाता मेरा देश
मेरा देश बदल रहा है, पर यह बदलाव अच्छा लगता है।

कामयाबी की राह को चुनता मेरा देश
बापू के सिद्धांतों को स्वीकारता मेरा देश

उनके उसूलों पर चलता मेरा देश
उनकी बातों को अपनाता मेरा देश

दुनिया भर में धूम मचाता, मेरा देश अच्छा लगता है।
समय के साथ बदलता मेरा देश, पर यह बदलाव अच्छा लगता है।

खेतों से लेकर अंतरिक्ष तक
चंद्र से लेकर मंगल तक

स्वच्छता से आत्मनिर्भरता तक
सबसे आगे चलता मेरा देश

विज्ञान के साथ साथ दौड़ता, मेरा देश अच्छा लगता है
धीरे धीरे ही सही पर बदलता, मेरा देश मुझे अच्छा लगता है

कठिन चुनौतियों को स्वीकार करता,
अपने स्वप्नों को निखारता

विकास के पथ पर निरंतर बढ़ता,
आसान नहीं थी राह

परंतु अब सिर उठाकर चलता, मेरा देश अच्छा लगता है
धीरे धीरे ही सही पर बदलता, मेरा देश मुझे अच्छा लगता है

किसानों से लेकर खिलाड़ियों तक
प्राचीनता से लेकर आधुनिकता तक

कमियों से सफलता तक
आलोचनाओं से व्योम तक

सकल विश्व में ध्रुव तारे सा, महापुरुषों के पदचिह्नों पर चलता
मेरा देश
धीरे धीरे ही सही पर बदलता, मेरा देश मुझे अच्छा लगता है।

शामलाल पुरी

निवास	:	लंदन
शिक्षा	:	भारत
संप्रति	:	यूके और यूरोप के वरिष्ठ संपादक और ग्लोबल डायस्पोरा टाइम्स अखबार के एसोसिएट पब्लिशर
प्रकाशन	:	16 किताबें, तीन किताबों पर फिल्में बन रही हैं।
विशेष	:	अनुभवी अंतरराष्ट्रीय पुरस्कार विजेता पत्रकार, प्रसारक लेखक और फोटोग्राफर, तीन किताबों पर फिल्में बन रही हैं।
संपर्क	:	लंदन मो. : +44 7903 928901 ईमेल : shamlalpuriv@gmail.com

हमारा हिंदुस्तान

सात समुंदर पार
हजारो मील दूर हैं हम यहाँ
हम भी एक दिन जायेंगे
बसा है हिंदुस्तान जहाँ।

वतन की मिट्टी पर रखेंगे कदम
वो दिल है हमारा
दिल धड़कता है भारत की बात सुनकर
बसा है हिंदुस्तान जहाँ।

हिंदुस्तान की मिट्टी को
प्यार से उसे चूमने का मन करता है
वही है अपनी सरजमीं
बसा है हिंदुस्तान जहाँ।

आती है बचपन ही याद
हर लम्हा जो उस मिट्टी पर गुज़रा था
वो यादें बरसी उसने मुझे दिल दिया
बसा है हिंदुस्तान जहाँ।

वो गाँव की मिट्टी
वो हवा की लहर संगीत जैसा
बारिश की बूंदे और अपने वतन की याद
बसा है हिंदुस्तान जहाँ।

लोग कहते हैं
हम न इधर के न उधर के
बसेरा चाहे परदेस में हो पर दिल से बसे हैं वहीं
बसा है हिंदुस्तान जहाँ।

दाना पानी चाहे हो परदेस का
बदल नहीं सकता कोई भी ये एहसास
इंतजार हमे कब जायेंगे उस मिट्टी की खुशबू लेने
बसा है हिंदुस्तान जहाँ।

शन्नो अग्रवाल

जन्म : उत्तर प्रदेश, भारत

निवास : लंदन

रचनाएं : बाल रचनाएं, कुछ आलेख व समीक्षाएं, दो काव्य संग्रह 'रोशनदान' व 'ओस' प्रकाशित।

संपर्क : लंदन
मो. : +44 7871 113994
ईमेल : shannoaggarwal1@hotmail.com

आजादी के क्रांतिदूत

भारत माँ के थे सपूत वह
जो दे गये अपनी कुर्बानी
मरकर भी जो अमर हो गये
वह थे भारत के सेनानी।

वे क्रांतिदूत बनकर आये
दुनिया थी उनसे अनजानी
माँ थी जंजीरों में जकड़ी
था सबकी आँखों में पानी।

वतन की आजादी पाने को
ये नौजवान अधीर हुये
उन माओं की कोख है धन्य
जिनसे पैदा ये वीर हुये।

कर गये अपने नाम उजागर
देश के लिये होकर कुर्बान
चमक रहे नभ में तारे बन
इन पर रहेगा हमें गुमान।

देशभक्ति के देवदतू बस
लगा रहे थे एक ही नारा
'जाओ अपने देश को वापस
'वतन करो आजाद हमारा'।

कदम उठे जब एक बार
फिर न देखा पीछे मुड़कर
देश में क्रांति की आग जली
ये कूद पड़े उसमे लड़कर।

हुये शहीद न जाने कितने
जिनकी याद में है यह शाम
युगों-युगों तक इन वीरों का
सबके लबों पे रहेगा नाम।

अशफ़ाक उल्ला और लहीरी
भगत सिंह, बिस्मिल, आजाद
और भी कितने नौजवान थे
जो आते रहेंगें सभी को याद।

हम गाते रहेंगे गाथा इनकी
जिसका है इतिहास गवाह
रखा हिमालय का सिर ऊँचा
आजादी की दिखाई राह।

तोड़ गुलामी की जंजीरें
भारत को कर गये स्वतंत्र
इनके कारण भारतवासी
जपते हैं आज़ादी का मंत्र।

डॉ. शशि दूकन

जन्म : दिल्ली भारत

निवास : बोन तेयेर वाक्वा

शिक्षा : पी.एच.डी (फिलोसोफी)

संप्रति : रेडियो प्रोडक्शन मैनेजर (एम. बी. सी. मोका)

सम्मान : प्रेसिडेंट डिस्टिंग्विश सर्विस मेडल सम्मान, सृजन ऑस्ट्रेलिया वैशविकह हिंदी सेवी सम्मान, स्पेशल एंड गोटीवेशनल ट्रस्ट प्रशस्ति पत्र सम्मान।

संपर्क : बोन तेयेर वाक्वा
मो. : +23057268528
ईमेल : s.dookun@mbcradio.tv

श्रद्धांजलि

बिगुल बज चुका है, स्वतंत्रता दिवस का
विशाल गगन गूंज रहा है, आज़ादी के नारों से...

बुला रही है, आज देश की माटी
अपने बच्चो और युवा जवानों को
कहनी है एक बात हमें
आज देश के प्यारो से
जनता के पहरेदारों से
अपने देश के मतवालों से
संभलकर रहना अपने घर में छुपे हुए गद्दारों से...

झांक रहे हैं, अपने दुश्मन
आज अपनी ही सीमाओं से
ताक लगाए बैठें हैं घुसपैठ
अपनी ही दीवारों से
कब वे मासूमो पर धावा बोलेंगे
इसलिए संभलकर रहना अपने
घर में छुपे हुए गद्दारों से...

सुनो मेर देश वासियों
सुनो समय की वाणी को
फैला दे, जो फूट यहाँ पर
दूर करो उस टोली को
इसलिए संभलकर रहना अपने घर ...

कभी न जलने देना फिर से
भेदभाव की होली को
याद करो तुम, उस गोली को
जो चीर गईं थी, अन्जले कूपन को...

शशि महाजन

निवास : नाइजीरिया

शिक्षा : एम ए

जन्मस्थान : सोनीपत

लेखन विधा : उपन्यास, कहानी, कविता, लेख

प्रकाशन : 1. खुली खिड़की से-उपन्यास 2. हमारे राम और कहानियों की दुनिया-कहानी संग्रह 3. विदा आसमान विदा-कविता संग्रह 4.आकाश की छाया में-कविता संग्रह।

संपर्क : नाइजीरिया
मो. : +2348064069713
ईमेल : Shashimaha@yahoo.co.in

धरोहर

मैं अकेली नहीं थी
चल रहे थे
विचार मेरे साथ
गणित, भूगोल, दर्शन
बतिया रहे थे मुझसे
संगीत, नृत्य मिल रहे थे मुझसे
बैठ जाओ
यहाँ सड़क के किनारे
इतिहास के पन्नों से निकल कहा किसी ने
जानना चाहते हो इस मिट्टी का इतिहास
तो एकरस हो जाओ इस भीड़ में
फुसफुसाया उस बुजुर्ग ने
यही किया है तुम्हारे पुरखों ने
क्षणभंगुर जीवन में
एकरस हो ब्रह्मांड से
पाया है सारा ज्ञान
जो आज भी बिखरा है चप्पे चप्पे पर
मत ढूँढो इसे
सरकारी आँकड़ों में
यह है, यहाँ की जीवन पद्धति में
आँगन की तुलसी में
ब्राह्मण की भिक्षा में

विद्यार्थी के तप में
गुरू के परिश्रम में
निर्धन के दान में
नारी के निर्णय में
पुरूष की सहभागिता में
गाँवों के मेले में
यहाँ है पूरा ब्रह्मांड तुम्हारे साथ
फिर ईश्वर उससे परे कहाँ जायेगा
उसे पा लेना
अपने मन की ख़ुशी में, चैन में, अबाधित स्नेह में
यह भारत है
जो है अपना तुम्हारा
पुरखों की विरासत
आने वालों की धरोहर।

शशि पाधा

निवास : अमेरिका

विधाएं : लगभग सभी विधाओं में लेखन

सम्प्रति : निरंतर साहित्य सेवा में संलग्न

प्रकाशन : आठ संग्रह प्रकाशित, बहुत से साझा संकलनों में भी रचनाएँ सम्मिलित, देश विदेश की विभिन्न पत्र पत्रिकाओं में रचनाएँ प्रकाशित।

सम्मान : लेखन के लिए भारत सरकार से पुरस्कृत एवं विभिन्न संस्थाओं द्वारा सम्मानित।

विशेष : अध्यापन कार्य में 25 वर्षों का अनुभव, रचनाएँ यूएसए एवं भारत के विभिन्न शिक्षा संस्थाओं के पाठ्यक्रम में सम्मिलित

संपर्क : अमेरिका
मो. : +1 (203) 589-6668
ईमेल : shashipadha@gmail.com

जन जन का अभिमान

आज़ादी के महा पर्व पर, गर्वित हिन्दुस्तान है
तीन रंग से सजा तिरंगा, जन जन का अभिमान है।

मत भूलो अनमोल धरोहर
पाई यह बलिदानों से
रणवीरों से मिली जो थाती
प्रिय हमें है प्राणों से

धरती अम्बर चहुँदिशा में गूँज रहा यश गान है
और भी होंगे देश धरा पर, भारत देश महान है।

लहर-लहर कर कहे तिरंगा
आज़ादी उपहार है
राष्ट्र भक्त हर जन मानस का
यह उत्सव है, त्योहार है

देश मेरे का सारे जग में, गौरव है सम्मान है
विश्व विजयी तिरंगा जग में, हम सबकी पहचान है।

राष्ट्र हित ही धर्म कर्म हो
उन्नत, विकसित जन-जन हो
करें कामना सुख मंगल की
कोई न शोषित, निर्धन हो

ध्येय यही, संकल्प यही, ये ही निष्ठा–ध्यान है
भारत माँ की रीत–नीत में, जन हित जग कल्याण है।

आज़ादी के महा पर्व पर, गर्वित हिन्दुस्तान है
तीन रंग से सजा तिरंगा, भारत का अभिमान है।

शेखर रामकृष्ण तिवारी

जन्म	:	खंडवा मध्य प्रदेश, भारत
निवास	:	अबू धाबी
शिक्षा	:	एम एस सी जूलॉजी (खण्डवा मध्य प्रदेश)
प्रकाशन	:	कई काव्य संग्रहों में कविताएं प्रकाशित।
विशेष	:	आकाशवाणी, ऑल इंडिया रेडियो, युववाणी, युवदर्शन, पृथ्वी थियेटर में अभिनय, कुछ सफलताएं और अनुभव, कविता, रेडियो मेरी आवाज, काव्य गोष्ठियों में शिरकत की और कई प्रमाण पत्र, पाल घर जिला हिन्दी साहित्य समिति में मार्ग दर्शक, ऑनलाइन, ऑफलाइन कवि गोष्ठियों में संलग्न, अंतरराष्ट्रीय काव्य प्रेमी मंच के तत्वावधान मे, भारत को जानें कार्यक्रम मे संचालक के तौर पर प्रतिभागी रहा, जिसे इंडिया बुक ऑफरिकार्ड 2023 मे जगह मिली।

संपर्क	:	अबू धाबी मो. : +971 55 224 3968 ईमेल : tiwari.shekhar0@gmail.com

राष्ट्रीय अखंडता

उठे जज़्बात की आंधी तो दुनियां चौंक जाएगी,
लहू के रंग से लिखेंगे, जो दृष्टि उठ के आएगी।

मेरी बातों में खुंशबू देश की और सर परस्ती की,
मेरे जस्बों में रंगत खून की, किसी और ना होली की।

मैं कायल हूं मेरे इस देश और मिट्टी की खुशबू की,
मेरे फूलों में खुशबू देश की, किसी और ना माली की।

मेरा एक कर्ज बाकी, जन्म का, दूजा है मिट्टी का,
मिटे इस कर्ज पर जीवन, है जीवन भी तो मिट्टी का।

मेरी हर मुस्कराहट में छिपा है प्यार हर दिल का,
मेरी सांसों में बहता प्रेम है, किसी और ना दूजे का।

मेरी इन सरहदों में भूलकर भी तुम नहीं आना,
सदाचारी बनो तो ठीक, वर्ना दफन है हो जाना।

अखंडता में एकता ही बना, भारत का नारा है,
यहाँ हर दिल में बैठा दूसरा, हर दिल को प्यारा है।

मिला वरदान जब जो, राम का वो देश है मेरा,
मर्यादाओं का पालन कर रहा, वो देश है मेरा।

संस्कारों की दुनिया में जरा तुम घूम कर आओ,
मेरे इस देश को हर बार तुम तो, शीर्ष पर पाओ।

धरा पर स्वर्ग कोई ला सके वो देश है मेरा,
गुरु, विश्व में कह ला सके, वो देश है मेरा।

शिखा पोरवाल

जन्म : इन्दौर

निवास : वैनकूवर, कनाडा

विधाएँ : आलेख, कहानी, कविता, कह मुकरी, दोहें व हाइकु

संस्थापिका : 'मनस्विनी' हिन्दी साहित्य ग्रुप वैनकूवर कनाडा

प्रकाशन : कई साँझा पुस्तकें प्रकाशित व देश विदेश के समाचार पत्रों व पत्रिकाओं में कविता कहानी व अन्य रचनाएँ प्रकाशित

सम्मान : वैनकूवर में हिन्दी साहित्य सृजन में सक्रिय व कई पुरस्कारों से व 10 से ज्यादा विश्व रिकॉर्ड से सम्मानित, साहित्य श्री, साहित्य कुंज, साहित्य शिरोमणि, केतकी साहित्य, शब्द सृजन आदि कई सम्मान से सम्मानित।

विशेष : हिंदी के प्रचार-प्रसार के लिए कार्यरत, विदेश में भी हिंदी व भारतीय संस्कृति का परचम फहरा रही हैं, लेखन और पत्रकारिता से जुडी, अंतराष्ट्रीय कुशल मंच संचालिका।

संपर्क : वैनकूवर, कनाडा
मो. : +1 (604) 704-6484
ईमेल : Shikhapowal@yahoo.com

शान-ए-तिरंगा

लाल हरे में मत बांटो
इसे शान-ए-तिरंगा
ही रहने दो
सियासत का बीज
ना पनपने दो
काल के कपाल पर
देशप्रेम का ज्वार जगा
लोकतंत्र का शंखनाद बजा
पूरे विश्व में इसका
परचम लहरायें
भारत माता का ये आँचल
लाल हरे में मत बांटो
मानव, मानव से प्रेम करें
अपनी सोच प्रखर करें
अखंड़ भारत का
पहना बाना
ज़र्रे जर्रे पर लहरायें
आजाद तिरंगा
आओं मिलकर
एक ऐसा राष्ट बनाए
जहाँ धर्म जाति से परे
भारतीय हम पहलें

बीती ताही बिसार कर
सौहार्द से त्योहार मनायें
लाल हरे में ना बांटे
निश्चल, निर्बाध लहरानें दे
राष्ट्र का मान सम्मान।
हिमालय का नाम
इसी के भाल।
हवा से नहीं
फौजियों की शहादत
से तिरंगा लहराता
लाल हरे में मत बांटो
आन बान और शान से
फहराने दो।
आजाद तिरंगे को आज
फिजाओं में घुल जाने दो।

जय हिंद जय भारत।

शिखा रस्तोगी

जन्म : राजस्थान भारत

निवास : बैंकॉक, थाईलैण्ड

रुचि : नृत्य कला, साहित्य

शिक्षा : बी एड, स्नातकोत्तर (हिंदी)

संप्रति : हिंदी विभागाध्यक्ष (ग्लोबल इंडियन इंटरनेशनल स्कूल बैंकॉक)

प्रकाशन : विभिन्न पत्रिकाओं में कविता और आलेख प्रकाशित।

विशेष : विदेशी धरा पर पिछले दो दशक से हिंदी अध्यापन, सामाजिक, शैक्षणिक संस्थाओं की साहित्यिक गतिविधियों में सक्रिय, कवि गोष्ठियों में सक्रिय भागीदारी, आकाशवाणी सूरतगढ़ से विभिन्न विषयों पर वक्तव्य प्रसारित, सोशल मीडिया के विभिन्न मंचों का संचालन।

संपर्क : बैंकॉक, थाईलैण्ड
मो. : +66 80-616-7899
ईमेल : srastogi357@gmail.com

बापू

चले गए तुम पर निज स्मृति को बना गए आधार
बापू तुम हो गए देश के कण-कण में साकार।

जो कुछ तुमने दिया विश्व को
उसने उन्नत किया जगत को
कभी तुम्हें क्या भूल सकेगा
आभारी संसार।

बापू तुम हो गए देश के कण-कण में साकार।

बापू यह जग व्यर्थ त्रस्त है
किया मार्ग तुमने प्रशस्त है
सत्य अहिंसा प्रेम दया का
खोल गए तुम द्वार।

बापू तुम हो गए कण-कण में साकार।

तुम्हें भूलकर क्या यह भारत
रख सकता निज शीश समुन्नत
वहन कदापि न कर सकता
कृतज्ञता का भार।

बापू तुम हो गए देश के कण-कण में साकार।

हमें थे तुम प्राण सम प्यारे
किंतु तुम्हें थे प्रिय जन सारे
था सारा संसार तुम्हारा
एक विपुल परिवार।

बापू तुम हो गए देश के कण-कण में साकार।

तुमको पाकर रहे सुखी हम
हुए तुम्हारे बिना दुखी हम
क्या ना पाप जग को धो देगी
यह लोचन जनधार।

बापू तुम हो गए देश के कण-कण में साकार।

शिखा वार्ष्णेय

जन्म : नई दिल्ली

निवास : लंदन

शिक्षा : जर्नलिज़्म में परास्नातक (मॉस्को स्टेट यूनिवर्सिटी)

संप्रति : स्वतंत्र पत्रकारिता और लेखन कार्य में सक्रिय।

प्रकाशन : देश के लगभग सभी मुख्य समाचार पत्र–पत्रिकाओं में उनके आलेख प्रकाशित, 'लन्दन डायरी' नाम से दैनिक जागरण (राष्ट्रीय) में और लन्दन नामा नाम से नवभारत में नियमित कॉलम लेखन।

प्रकाशित पुस्तकें : पाँव के पंख, देशी चश्मे से लन्दन डायरी, मन के प्रतिबिम्ब, स्मृतियों में रूस।

सम्मान : राष्ट्रीय निर्मल वर्मा सम्मान (मध्य प्रदेश सरकार), विष्णु प्रभाकर राष्ट्रीय सम्मान, 'महावीर प्रसाद द्विवेदी पत्रकारिता सम्मान', एबीपी न्यूज़ द्वारा सर्वश्रेष्ठ ब्लॉगर सम्मान।

संपर्क : लंदन
मो. : +44 7428 633144
ईमेल : shikha.varshney2019@gmal.com

इक बात उठी है मन में

एक बात उठी है इस मन में
वह आज यहाँ मुझे कहनी है
वह अम्बर किस मजहब का बोलो
किस धर्म की कहो यह धरनी है।

बेशक हों रंग यहाँ कितने भी
हर एक की अपनी रवानी है
रंग मिलें तो इन्द्रधनुष बनते
वरना ये दुनिया तो फानी है।

रक्त का एक है रंग सभी का
और सबके अन्दर वही पानी है
हो संस्कृति अलग या, भाषा जुदा
जीवन की तो एक ही कहानी है।

सुख में सबकी हंसी एक सी
दु:ख में ग़मगीन हृदय एक सा
अश्रु बहता है जो नयन से
क्या इसका नमकीन, उसका मीठा?

ईद की सेवइयां जहाँ किसी
राम लाल की दूकान से आती हैं
दिवाली पर रामू की कमीज
किसी हामिद से सिलवाई जाती है।

क्या कोई और जगह देखी
इस धरती पर तुमने बोलो
जहाँ क्रिसमस हो या होली, लोहड़ी
कोई रहीम ढोल बजाता है।

जहाँ राम, कृष्ण के भजन कोई
साहिर लिखता, रफी गाता है।
ईद, दिवाली पे हिन्दू-मुसलमाँ
एक दूजे को गले लगाता है।

एक बात उठी है इस मन में ...

डॉ. शिप्रा शिल्पी सक्सेना

निवास : जर्मनी

संप्रति : International friedenshule, Köln में मीडिया इंस्ट्रक्टर, विश्वरंग' जर्मनी की हेड कॉर्डिनेटर, MKM जर्मनी की प्रभारी, विडर्सडोर्फ हिल्फे सोसाइटी,

संपादक : भारतीय कौंसलवास, न्यूयॉर्क की आधिकारिक हिन्दी पत्रिका 'अनन्य-जर्मनी', 'साहित्य समाचार पोर्टल', यूरोप एवं बहुभाषीय और बहुराष्ट्रीय पत्रिका 'प्रज्ञान-विश्वम' की संपादक।

सम्मान : वर्ष 2022 में गुजरात साहित्य फेस्टिवल में 'प्रवासी सृजन अमृत सम्मान' से सम्मानित, वर्ष 2023 में पूर्व केंद्रीय शिक्षामंत्री, उत्तराखंड के पूर्व मुख्यमंत्री, प्रखर साहित्यकार माननीय डॉ रमेश पोखरियाल निशंक जी द्वारा प्रथम 'प्रवासी भारतीय साहित्य सेवी' सम्मान से सम्मानित, हिंदी साहित्य अकादमी मुम्बई द्वारा साहित्य शिखर शिरोमणि सम्मान।

विशेष : आज तक, जी न्यूज़ कनाडा, एम टी वी लंदन, one news वैंकुवर कनाडा, साहित्य तक, इंडिया साइंस चैनल पर साक्षत्कार एवं काव्यपाठ, भारतीय व्यंजनों की कार्यशालाओं का आयोजन

संपर्क : जर्मनी
मो. : +49 151 75966176
ईमेल : saksenashipra@gmail.com

देश पुकार रहा तुमको

देश पुकार रहा तुमको,
न रुकना पाँव के छालों से।
वीरों के वंशज हो तुम।
बढ़े चलो अंगारों पे,

हिमाद्रि के उच्च शिखर से, फिर तुमको ललकारा है।
दुश्मन घात लगाए बैठा, हिन्द को तुमसे सहारा है।
अर्जुन के पथ पर चलकर, बाणों का संधान करो।
धड़ से उखाड़ों सर शत्रु का, शत्रु डरे टंकारों से।
वीरों के वंशज हो तुम, बढ़े चलो अंगारों पे।
देश पुकार रहा तुमको, न रुकना पाँव के छालों से।

हो सकता है माँ के आँसू, मन की धरती को नम कर दें।
हो सकता है पिता के सपने, धू धू करके जलने लगे।
हो सकता है प्रेम की बेड़ी, जकड़े तेरे पाँवो को।
तोड़ के सारी बेड़ी बढ़ो तुम, रुको नही झंकारों से।
वीरों के वंशज हो तुम, बढ़े चलो अंगारों पे।
देश पुकार रहा तुमको, न रुकना पाँव के छालों से।

भगत सिंह, सुखदेव, राजगुरु, जिस माटी के चंदन है।
हँसते हँसते फाँसी चढ़ गये, उनको शत शत वंदन है।
उन बलिदानों की थाती को, तुमको आज संजोना है।

नफरत की बंजर धरती पर, बीज प्रेम का बोना है।
उठो बढ़ो आवाज उठाओ, नही थमो तूफानों से।
वीरों के वंशज हो तुम, बढ़े चलो अंगारों पे।
देश पुकार रहा तुमको, न रुकना पाँव के छालों से।

शुभ्रा ओझा

जन्म : गोरखपुर, उत्तर प्रदेश

निवास : शिकागो अमेरिका

शिक्षा : जीव विज्ञान में परास्नातक, बी. एड

अभिरुचि : शिक्षण और हिन्दी साहित्य में लगाव

लेखन विधाएं : कविता, कहानी, साक्षात्कार और संस्मरण।

कार्यक्षेत्र : रूट्स टू हिन्दी की संस्थापिका, अध्यापिका, ब्लॉगर

प्रकाशन : विजयी विश्व तिरंगा प्यारा, भारत काव्य पीयूष, बाल-फुलवारी और विश्व गौरव मोदी जी नामक साझा संकलित पुस्तकें प्रकाशित।

सम्मान : नारी शक्ति भाषा सम्मान 2023, ग्लोबल अवार्ड 2023 (रेडियो मेरी आवाज़), 2022 में विश्व हिंदी सचिवालय मॉरिसस द्वारा आयोजित अंतरराष्ट्रीय प्रतियोगिता: एक प्रमुख हिन्दी लेखक के साथ साक्षात्कार के अन्तर्गत प्रथम स्थान (अमेरिकी रीजन में)

संपर्क : शिकागो अमेरिका
मो. : +1 (847) 393-5126
ईमेल : imshubhra.ojha@gmail.com

भारत मुझमें रहता है

रहूँ कही भी दुनिया में, संग-संग मेरे वो चलता है,
मैं भारत में रहती नहीं, भारत मुझमें रहता है...

मीठी बोली वो भी हिन्दी में, सुनने वालों को जँचता है
'नमस्ते' बोलते अमेरिका में, जो भी मुझसे मिलता है,
मैं भारत में रहती नहीं, भारत मुझमें रहता है...

माथे पर कुमकुम-बिंदिया और कानो में, मेरे झुमका जमता है,
नाम सुनकर मेरा परदेस में, हर कोई मुझे भारतीय कहता है
मैं भारत में रहती नहीं, भारत मुझमें रहता है...

गुनगुनाती हूँ मैं लोकगीत, जब मन उत्साहित लगता है,
बच्चों को सिखलाती कहावतें, धरोहर बन जो अगली पीढ़ी को
समृद्ध करता है,
मैं भारत में रहती नहीं, भारत मुझमें रहता है...

अपने से बड़ों को सम्मान देने से, मन गर्वित रहता है,
छोटों को गले लगाने में, दिल में उल्लास भरता है
मैं भारत में रहती नहीं, भारत मुझमें रहता है...

पुरी के जगन्नाथ, जम्मू की माता, तिरूपति के बाला जी और
द्वारका के कान्हा

सभी के पूजा घर में, ईश का वास रहता है
अंग्रेज़ी माटी में हमसे ही, कण-कण में ओम बसता है,
मैं भारत में रहती नहीं, भारत मुझमें रहता है...

पैर लगे जो कागज पे, झट से हाथ झुकता है,
गुजरू कभी जो मंदिर से, मुँह से राम निकलता है,
मैं भारत में रहती नहीं, भारत मुझमें रहता है...

डॉ. श्वेता सिन्हा

जन्म : सीतामढ़ी, बिहार (बिहार)

निवास : आयोवा, अमेरिका

संप्रति : पर्यावरणविद्

प्रकाशन : 12 साँझा काव्य संकलनों में रचनाएं प्रकाशित, देश-विदेश के विभिन्न पत्र-पत्रिकाओं में निरंतर रचना प्रकाशित

विशेष : काव्य पटल 'श्वेतोवाच' की संस्थापिका, सांस्कृतिक पटल 'सृजनी ग्लोबल' की सह-संस्थापिका, साहित्योदय, अंतरराष्ट्रीय शब्द सृजन रचनाकार सहित कई साहित्यिक मंचों की अध्यक्ष एवं संयोजिका, 'अद्‌भुत मीडिया न्यूज़पेपर एवं चैनल' शिकागो की क्रिएटिव डायरेक्टर, गृहस्वामिनी ई मैगज़ीन की ग्लोबल एंबैसडर, हिंदी समन्वय समिति, शिकागो की सदस्या

संपर्क : आयोवा, अमेरिका
मो. : +1(319)259-3251
ईमेल : swetasinha09@gmail.com

आज़ादी का जश्न

हर घर, हर मन मस्त तिरंगा लहर-लहर लहराया है,
आजादी का जश्न मनाने पंद्रह अगस्त फिर आया है।
जन-गण, वंदे मातरम् चप्पे-चप्पे पर छाया है,
यह दिन आजादी का सही मतलब समझाने आया है।

पूरे हुए हैं साल छिहत्तर यह तो बस तरुणाई है,
नव संकल्पों, नव संघर्षों संग अभी लड़नी और लड़ाई है।
उन शूरवीरों को याद करें जो जान पर अपनी खेल गए,
मातृभूमि की रक्षा को काला-पानी और जेल गए।

अमृत काल से स्वर्ण काल को भारत है आज मना रहा,
आज़ादी के रखवालों की याद पुनः है दिला रहा।
नई पीढ़ी को भी बताना होगा क्या आजादी की कीमत है,
आज़ादी ऐसे नहीं मिली थी यह लाखों वीरों की हिम्मत है।

आइए 76वें स्वतंत्रता दिवस पर पुनः देश को प्रणाम करें,
दें श्रद्धांजलि रणबांकुरे को उनका पूरा सम्मान करें।
नये भारत के पुनर्गठन में जन-जन की भागीदारी हो,
अमृत काल से स्वर्ण काल में आत्मनिर्भर भारत की तैयारी हो।

आज़ादी की करें हिफाजत, आज़ादी की समझें कीमत,
भारत रहे विश्वगुरु सामाजिक बुराइयां दूर हटा कर।
जैसे गाते पंछी-झरने, जंगल-पर्वत, वादी
उनके जैसे हम भी गायें आज़ादी-आज़ादी।

श्वेता सिंह 'उमा'

निवास : मास्को, रुस

शिक्षा : स्नातकोत्तर (इतिहास), पोस्ट ग्रैजूएट (फ़ैशन डिज़ाइनिंग), डिप्लोमा-स्कल्प्चर एंड मॉडलिंग (रूस), रूसी भाषा (पुशकिन यूनिवर्सिटी, मास्को)

विधाएं : कविता, गजल, शायरी, छंद, रुबाइयाँ, लेख

प्रकाशन : राष्ट्रीय अंतर्राष्ट्रीय पत्र-पत्रिकाओं में अनेको रचनाएँ प्रकाशित, पाँच साँझा पुस्तक संग्रह प्रकाशित।

प्रभारी : हिंदी की गूंज अंतरराष्ट्रीय पत्रिका, टोक्यो जापान

सम्मान : सशक्त महिला सम्मान, प्रतिष्ठित अन्ना अखमातेवों सम्मान, विश्व हिन्दी सेवा सम्मान, हिंदी के सैनानी सम्मान, भारत-फीजी मैत्री सम्मान, राष्ट्रीय केसरी हिंदू वाहिनी, (अटल स्मृति सम्मान पत्र), ऑल इंडिया मुशायरा में 'शान ए हिंदुस्तान' सम्मान, अखिल भारतीय कवि सम्मेलन (ग़ाज़ियाबाद), (सम्मान पत्र),

विशेष : 2016 में हिंदी गानो का ऑडीओ CD 'नायाब' रिलीज हुआ, ब्रांड ऐम्बैसडर 'आयुर्वेद' पत्रिका, आयुर्वेद ग्रुप मास्को की तरफ़ से फ़ैशन एवं आभूषण डिज़ाइनिंग में उत्कृष्ट कार्य के लिए सम्मान पत्र।

संपर्क : मास्को, रुस
मो. : +7 (925) 402-77-89
ईमेल : shwetashekhar@me.com

वतन

उन हरे ज़ख्मों को अब तो भर जाने दो
नफ़रतों के असुर को भी मर जाने दो
है वतन ये तुम्हारा हमारा भी है
भाईचारे की ख़ुशबू बिखर जाने दो।

धर्म दिल में रहे कर्म ईमान में
देश भक्ति का जज़्बा हो इंसान में
चाहे जितना भी मतभेद आपस में हो
देश आये हमेशा पहले पायदान में।

अपने सपनों को मज़बूत परवाज़ दो
खामोशी को बुलंद एक आवाज़ दो
उन्नति के सफ़र में बढ़ाये कदम
नयी शुरुआत को नये अन्दाज़ दो।

इस वतन का चमन नूर ए गुलज़ार हो
दुश्मनों के ख़िलाफ़त में यलगार हो
खोई शोहरत दुबारा दिलाये इसे
नये भारत का सपना भी साकार हो।

समीर मूसा

जन्म : केरल

निवास : दोहा, क़तार

शिक्षा : व्यवसाय प्रशासन में स्नातक

संप्रति : आपातकालीन संचार केंद्र मे कार्यरत (क़तार)

रुचि : हिन्दी कविताएँ, शेर ओ शायरी, गीत, गज़ल, नज़्म, कथा-कहानियाँ नाट्य आदि लिखने, गाने और प्रस्तुत करने में रुचि,

विशेष : कतर के भारतीय दूतावास के तत्वावधान में भारतीय समुदाय परोपकारी मंच (ICBF) का सक्रिय हिस्सा, वर्तमान में आई.सी.बी.एफ परामर्श गृह (ICBF Counseling House) का प्रमुख, हवा महल, लाल किला, मैसूर पेलेस, गेट वे ओह इंडिया, चारमिनार और हाल ही में, ताजमहल का 13 भी ऊँचा और 10 भी चौड़ा विशाल प्रतिरूप बनाया था, जो क़तार में काफी चर्चित

संपर्क : दोहा, क़तार
मो. : +974 3383 1315
ईमेल : sameermoosa007@gmail.com

शहीद की उलझन

बारिश में सेना के बूटों की टप-टप
जब माँ ने सुनी अपने आंगन,
दौड़ रसोई से आई ये कहती
देख आ गया मेरा बेटा, मेरा लल्लन।

देख के मुझको इक मूक चीख उठी,
हाथ से छूटे बैंगन-बेलन।
पर ना जाने क्या बाबा की तस्वीर से टंगती
पदकों ने जैसे माँ की मन में की कुछ तो मंथन।

मिट्टी-खून में लिपटी मेरी वर्दी
को सीने से लगाकर दी वो चुंबन।
जब तिरंगे मे लिपटा मैं घर आया,
विक्षुब्ध खड़ी थी चौखट पर अंजन।

पग यारों के डावांडोल, कंधे थर्राये,
सरिता सी आंखों से उनकी, फिसला हमारा बचपन।
गिरकर पूजा थाल, चौखट पर डोला,
आंख से बहना की छलका असुवन।

भीगे धागे राखी के जब ढूंढे कर भाई का,
तो तन के चिथड़े रोए, हाए! अब नहीं बहना रक्षाबंधन।
सौंप मेरे अंश अपनों को, दी अंतिम सलामी
फिर व्यर्थ इक माँ को दे आश्वासन, लौटा पलटन।

धुएँ-धुएँ में इक चौंध सी गुज़री,
सबके मन में यादें मेरी, मेरा जीवन।
तत्काल भूल-चूक सब माफ हुई,
अब ना थी किसी की कोई अनबन।

आखिर इक शहीद फौजी है घर लौटा,
सब ने किया औपचारिकता का पालन।
मेरे अंतिम विश्राम तट तक को
सबने माना माटी पावन।

चौथे के भोज तक मेरे सब अपनों ने,
त्याग के भोजन की अनशन।

और अब,
अब ना यारों का आना, ना अपनों के दौरे
इक कटी सी अंजन, सूना प्रांगण।
वक्त की धार ने धीरे-धीरे,
खोखले कर दिए सारे बंधन।

भूख ने दी गाली आदर को,
भीख सी दी जाती कुछ पेंशन।
ये सोच के खाई छाती पर गोली,
कि तेरी रक्षा कर, मिट रहाँ हूं ऐ जन-गण।

पर मेरे बाद, मेरे घर का गुज़ारा ही,
बन गया देखो, कैसे दुश्मन।
काट गिराया था मैंने शत्रु को सरहद पर,
पर काट ना पाया बढ़ती महंगाई, बेरोज़गारी, ग़बन।

अब इक छत है सावन की बूंदों से लथपथ,
जैसे ये लहूलुहान, सुन्न पड़ा मेरा तन।
इक चूल्हा, जिसपर फूंक-फूंक कर,
आग बबूला, खाली बर्तन।

बद्ध-बारूद की ढ़ेर सी खड़ी मसलों पर
घिसती मेरी माँ का कंगन।
बाबा की शहादत पर टूटी चूड़ी,
तो जिसने मुझपर वार दिया सारा यौवन।

इस वर्दी को जब खाल बनाकर
लिया मैंने भारत माँ की रक्षा का प्रण।
तो तोड़ वो सपने, चूर-चूर कर
धरती माँ, तुझे कर दिया अर्पण।

अब तू ही कर रक्षा मेरी माँ की,
बढ़ रही है उनकी उलझन।
तन से भी अधिक घायल है आज मेरा मन।
तू ही कर मेरे इस दर्द का दमन।।

तू ही कर मेरे इस दर्द का दमन।।

संगीता चौबे पंखुड़ी

जन्म : मध्य प्रदेश, भारत

निवास : कुवैत

लेखन विधा : गीत, ग़ज़ल, छंद मुक्त कविता, छंद, दोहा, माहिया, कहमुकरी, मुक्तक, लघुकथा, आलेख

प्रकाशन : इंदौर समाचार पत्र, हम हिंदुस्तानी, वर्तमान दैनिक अंकुर समाचार पत्र जैसे अनेक सुप्रसिद्ध राष्ट्रीय एवं अंतर्राष्ट्रीय समाचार पत्र एवम् मासिक पत्रिका में अनगिनत रचनाएं प्रकाशित।

सम्मान : काव्य रत्न सम्मान, कलम रथ सम्मान, काव्य कोश सर्वश्रेष्ठ रचना प्रशस्ति पत्र, काव्य शिरोमणि सम्मान, भारत माता सम्मान, वाग्देवी सम्मान, शारदे अवॉर्ड, टीजीटी हिंदी सेवी सम्मान, हिंदी भाषा गौरव सम्मान, सुर साहित्य सम्मान, कृष्णा जन कल्याण संस्था (उ. प्र.) द्वारा विशेष साहित्यिक सम्मान पत्र,

संपर्क : कुवैत

मो. : +91 9561698466, +965 65654840

ईमेल : sangeet.white@gmail.com

हम होंगे कामयाब

जिंदगी है एक जंग, इस जंग को जीत जाएंगे।
हम भारत माँ के वीर, कामयाब हो जाएंगे।।

हिन्द हमारा वतन, हम है हिंदी भाषी,
घर है हमारा काबा और हवेली काशी,
न हमारा धर्म है कोई, ना ही मज़हब,
हम हैं, हिन्दुस्तान के गर्वीले निवासी।

अपनी एकता की शक्ति से दुश्मन को डराएंगे।
हम भारत माँ के वीर कामयाब हो जाएंगे।।

हम वतन की खातिर जीते हैं,
हम वतन की खातिर मरते है,
सरहद पर, शत्रुओं की टोली से,
जां हथेली पर रखकर लड़ते हैं।

जिंदगी में हर दिन, एक नया कदम बढ़ाएंगे,
हम भारत माँ के वीर कामयाब हो जाएंगे।।

सीमा पर दुश्मन, आंख गड़ाए बैठा है,
गोली बरसाने की, घात लगाए बैठा है,
कह दो जाकर इन कायरों से,
यह भारत की नियंत्रण रेखा है।

हर हाल में दुश्मन को सरहद से दूर भगाएंगे,
हम भारत माँ के वीर कामयाब हो जाएंगे।।

रगों में हमारी, लहू उबलता है,
जुबां से, इन्कलाब निकलता है,
दुश्मन की, ओछी हरकत पर,
फिर कत्ल ए आम मचता है।

एक एक कतरा ए खूं, वतन के नाम कर जाएंगे।
हम भारत माँ के वीर कामयाब हो जाएंगे।।

संगीता ठाकुर

निवास : नेपाल

शिक्षा : हिन्दी में स्नातकोत्तर (त्रिभुवन विश्वविद्यालय काठमाण्डू, नेपाल)

लेखन विधाएं : कविता, गीत, दोहे, गजल, समीक्षा, लघुकथा, कहानी, आलेख,

प्रकाशित कृतियां : कविताओं की स्रोतस्विनी (कविता संग्रह), माता विन्दुवासिनी (नेपाली में कविता संग्रह), नेपाल आमा (नेपाली कविता संग्रह) नेपाली पत्र-पत्रिकाओं में प्रकाशित,

सम्मान : ज्योति साहित्य प्रतिष्ठान से स्वर्ण पदक तथा आजीवन सदस्यता प्रमाण पत्र काठमाण्डू (नेपाल), अन्तर्राष्ट्रीय तथागत सृजन सम्मान पत्र, छठा सोशल मीडिया मैत्री सम्मेलन सम्मान पत्र, विद्या वाचस्पति सम्मान पत्र, शैली साहित्य समाज काठमाण्डू, नेपाल (कदर पत्र)

संपर्क : नेपाल
मो. : +977 9818067611
ईमेल : shrotashwini@gmail.com

समाज

समाज हमारे जीवन में
एक दर्पण का काम करता है
हरपल कुछ न कुछ
मार्गदर्शन करता रहता है।

हमें सदैव यहाँ से कुछ नया
सीखने को मिलता है
कर्म के साथ फल भी
चाहे अनचाहे में
प्राप्त होता रहता है।

हम इसी समाज में
जन्म लेकर
इन्हीं के साथ पलते-बढ़ते हैं
और देखते ही देखते
हम अपने सुसंस्कार व संस्कृति
में सजकर शोभित होते हैं।

मानव! के जीवन में
यह विस्तृत ज्ञान अर्जित करने हेतु
एक विशेष एवं विस्तार ग्रन्थ भी है
जो हमें सदैव सार्थक-निरर्थक का
ज्ञान देता रहता है।

और इसी महान दर्शक के साथ
हम देखते ही देखते
एक संस्कार-संस्कृति से शुशोभित हो
औरों को मार्ग दर्शन हेतु
एक अनमोल मानव! के रूप में
तैयार हो जाते हैं।

सुश्री सान्वी काशीनाथ

शिक्षा : कक्षा ग्रेड 7

रुचि : कहानियाँ तथा कविता लेखन

प्रकाशन : रचनाओं का प्रकाशन स्थानीय तथा अंतरराष्ट्रीय पत्र-पत्रिकाओं में, बाल कहानी संग्रह-मेरी तितली, बाल कविता संग्रह-तुम भी फूल हो

सम्मान : अनेक रचनाएं महात्मा गांधी संस्थान व मॉरीशस द्वारा पुरस्कृत

विशेष : मॉरीशस के रेडियो प्रोग्रामों में कविताओं का पाठ, विश्व हिंदी सचिवालय द्वारा आयोजित कई कार्यक्रमों में प्रतिभाग, साहित्यिक एवं सांस्कृतिक मंचों पर कविता-पाठ के साथ-साथ नृत्य तथा नाटक प्रस्तुति।

संपर्क : मॉरीशस

मो. : +230 5 786-6071

ईमेल : yusheek24@outlook.com

मेरा देश : मेरा अभिमान

छोटा ही सही
किंतु बड़ा प्यारा
देश है मेरा
करती धरती स्वागत सबका
सुख, शान्ति और समृद्धि
का यह है बसेरा।

दुनिया के नक्शे पर
दिखता है यह
बिंदू अकेला सागर में
देखो दक्षता ईश्वर की
सौन्दर्य ब्रह्माण्ड का
भर दिया है गागर में।

देश अपना धीरे-धीरे
प्रगति कर रहा
तूफानों से लड़कर
देशवासियों ने हृदय में
बनाया है इसे, इसमें
धैर्य-सहिष्णुता भरकर।

छोट-सा टापू है यह
फिर भी अनूठी बहुत

शान इसकी अपनी
हम हैं संतानें इसकी
हमारा है मॉरीशस देश
यही पहचान है अपनी।

कोशिश हो सदा
हर देशवासी का, दे
इसकी सेवा में योगदान
करे काम हम ऐसे
ईश्वर को भी एक दिन
हो हम पर अभिमान।।

सरन घई

जन्म : जयपुर राजस्थान, भारत

शिक्षा : एम. ए. इतिहास, हिंदी, अंग्रेजी, विद्यावाचस्पति (मानद), विद्या सागर (मानद), डिप्लोमा इन इलेक्ट्रोनिक्स, डिप्लोमा इन इम्मिग्रेशन ला

संस्थापक अध्यक्ष : विश्व हिंदी संस्थान, कनाडा

संपादन : एशिया आब्ज़र्वर, व 'इंडिया पोस्ट' समचार पत्रों तथा 'कश्मीर टुडे' व 'ग्लोबल ट्रेड टाइम' पत्रिका, नमस्ते कनाडा', प्रयास पत्रिका

प्रकाशन : विभिन्न विषयों यथा हिंदी व अंग्रेजी व्याकरण, सामान्य ज्ञान, इतिहास, पर्यावरण, लेप्रोसी, एड्स तथा कुछ कविता संग्रहों सहित मेरी लगभग 60 पुस्तकें प्रकाशित

विशेष उल्लेखनीय उपलब्धियां:

1. 'मुक्तिपथ-प्रेमपथ महाकाव्यगीत' हिंदी भाषा में रचित विश्व की सबसे लंबी, अटूट, धाराप्रवाह कविता की रचना।
2. 'खट्टे-मीठे रिश्ते' (विश्व के 66 उपन्यासकारों द्वारा सामूहिक रूप से रचित एक उपन्यास)
3. 'राजद्रोही' (फ़िल्म निर्माण हेतु पंजीकृत उपन्यास)

संपर्क : कनाडा
मो. : +1 (647) 993-0330
ईमेल: ghaisaran@gmail.com

वतन की कहानी

ये भाषण भी ले लो, ये राशन भी लेलो,
हमें मत सुनाओ तुम्हारी कहानी,
सुनाओ हमें सिर्फ़ भारत की बातें,
वो गीता की गरिमा, वो वेदों की बानी।

वो भारत का दुनिया को रस्ता दिखाना,
वो शांति, अहिंसा की राहों पे जाना,
वो चाणक्य, अकबर, शिवाजी, वो राणा,
वो झांसी की रानी, वो तात्या, वो नाना।

वो बापू का रस्ता, वो गौतम की राहें,
भगत सिंह की फांसी पे रोती निगाहें।
वो पद्मावती, वो अहिल्या, सुभद्रा,
सुनाओ हमें बस इन्हीं की कहानी।

वो लव-कुश सुनाते रामायण की बातें,
वो उपनिषदों की, पुराणों की बातें,
जहाँ सभ्यता जग में सबसे पुरानी,
वो कान्हा की राधा, वो मीरा दिवानी।

सुभाष, चंद्रशेखर से वीरों की धरती,
वो कटते सिरों पर गिरी रेत तपती,
ये गुलशन है जिसकी जवां है रवानी,
वतन मेरा भारत ओ मैं हिंदुस्तानी।

बसी है जहाँ पर शहीदों की बस्ती,
जो फांसी के फंदे पे करते थे मस्ती,
सुभाष, चंद्रशेखर से वीरों की धरती,
पखारे चरण जिसके सागर का पानी।

हवा में वो लहराता प्यारा तिरंगा,
वो यमुना, वो रावी, वो सतलज, वो गंगा,
वो गुरुद्वारा, मस्जिद, वो ऊँचा शिवाला,
'सरन' के वतन की यही है कहानी।

साहिल निगम

जन्मस्थान : वाराणसी उत्तर प्रदेश

शिक्षा : Bachelors in communication design

व्यवसाय : फिल्म निर्माता, कवि, लेखक, विडिओ एडिटर

रुचि : लेखन, पाठन

साहित्यिक परिचय : एल् पी जी साहित्य सम्मेलन, काव्यस्थली, बुलंदी साहित्य समिति तथा शुभ 'संकल्प समूह में अनवरत भागीदारी।

विशेष : कॉलेज में शिक्षा प्राप्ति के दौरान ही भिन्न-भिन्न कार्यक्रमों में भागीदारी लेते हुए आयोजक तथा संचालक की भूमिका भी निभाई

संपर्क : इंडोनेशिया
मो. : +62 857 23443790
ईमेल: saleemlangda4writer@gmail.com

देश प्रेम पर एक प्रस्तुति

चार दिशाएँ
बाईस भाषाएँ
एक है देश
मगर करोड़ों है अदाएँ
कि हर दिन नया किस्सा पुरानी गलियों में
यहाँ काँटे भी खिलते हैं फूलों की कलियों ...
यहाँ बचपन और बचपना अभी भी जिंदा है
हर किसी की मुट्ठी में कामयाबी का परिंदा है
यहाँ लोरियां ममता की निशानी है
यहाँ गहनों से कीमती कहानी है
यहाँ रिवाजों का रिवाज अभी भी चलता है
यहाँ जनाजा भी बारातों-सा निकलता है
यहाँ मोहल्ला अजनबी नही परिवार-सा रहता है
यहाँ कल का बना दोस्त भी दोस्त को भाई कहता है
यहाँ छोटे से छोटा दुख भी बराबर बाँटा जाता है
जश्न भी मनता है जब पड़ोस की पतंग को काटा जाता है
यहाँ जितनी दीवारें उतनी ही सीढ़ियाँ हैं
यहाँ ऐसे भी घर हैं जिनमें रहती कई पीढ़ियां है
यहाँ हर महीने कोई न कोई त्यौहार आता है
कि फिर दुश्मन भी प्यार से गले लगाता है
यहाँ बच्चे भी शतरंज में माहिर है
यहाँ भाव हर कला में होते जाहिर है

यहाँ हर कोई ही बना मुजाहिर है
यहाँ गालिब है, दिनकर हैं, साहिर हैं
यहाँ नाटक भी है और खूब नौटंकी भी
यहाँ बुद्धिजीवी भी हैं और सनकी भी
यहाँ दूसरों की सुनते पर अपने मन की भी
यहाँ जनता की सेवा में है मंत्री भी
कि मेरे देश की गलियों में मुझे रहने दो
नए किस्से नई कहानी मुझे कहने दो
अभी तो बस चंद झलक तुम्हें है दिखलाई
मेरे देश की खुशबू कहाँ तुमने पाई
कि हर दिन नया किस्सा पुरानी गलियों में
यहाँ काँटे भी खिलते हैं फूलों की कलियों में...

सारिका जैथलिया

जन्म : अजमेर, राजस्थान

निवास : जकार्ता, इंडोनेशिया

विधा : स्वतंत्र लेखन और कविता

रुचि : सांस्कृतिक एवं सामाजिक कार्यों के साथ-साथ हिंदी साहित्य और हिंदी पढ़ाने में विशेष रुचि।

संप्रति : स्वैच्छिक रूप से बच्चों के लिए 'बाल विकास' कक्षा का संचालन।

प्रकाशन : पत्रिका व साझा संकलन में कविता और लेख का प्रकाशन।

सम्मान : सांस्कृतिक कार्यक्रम और हिंदी को प्रोत्साहन देने के लिए भारतीय दूतावास और अन्य संस्थाओं से कई सम्मान पत्र प्राप्त।

विशेष : कई काव्य गोष्ठियों में नियमित सहभागिता

संपर्क : जकार्ता, इंडोनेशिया
मो. : +62 896 90403536
ईमेल : sarikajaithalia@gmail.com

तिरंगा

केवल झंडा इसे ना समझो,
ये स्वाधीन देश की जान है।।

जन जन की मुस्कान है,
ये भारत माँ की आन है।।

केसरिया, श्वेत और हरा,
ये तीन रंगों की ताक़त है।।

तिरंगा सिर्फ़ वस्त्र नहीं,
ये संपूर्ण भारत है।।

है तिरंगा हाथ में,
ये भारतीय की शान है।।

जन-गण-मन का गुणगान,
ये विश्व में पहचान है।।

अंतरिक्ष और चंद्रयान में,
ये तिरंगा इस उड़ान में।।

खेल जगत और विज्ञान में,
ये देश का अभिमान है।।

लाज तिरंगा की रहे,
ये विश्व में महान है।।

इसकी गरिमा बनी रहे,
ये सबका अरमान है।।

जहाँ कहीं भी मैं रहूँ,
ये दिल में हिंदुस्तान है।।

है तिरंगा हाथ में,
इसे बारम्बार प्रणाम है।।

डॉ. सीमा भाँति 'नीति'

शिक्षा : एम ए, एम एड, पीएचडी, पी.जी. डिप्लोमा इन कम्प्यूटर प्रोग्रामिंग

जन्मस्थान : अलीगढ़, उत्तर प्रदेश, भारत

निवास : न्यू जर्सी

विधाएँ : काव्य, लघुकथा, कहानी, संस्मरण, आत्मकथा, निबंध, नाटक, रेखाचित्र, व्यंग्य, हाइकु

सेवाकाल : महाविद्यालय प्रधानाचार्या, पद से स्वेच्छिक अवकाश ग्रहण

संप्रति : अध्यक्ष, (नेचुरल प्रोडक्ट कम्पनी)

प्रकाशित कृतियाँ : काव्य संग्रह उत्कर्ष, कहानी संग्रह दिल से, विभिन्न साँझा संकलन, पत्रिकाओं में प्रकाशन

संपादित कृतियाँ : उत्कर्ष, दिल से

सम्मान एवं पुरस्कार : साहित्य श्री, काव्य सृजन श्री, शारदा सम्मान

उपलब्धि : लेखन कला में पुरस्कार कम्पटीशन सक्सेज समूह द्वारा, मोनोएक्टिंग पुरस्कार, एन. सी. सी.-पी.आर. डी. नेशनल कैम्प

संपर्क : न्यू जर्सी
मो. : +1 (551) 666-1713
ईमेल : niti_kul@yahoo.co.in

देश मेरा

'जननी जन्मभूमिश्च स्वर्गादपि गरीयसी'
तेरा वैभव अमर रहे माँ, देश मेरा स्वाभिमान है।

हम दिन चार रहे ना रहें माँ, तू ही हमारी शान है।

तू ना एक चार दिवारी है न है माटी का टुकड़ा मात्र,
तू ना है हिंदू, ना मुसलमान, ना सिख, ना है तू यहूदी मात्र,

हाँ तू तो इस ब्रह्मांड की आत्मा जीती जागती माँ भारती,
जिसके प्राण है हम खिलखिलाते सुहृदय भारती।

हम दिन चार रहे ना रहें माँ, तू ही हमारी शान है।

ऋषि-मुनि, विद्वान देवों के तेजपुंज से ओतप्रोत है ये देवभूमि,
जो है कृष्ण-राम, रसखान, नानक, कबीर-सूर की ओज भूमि।

वीर-वीरांगनाओं के त्याग से रक्त रंजित है यहाँ की माटी,
लाख दुश्मन ने की मिटाने की चाह पर नहीं मिटती हमारी हस्ती।

हम दिन चार रहे ना रहें माँ तू ही हमारी शान है।

रज के कण कण में सिंधु घाटी सभ्यता, नालंदा, कला का वास,
आदिकाल से पर्व, वैज्ञानिक चिकित्सा प्रवृति पर है विश्वास।

ये वेद–उपनिषद, महाभारत–रामायण अमूल्य धरोहर का उद्घोष,
गंगा, यमुना, सरस्वती करती पवित्रता का जयघोष।

हम दिन चार रहे ना रहें माँ तू ही हमारी शान है।

समय के थपेड़ों ने दिये क्रूर घाव हमारी माँ भारती को,
मात्र हक़ नहीं, सुकर्म से सुमधुर बनाना है उन निशां को।

'नीति' की पुकार ना कोई हो द्वेष वैमनस्य, हो हर्षोल्लास आलिंगन,
मेरे देश की स्नेहपल्लवित पावन स्वर्णिम माटी ललाट पे चंदन।

हम दिन चार रहे ना रहें माँ तू ही हमारी शान है।

तेरा वैभव अमर रहे माँ, देश मेरा स्वाभिमान है,
हम दिन चार रहे ना रहें माँ तू ही हमारी शान है।

स्मिता चौधरी

निवास : ताशकेंट उज़्बेकिस्तान

अध्यक्षा : महिला काव्य मंच उज़्बेकिस्तान

ब्रांड एम्बेसडर, यूथ फेडरेशन

रुचि : चित्रकारी, बास्केटबॉल

विशेष : बास्केटबॉल खिलाड़ी (स्टेट लेवल), बास्केटबॉल कोच

संपर्क : ताशकेंट उज़्बेकिस्तान

मो. : +998 90-005-23-43

ईमेल : smitachoudhary36@gmail.com

प्रहरी

हम चैन से सो रहे हैं कोई अपना चैन खो रहा है,
हम गहरी नींद में मीठे मीठे सपने देख रहे हैं,
कोई बर्फीली ठंड में हमारे लिए जग रहे होते हैं
हम बेखौफअपने देश में अपने भारतवर्ष में जहाँ-तहाँ घूम रहे हैं,
क्योंकि कोई सरहद पर खड़ा हर पल पहरेदारी कर रहा है,
अपना जीवन खोकर हमें हर पल जिंदगी जीने का मौका दे रहा है
हमारी हर खुशी के पीछे उनका योगदान है,
इसको समझ पाना आसान नहीं,
हम जी रहे हैं तो कोई हमारे लिए
सरहद पर लड़ लड़ कर मर रहे, शहीद हो रहे हैं
वह जो वे आते हैं तिरंगे में लपेट कर, कहते हैं शहीद उनको हम सब,
फक्र होता है उन पर, सभी देशवासियों को,
लेकिन एक माँ का कलेजा कितनी बार कटता,
एक घर का दिया जीवन भर के लिए बुझ जाता,
एक पत्नी का श्रृंगार खत्म हो जाता,
हर अरमाँ बिखर जाते,
एक माँ का आंचल अधूरा रह जाता,
एक बहन एक बेटी के जीवन से हर एक खुशी छिन जाती,
हम जो आज खुश हैं अपने घरों में बैठे हैं,
मौज मस्ती के साथ उत्सव मना रहे हैं,
वह एक लाइन है ना, हम खेल रहे थे होली वह झेल रहे थे गोली,
बस उन शहीदों के बलिदानों का परिणाम है,
सिर्फ बलिदान है सिर्फ बलिदान है सिर्फ बलिदान है।

जय हिंद जय भारत

डॉ. स्नेह ठाकुर

जन्म स्थान : चित्रकूट, भारत

निवास : कनाडा

अभिरुचि : लेखन, पठन, नाट्य-मंचन, चित्रपट, चित्रकला एवं भ्रमण, नाट्य लेखन-मंचन, चलचित्र अभिनय से जुड़ाव

विधाएँ : नाटक, काव्य, कहानी, निबंध, गीत, भजन, ग़ज़ल, रिपोरताज, उपन्यास, शोध-ग्रंथ, जीवनी

प्रकाशन : अनेकों पत्रिकाओं व पुस्तकों में रचनाएं प्रकाशित

सम्मान : हिन्दी सेवी सम्मान, विश्व हिन्दी सम्मान, इंडिया नेट्बुक्स साहित्य रत्न सम्मान, राष्ट्रभाषा गौरव सम्मान, नारी अस्मिता समिति सम्मान, प्रवासी हिन्दी सेवी सम्मान, लखनऊ विश्वविद्यालय द्वारा सम्मानित, मोहन शोध संस्थान लखनऊ द्वारा सम्मानित, कुरुक्षेत्र विश्वविद्यालय, कुरुक्षेत्र द्वारा सम्मानित

संपर्क : कनाडा
मो. : +416 291 9534 , +1 647 974 5016
ईमेल : dr.snehthakore@gmail.com

हम भारतवासी हम भारतवंशी

कदमों से कदम मिला
कंधे से कंधा मिला
चलते हैं हम ऐसे जब
दुश्मन के दिल हिलते हैं तब।

रोकें चाहे आँधियाँ, ज़मीं या आसमाँ हमे
पाना है लक्ष्य हमें हर हाल में
हिम्मत से चलें, धरती हिले कदमों तले
क्या दूरियाँ, क्या फ़ासले, मंज़िल लग जाएगी गले।

चलना है हमें सुबह-शाम
रुकना, झुकना नहीं हमारा काम
अब तो यही रास्ता है अपना
पहचान ले, यही सपना है अपना।

आगे ही आगे बढ़ते जाना है
विध्वंस-बादल बन संहार करना है
शोला बन आग उगलना है
दुश्मन के छक्के छुड़ाना है।

आए हैं रण-प्रांगण में, लिए जान हथेली पे
मोड़े कलाई मौत की, है हिम्मत हममें

रण-बांकुरे, हम पहुँचेंगे मंज़िल पे
हो जा होशियार, हम हैं आसमाँ की बुलन्दी पे।

हम अपनी सरहदों की लौह दीवार हैं
दुश्मनों को हरदम खदेड़ने को तैयार हैं
पछताओगे ताक़त हमारी आज़मा के तुम
ऐ गीदड़, सियारों, न डालो हमारी माँ पे बुरी नज़र तुम।

माँ के दूध का कर्ज़ चुकाना हमें आता है
माँ के चरणों की कसम खा, सर काटना तुम्हारा हमें आता है
भारत-माँ की संतान हम, तुम्हें समझाना हमें आता है
अपनी माँ के चरणों में शीश तुम्हारा झुकाना हमें आता है।

पुरुखों का शौर्य, बन लहू बहता हमारी रगों में
झुकता नहीं यह शीश कभी किसी के आगे
हम भारतवासी हैं, राणा प्रताप, वीर छत्रपति शिवाजी
हर नारी यहाँ की है, रण-बांकुरी झाँसी रानी लक्ष्मी बाई।

भरा पड़ा है इतिहास हमारा वीर प्रतापों से
हम हैं गर कोमल सुमन-से, तो सशक्त लौह-तार-से
तोड़ देंगे दुश्मन की ग्रीवा कमल-नाल-सी, फोड़ देंगे कपाल उसका
हम हैं दोस्तों के दोस्त, पर बरपाते दुश्मनों पर क़हर बड़ा।

ऐ आक्रमणकारियों भाग जाओ दुम दबा के यहाँ से
क्यों शेर की माँद में आते हो जान-बूझ के,
माँ की सुरक्षा का भार निभाना जानते हैं हम सभी
जन-जन भारत का चने चबवाएगा तुम्हें हर क्षण ही।

हम भारतवासी, हम भारतवंशी
कदमों से कदम मिला
कंधे से कंधा मिला
चलते हैं हम ऐसे जब
दुश्मन के दिल हिलते हैं तब।

हम भारतवासी, हम भारतवंशी
जय भारत, जय भारती।

डॉ. सोमदत्त काशीनाथ

निवास : वाकोआ शहर, मॉरीशस

प्रकाशन : अपने और सपने (कविता-संग्रह), मुझे लहरों से बातें करनी हैं (कहानी संग्रह),

सम्मान : विश्व हिंदी सचिवालय, माहात्मा गांधी संस्थान, कला और सांस्कृतिक धरोहर मंत्रालय (मॉरीशस) द्वारा आयोजित कई साहित्यिक प्रतियोगिताओं में रचनाएं पुरस्कृत।

विशेष : कई साहित्यक एवं हिदी सेवी संस्थाओं के साथ जुड़कर भावी पीढ़ी को लेखन के लिए तैयार करने के लिए प्रयासरत, माध्यमिक स्कर पर पढ़ाई करते हुए स्थानीय रेडियो चैनल द्वारा आयोजित 'नया दौर' कार्यक्रम में प्रतिभाग और कई निबन्ध भारतीय उच्चायोग द्वारा पुरस्कृत, दिल्ली विश्वविद्यालय में पढ़ाई करते हुए कविताएँ और कहानियाँ लिखीं जिनका प्रकाशन किरोरी मल कॉलेज तथा अन्तरराष्ट्रीय छात्रावास की पत्रिकाओं में हुआ।

संपर्क : वाकोआ शहर, मॉरीशस
मो. : +230 5 786-6071
ईमेल : mskashinath@gmail.com

देश के निर्माताओं को नमन

देश के उन निर्माताओं को, हृदय की सभी परतें खोलकर
नमन उनको, जो गए हैं स्वर्ग यह हँसता-खिलता छोड़कर।

उन्हें भारत के गाँवों से लाया गया था बनाकर बंधुआ मज़दूर
अत्याचार सहने वाले वे मज़दूर थे किस्मत के सामने मजबूर।

धर्म एवं संस्कृति को बचाए रखने हेतु दीं आहुतियाँ अनेक
शिक्षा दी संतानों को तब जागी चेतना, संचरित हुआ विवेक।

स्वतन्त्रता-आन्दोलन में खड़े हुए वे पूरे आत्मविश्वास के साथ
एकत्र करके परतन्त्र जनता को, बढ़े वे लेकर हाथों में हाथ।

देश के विकास का संकल्प लेकर, दी शिक्षा को प्राथमिकता
लिया बागदोर सत्ता का, श्रृंगार-युक्त होकर बनी धरती मुक्ता।

आज यह धरती है सुवासित लाल-लाल गुलमोहर के फूलों से
पर्वतों से निकलकर नदियाँ बहतीं झूलकर झरनों के झूलों से।

प्रकृति-रक्षा को प्रगति से जोड़े रखना रहा हमारा संकल्प जहाँ
लिया पानी हमने सरिताओं से, फिर लहराए खेत हरे-हरे यहाँ।

थी जो डोडो की भूमि कभी, है वह धरती का स्वर्ग ऐसे बनी
तपोभूमि यह, दासों-गिरमिटिया मज़दूरों के लहू से नित्य सनी।

बहुभाषी, विश्व भर की संस्कृतियों को हमने सहज ही अपनाया
कड़ी मेहनत से अपनी देश के लालों ने मिट्टी को सोना बनाया।

याद रखेंगे भारत-भूमि से निकल जो आप्रवासी यहाँ थे आए
संस्कृति और साहित्य के फूल भी उन्होंने यहाँ अनेक खिलाए।

भारतीय अप्रवासियों ने कठोर परिश्रम से सजाया है चमन कर जोड़,
करते हैं उन विस्मृत देश के निर्माताओं को नमन।।

डॉ. सोनिया हेल्डेस्टेड

निवास : स्वीडन

शिक्षा : 4 मास्टर्स, पीएचडी और लगभग 10 डिप्लोमा

प्रकाशन : कई भाषाओं में अंतर्राष्ट्रीय/राष्ट्रीय स्तर के शोध पत्र लेख, हिंदी अंग्रेजी पंजाबी भाषाओं में 6 पुस्तकें प्रकाशित।

पुरस्कार : मानवाधिकार और सामाजिक कार्यों के लिए राष्ट्रीय और अंतर्राष्ट्रीय स्तर पर सम्मानित

गतिविधियाँ : पूरे स्कैंडिनेविया देशों की एकमात्र भारतीय महिला लेखिका

उपलब्धि : स्वीडन और स्कैंडिनेवियाई देशों में मानवाधिकार और सामाजिक कार्यकर्ता के रूप में एकमात्र भारतीय महिला

संपर्क : स्वीडन
मो. : +46 723144276
ईमेल : dr.sonia27@yahoo.com

आस्तीन के सांप

जरा बचकर रहना आस्तीन के सांपों से
यह डसते नहीं छूरा घोंपते है पीठ में धीरे से

कब कांटे बिछाए अपनी शबनम की आड़ में
इनके डस से तो सांप भी डरे इतना जहरीला

अपना काम करे बहुत चालाकी और समझ से
जड़ों में डालता है मट्ठा... धीमे जहर सा

कब यह किसी की बुनियाद हिला दे पता ना चले
बचा न कोई भी ऐसा जहाँ में इसके जहर से॥

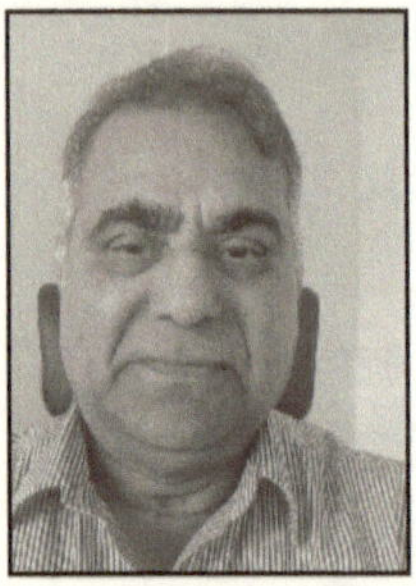

डॉ. सुभाष शर्मा

जन्म : कन्नौज, भारत

निवास : मेलबर्न ऑस्ट्रेलिया

शिक्षा : बी टेक मेकेनिकल जोधपुर, एम्. टेक आई आई टी (मेकेनिकल) दिल्ली, पी एच डी (क्वींसलैंड)

कार्यक्षेत्र : विश्वविद्यालय में मेकेनिकल इंजीनियरिंग क्षेत्र में अध्यापन एवं शोध

प्रकाशन : लगभग 75 शोध पत्र, अंतर्राष्ट्रीय शोध पत्रिकाओं तथा अंतर्राष्ट्रीय/राष्ट्रीय कांफ्रेंस में प्रकाशित, पत्र पत्रिकाओं में हिंदी लेख तथा कविताओं का प्रकाशन, (गुलदस्ता, गर्भनाल, पुष्प, गगनांचल अभिव्यक्ति, आदि पत्रिकाओं में)

सम्मान : हिन्दी विश्वदूत 2021, विश्व हिन्दी सेवा सम्मान 2017, मेलबर्न सन ऑफद ईयर 2018, काव्य शिरोमणि, भारत के कौंसलावास द्वारा प्रशस्ति पत्र, अध्यापन के क्षेत्र में विश्वविद्यालय द्वारा अनेकों बार पुरस्कृत।

संपर्क : मेलबर्न ऑस्ट्रेलिया
मो. : +613 433178377
ईमेल : **sharmalog@gmail.com**

वसुधैव कुटुंबकम्

हो जिसमें सब की सुनवाई उसे दरबार कहते हैं
जो दीनो की सुने पहले उसे सरकार कहते हैं।

खुशी में तो सभी के साथ होते हैं बहुत लेकिन
हों दुख में सब दुखी जिसमें उसे परिवार कहते हैं।

जो गूंगो को भी दे वाणी उसे अखबार कहते हैं
जो दिल से दिल न जुड़ने दे उसे दीवार कहते हैं।

दया से त्याग से ही धर्म का पौधा पनपता है
दधीचि अस्थियां दे दान तब उपकार कहते हैं।

जहाँ दुख सुख का मेला है उसे संसार कहते हैं
न खोने का हो डर जिसमें उसे अधिकार कहते हैं।

जो हिस्सा दे समझ भिक्षा उसे दुत्कार कहते हैं
जो सपने दिन में हो पूरे उन्हें साकार कहते हैं।

न जाने कितने नर नारी धरा पर भूखे सोते हैं
हैं न्यायालय बहुत लेकिन वो हक़ पाने को रोते हैं।

जहाँ लाशों के व्यापारी उन्ही लाशों पे सोते हैं
वहीं कुछ लोग कंधे पर स्वयं की लाश ढोते हैं।

किसी का दर्द जो हर ले उसे उपचार कहते हैं
जो सबका पेट भर दे उसको पालनहार कहते हैं।

किसी को घर किसी को देश ही परिवार लगता है
मगर हम भारती इस विश्व को परिवार कहते हैं।

सुनीता चाँदला

जन्मस्थान : रामपुर, उत्तर प्रदेश, भारत

निवास : अमेरिका

शिक्षा : बी ए टूरिज्म (दिल्ली-विश्विद्यालय), बी एड

संप्रति : स्वास्थ्य प्रशिक्षिका

विधाएँ : कविता, लेख, कहानी, गीत भजन

सेवाकाल : 30 वर्ष, आधा समय विद्यालयों में और आधा MNCs में English वॉयस एण्ड ऐकसन्ट् (voice & Accent training दी।

प्रकाशन : मानसिक व शारीरिक स्वास्थ्य सम्बन्धित लेख प्राकाशित, कहानियां व गीत भजन प्रकाशित।

संपादित कृतियाँ : 'दिल से उठी लहरें-Feelings'

उपलब्धि : बेस्ट टीचर अवार्ड (DAV विद्यालय), टीवी व रेडियो पर प्रेक्षण NCERT अध्यापिकाओं के कार्यक्रम का संचालन डीडी दिल्ली दूरदर्शन पर

ईमेल : sunita.chandla58@gmail.com

मेरा भारत

यहाँ पर बेहद हसीन हैं नज़ारे
पर सौंधी मिट्टी की खुशबू लापता है
दुकानों व घरों की ऊँची हैं मिनारे
लेकिन अपनेपन का हिसाब बहुत छोटा है

पल भर बातें किये बीत गया एक अरसा है
यहाँ खिलखिला कर हंसने को मन तरसा है
छूट गये हैं दूर रिश्ते हमारे सारे
अपने ही घर में फिरते अब मारे मारे

पड़ोसी के घर का भी टेढ़ा बड़ा रास्ता है
दुख में यहाँ बस प्रभु का ही वास्ता है
कहाँ लेकर तकदीर हमें खींच लायी है
केवल भाषा ही अपनी, यहाँ उसी की दुहाई है

खाना घरों में बेशुमार रखा है
लेकिन वो मेरे दोस्त, भाई बहन कहाँ हैं
स्वदेश में एक ही थाली बांट खुश रहते थे
यहाँ इस दावत का अकेले मज़ा कहा हैं

खिड़की से झांकती अखियों को दिखती दुखी, झुकी छतें हैं
ना चिड़ियों की चहचहाहट ना बेफिक्र बिल्लियों की म्याउं है
न ही रेड़ियों को हाँकती सब्ज़ी, फलवालों की रसीली गुहारे हैं
न ही गलियों में बच्चों की अनन्त खेलों की किलकारियां हैं

सन्नाटा चिल्लाता है यहाँ मन में विह्वलता है
ऐशवर्य का सामान है फली खूब सफलता है
फिर क्यूं यहाँ इस विशाल आबाद परदेस में
अपनी जननी ही की गोद को मन तरसता है

सुरेश चन्द्र शुक्ला

जन्म : 10 फरवरी 1954, लखनऊ (उत्तर प्रदेश)

निवास : ओस्लो, नार्वे

सम्प्रति : पत्रकार (ओस्लो के नार्वेजीय पत्र आकेर्सआवीस ग्रूरूददालेन), सम्पादक (स्पाइल-दर्पण, ओस्लो का संपादन), यूरोप सम्पादक (देशबंधु राष्ट्रीय दैनिक, नयी दिल्ली)

विधाएँ : उपन्यास, कहानी, नाटक, कविता, यात्रा वृत्तान्त और संस्मरण

मुख्य कृतियाँ : (नार्वेजीय में), 1 प्रेममेदे फ्यूगलेर (विदेशी पक्षी) 1999, 2 मेल्लुम लिनयेने (पंक्तियों के बीच) 2005, 3 ब्रूबिग्गेरेन (सेतु निर्माता) 2017 और हिंदी में अनेकों कविताएं, उपन्यास, नाटक, अनुवाद

सम्मान : विदेशों में हिंदी भाषा और साहित्य सेवा के लिए सम्मान, हिन्दी अकादमी दिल्ली (2000), भवानी प्रसाद मिश्र पुरस्कार, उत्तर प्रदेश राज्य कर्मचारी साहित्य संस्थान, लखनऊ द्वारा सम्मानित (2013), उत्तर प्रदेश हिन्दी संस्थान द्वारा 2015 में विदेशों में हिन्दी सेवा के लिए सम्मानित

संपर्क : ओस्लो, नार्वे
मो. : +47 900 70 318
ईमेल : speil.nett@gmail.com

आज़ादी का पर्व मनायें

हे प्रभु! हम आज़ादी का ऐसा पर्व मनायें
जहाँ मजदूर-किसान कर्ज-भूख से, खुदकुशी न कर पायें।

जातपात का भेद न हो, सत्ता मॉबलिंचिंग न कर पाये
जहाँ चौरासी करोड़ की आबादी, अधपेट न सोने पाये।

देश में जहाँ सभी हों साक्षर, सांसद भी पढ़े लिखे ही आयें
जहाँ कभी फिर सांसद! पहलवानों की आबरू लूट न पायें।

जहाँ मणिपुर में हिंसा हो, सत्ता हाथ बाँध न खड़ी रह जाये
संसद में जनता मुद्दों की चर्चा, चंदा में पारदर्शिता दिखायें।

संसद, विधान सभा में बन्द हो पेंशन, सांसद निधि ना पायें
सांसद अपने संसाधन से आयें, और देश का न कर्ज बढ़ायें।

जेलों से पत्रकार, राजनीतिज्ञ, कार्यकर्ता सभी रिहा हों
सभी स्वतन्त्र हों, बच्चों के लिए आज़ादी का पर्व मनायें।

बच्चों की शिक्षा, चिकित्सा, कौशल विकास निशुल्क हो
राष्ट्र संपत्ति पहाड़, जंगल, नदी-तालाब सागर तट मुक्त हों।

जहाँ वीआईपी सुरक्षा बन्द हो, नेता साइकिल बस से आयें
गरीब-अमीर का भेद न हो, 40 प्रतिशत महिला आरक्षण हो।

जहाँ, दलित, आदिवासी, गरीब की फिर ईज्जत लुटने न पाये
हे प्रभु! हम आज़ादी का ऐसा पर्व मनायें।

सुरेश पाण्डेय

जन्म : 14 जुलाई, 1953, दिल्ली, भारत

निवास : उत्तराखंड (भारत)

निवास : स्टॉक होम, स्वीडन

शिक्षा : कला स्नातक(हंसराज कॉलेज दिल्ली विश्वविद्यालय), मास्टर ऑफ आर्ट्स (चौधरी चरण सिंह विश्वविद्यालय)

संप्रति : स्टेट बैंक, प्रबंधन विकास संस्थान दिल्ली (भारत), एकोनोमियासिस्टेंट बीग्नाड्सस्ट्रेलेसन एबी व्यवसाय (निर्यात-आयात) लॉजिस्टिक्स मैनेजर (डेनिश कंपनी) कटरीना फोर्समलिंग के साथ एक ईएसएफ प्रोजेक्ट 'क्लार्ट वी कान' (कार्यरत) रहे।

संस्थापक सदस्य : हिन्दू मंदिर (स्टॉकहोम)

संस्थापक उपाध्यक्ष : इंडोस्कैंडिक संगठन स्टॉकहोम स्वीडन

प्रभारी : हिंदी की गूंज, अंतरराष्ट्रीय पत्रिका, टोक्यो जापान

संपर्क : स्टॉक होम, स्वीडन
मो. : +46731013196,
ईमेल : spandey10@hotmail.com

ताना बाना

अंगारों पर चलना होगा
वतन चलाने वालों तुमको
इतना वादा करना होगा
यह फूलों की सेज नहीं है
अंगारों पर चलना होगा।

कदम-कदम पर लाचारी है
कदम-कदम पर बीमारी है
घोर अराजकता फैली है
जनता सारी दुखियारी है।
कष्टों की मारी जनता का
दुःख तो तुमको हरना होगा।

लूट रहे हैं जो जनता को
उन पर सख्ती करनी होगी
ऐसे अफ़सर नेताओं पर
नज़र गड़ाकर रखनी होगी।
ठेकेदारों के बदले में
मज़दूरों को चुनना होगा।

देश बने मज़बूत हमारा
इतनी तो हिम्मत दिखलाओ
घर-घर में ख़ुशहाली लाकर
जीवन की मुस्कान खिलाओ।
सच्चाई के पथ पर चलकर
ताना-बाना बुनना होगा।

डॉ. सुरीति रघुनन्दन

निवास : मॉरीशस

संप्रति : हिंदी शिक्षिका एवं हिंदी प्रचारिका,

प्रकाशित कृतियाँ : 'हमारे वृद्धजन हमारी शक्ति', 'अपनी-अपनी मंज़िलें', कागज़ की ज़िंदगी, विभिन्न राष्ट्रीय तथा अंतर्राष्ट्रीय पत्र-पत्रिकाओं में रचनाओं का प्रकाशन।

सम्मान : 'हिन्द शिरोमणि सम्मान', 'उत्कृष्ट सेवा सम्मान', विदुषी सम्मान, मैत्रेयी सम्मान, विश्व हिंदी सेवा सम्मान, 'राष्ट्रीय उत्कृष्ट शिक्षक सम्मान 2021', काव्य सारथी सम्मान।

विशेष : साहित्यिक कविसम्मेलन एवं गोष्ठियों में काव्यपाठ, आकाशवाणी आगरा तथा चंडीगढ़ से रचनाओं का प्रसारण, 2005 से मॉरीशस ब्रॉड कास्टिंग सेंटर के आकाशवाणी तथा दूरदर्शन से कार्यक्रमो का प्रसारण, विश्वबंधुत्व सेतु पटल की संयोजक, 'अखण्ड काव्यायन' अंतरराष्ट्रीय काव्य प्रेमी मंच द्वारा आयोजित 'वर्ल्ड बुक ऑफ रिकाड्र्स' लंदन में भागीदारी।

संपर्क : मॉरीशस
मो. : +230.58819033
ईमेल : suriteekavita@gmail.com

मातृभूमि

मातृभूमि की यादों में यह मनुआ रोज भटकता है,
इसके त्योहारों को देखकर यह तन खूब मटकता है।।

बेशक दूर रहूँ माटी से, फिर भी हर पल याद करूँ,
मेरे दिल में अब भी वो ही हिंदुस्तान धड़कता है।।

भारतीय वीरों के सम्मुख, अरि के छक्के छूट रहे,
उनके शौर्य समक्ष विश्व के, सारे मानक टूट रहे।।

ऐसा लगता है भारत की, मिट्टी में जादू है जी,
तब ही तो भारत के आँगन, अद्‌रुत अंकुर फूट रहे।।

भारत की है शान तिरंगा, नील गगन की आन तिरंगा,
चक्र सुशोभित भारत गौरव, वीरों की पहचान तिरंगा।।

सदा तिरंगा इन वीरों में, देखो अतुलित साहस भरता,
इसी लिए हर वीर देश का, रिपु से कभी नहीं है डरता।।

सीने पर गोली खाकर भी, सदा सीमा हित बढ़ता जाता,
लिपट तिरंगे में गौरव से, अपना प्रण पूरा है करता।।

भारत माँ भी निज पुत्रों पर, फूली नही समाती है,
सुन सुनकर उनकी गाथाएँ, पुलक पुलक मुसकाती है।

बेटी हैं दुर्गा के जैसी, सीता सावित्री बनती,
देशभक्ति की लोरी गाकर बेटे यहाँ सुलाती हैं।।

सुषमा श्रीवास्तव

निवास : इंडोनेशिया

शिक्षा : हिन्दी विषय में स्नातकोत्तर (M.A) तथा शिक्षा में स्नातक की उपाधि (B.ed.) प्राप्त,

संप्रति : शिक्षण कार्य (हिन्दी अध्यापिका)

रुचि : लेखन, पाठन

प्रकाशन : अमर उजाला ई पत्रिका में रचनाओं का प्रकाशन,

विशेष : एल् पी जी साहित्य सम्मेलन, काव्यस्थली, शुभ संकल्प समूह तथा अंतर्राष्ट्रीय महिला काव्य मंच से जुड़ी हुई, बुलंदी साहित्य समिति से भी इस बार जुडने का अवसर प्राप्त,

संपर्क : इंडोनेशिया
मो. : +62 856 59361196
ईमेल : sushmanigam.30@gmail.com

मेरे देश पधारो

अनेकता में एकता है देखना तो मेरे देश पधारो,
विभिन्न संस्कृति से है जुड़ना तो मेरे देश पधारो।
कश्मीर से लेकर कन्याकुमारी तक रंगों की छटा निराली है,
मन रंगों से करना है सराबोर तो मेरे देश पधारो।
हर प्रांत की हर राज्य की बोली अलग, भाषा अलग,
उनसे करना है संवाद तो मेरे देश पधारो।
विविध पहनावों से सुसज्जित है मेरा देश,
तुम्हें भी करना है श्रृंगार तो मेरे देश पधारो।
ऋतु अनुसार पुष्पों की छवि अनोखी है,
खुशबू से रखते हो सरोकार तो मेरे देश पधारो।
एक ही मंच पर पाओगे व्यंजन लाजवाब,
नाता है स्वाद से तो मेरे देश पधारो।
हर रिश्ते में छिपा एक अमूल्य खजाना है,
नापना है गहराई तो मेरे देश पधारो।

हरिहर झा

निवास : मेलबर्न (ऑस्ट्रेलिया)

शैक्षिक योग्यता : एम एस सी

कार्यक्षेत्र : मौसम विभाग, साहित्य

प्रकाशित पुस्तकें : भीग गया मन, Agony Churns My Heart, फुसफुसाते वृक्ष कान में, दुल्हन सी सजीली, प्रश्न खुद बेताल था

पुरस्कार व सम्मान : अंग्रेजी की रचनाओं पर दो अंतरराष्ट्रिय संस्थाओं द्वारा सम्मान, परिकल्पना हिन्दी भूषण सम्मान, काव्य-प्रतिष्ठा-सम्मान, साहित्य भूषण सम्मान

उपलब्धि : विविध विषयों पर गर्भनाल में आलेख व संकलनो में व्यंग्य प्रकाशित, पंछी मेरे देश के (इंडिया नेटबुक्स), राम काव्य पीयूष, कृष्ण काव्य पीयूष, भारत काव्य पीयूष (ह्यूस्टन) के संपादन मण्डल में शामिल

संपर्क : मेलबर्न (ऑस्ट्रेलिया)
मो. : +61 432 127 930
ईमेल : hariharjha2007@gmail.com

तुझ पर है अभिमान

माटी में
जिसकी महक रहा,
त्याग और बलिदान
नमन उस देश के आयुध को,
तुझ पर है अभिमान।

तेरे सीने में,
भुजबल में
दिखे कईं हिमालय
गंगा बही हृदय से
संगम, जन सागर में तय
पार हुई
दुर्गम घाटी की ऊँचाई, ढलान।

वेश रिपु का
कितना भौंके, अपनी बेगुनाही
कौधी विद्युत, वीरों की तो
फैलेगी तबाही
ज्यादा चादर फैलाने के,
नहीं चलेंगे प्लान।

सोचा, क्या?
गलवान छेड़ लो

तो होंगे हम पस्त
ईंटों का उत्तर पत्थर से,
देकर कर दें त्रस्त
देश बचाना धर्म हमारा,
क्यों ना रिपु को भान।

केवल गाँधी,
बुद्ध समझ कर,
मत टपकाओ लार
अजगर दुम दबा कर भागे,
ऐसा होगा वार
वीरों की धमनी में
बहती विद्युत का ऐलान।

हेमा शंकर

निवास : पर्थ, ऑस्ट्रेलिया

संपर्क : मो. : +61 430 702 209

आज़ादी का दिन

आज़ादी का दिन है फिर से आया
तिरंगे की शान बढ़ाने का दिन है आया
मातृभूमि का मान बढ़ाने का दिन है आया
देखो फिर से 15 अगस्त का दिन है आया।

शहीदों की क़ुर्बानी का दिन है आया
वीरों की गाथाओं को सुनने का दिन है आया
पुनः सुमिरन करने का दिन है आया
देखो फिर से 15 अगस्त का दिन है आया।

आज़ादी की क़ीमत पहचानने का दिन स्वच्छंद आया
विचारों की उड़ान भरने का दिन है आया
जन्मभूमि को कोटि नमन करने का दिन है आया
देखो फिर से 15 अगस्त का दिन है आया।

श्रद्धा सुमन अर्पित करने का दिन है आया
अमर शहीदों को सलामी देने का दिन है आया
उन्मुक्त गान गाने का दिन है आया
देखो फिर से 15 अगस्त का दिन है आया।

अखंड भारत का पाठ पढ़ाने का दिन है आया
तोपों को सलामी देने का दिन है आया
युवाओं को जागरूक करने का दिन है आया
देखो फिर से 15 अगस्त का दिन है आया।

आज़ादी का अमृत महोत्सव मनाने का दिन है आया
नया संकल्प लेने का दिन है आया
नया इतिहास रचने का दिन है आया
देखो फिर से 15 अगस्त का दिन है आया।

डॉ. ज्ञान शर्मा

जन्म : कानपुर, उत्तर प्रदेश, भारत

निवास : लंदन

कार्यक्षेत्र : IT क्षेत्र

विधाएं : ग़ज़ल

प्रकाशन : ग़ज़ल संग्रह कहकशाँ

उपलब्धियां : लंदन की प्रसिद्ध संस्था संगम के संस्थापक, ज्योतिष एवं वस्तुवास्तु विशेषज्ञ

संपर्क : लंदन

मो. : +44 7886 841403

ईमेल : gyan_Sharma@hotmail.com

हम विदेशी हो गए

हम विदेशी हो गए, और दूर हैं अपने मेरे
एक प्यारा सा हैं भारत, जो मन में बसता हैं मेरे।

मंदिरो की घंटिया हों, या मस्जिदों की अज़ान हो
हर सुबह ही खोजता हैं, आज भी ये स्वप्न मेरे।

घूम कर देखी हैं दुनियां, और नाप कर देखें हैं इन्सां
कोई भी पाया न हमने, बढ़ कर भारत से मेरे।

हम शरीरों से इधर हैं, पर धड़कने भारत में हैं
मातृभूमि पर निछावर, हैं रोए रोए ये मेरे।

इला प्रसाद

जन्म : रांची, बिहार

निवास : ह्यूस्टन, अमेरिका

शिक्षा : पी एच डी (भौतिकी), काशी हिन्दू विश्वविद्यालय, मुंबई आई आई टी में कुछ वर्षों तक शोध कार्य

व्यवसाय : अध्यापन (भौतिकी), संत थामस यूनिवर्सिटी, ह्यूस्टन

प्रकाशन : ***कविता संकलन***-धूप का टुकड़ा, नए रास्तों पर, ***कहानी संकलन***- इस कहानी का अंत नहीं, उस स्त्री का नाम, तुम इतना क्यों रोईं रुपाली, आवाजों की दुनिया, मेरी चयनित कहानियाँ, जीवन कहाँ हैं। ***उपन्यास***- रोशनी आधी-अधूरी सी, वह दिन आएगा जरूर।

सम्पादन : कहानियाँ अमेरिका से

सम्मान : देश-विदेश की विभिन्न संस्थाओं द्वारा हिंदी साहित्य सेवा के लिए सम्मानित।

उपलब्धियां : साहित्य-प्रवाह संस्था, बड़ोदरा की अमेरिका इकाई की कार्याध्यक्ष, टैगोर विश्व विद्यालय, भोपाल द्वारा आयोजित 'विश्व रंग 2020' में अमेरिका की ओर से आयोजन समिति की सदस्य, कहानी मंच की परिकल्पना एवं संचालन।

सम्पर्क : ह्यूस्टन, अमेरिका
मो. : +1 (281) 777-1339
ईमेल : ila_prasadv@yahoo.com

स्वदेश

मानती हूँ
उस मिट्टी, उस पानी की ऋणी हूं मैं
जिससे यह देह बनी
उस हवा का कर्ज है मुझ पर
जिससे मेरी साँसे बनीं
आकाश के उस टुकड़े को प्रणाम!
उसे भी अपना दाय माँगने का पूरा हक है
जिसने मुझे ऊँचाइयों के सपने दिखाए
जलाई आग अन्दर
कि देश-काल की सीमा लाँघ आई
अब वे सपने इस देश में आकार लेते हैं
मुझे मेरी नई पहचान देते हैं
औरों से अलग, अपने आप में सम्पूर्ण !
यह तुम्हारी मिट्टी का ही तो प्रतिफल है न,
ओ मेरे देश
मेरी मातृभूमि !
जो भरती रही है मुझमें
प्रतीक्षा और धैर्य के गुण
ठोकरें खाने और तब भी टिके रहने का साहस
खुद को पहचानने, पाने
सबको देने की क्षमता पाने की
अकुलाहट

ओह, मेरा यह देश
अपनी धज मे अकेला है
और अकेले हैं हम
दुनिया भर में
अपनी पहचान में
हम सा कहाँ कोई दूसरा ...

इंद्रजीत शर्मा

शिक्षा : स्नातक

जन्मस्थान : अमृतसर, पंजाब

वर्तमान निवास : न्यू यॉर्क

साहित्य यात्रा : साहित्य अनुरागी, कविता लेखन आदि

संस्थापक : अमेरिका की पुरातन अंतर्राष्ट्रीय हिन्दी साहित्य समिति

संरक्षक : जापान हिन्दी कल्चरल सेंटर से निकलने वाली प्रथम हिन्दी पत्रिका 'हिंदी की गूंज'

सम्मान : देश विदेश की अनेक संस्थाओं द्वारा पुरस्कारों से सम्मानित

विशेष : जीवन साहित्य सेवा को समर्पित, प्रवासी साहित्य को लेकर आपके द्वारा किए गए कार्य उल्लेखनीय, विभिन्न अंतरराष्ट्रीय संस्थाओं में जुड़कर सेवाएं दी, साहित्यजगत के एक लोकप्रिय व्यक्तित्व, हिन्दी साहित्य के उत्थान को लेकर अनेक आयोजन,

समाजसेवी : पिता की स्मृति में पंडित तिलक राज शर्मा न्यास की स्थापना, पुस्तकालय का निर्माण, 2 एंबुलेंस सेवा के लिये, प्राइवेट क्लिनिक एवं डॉक्टर नर्स समाज सेवा के लिये। अनेकों स्कूल कॉलेज में दान।

संपर्क : न्यू यॉर्क
मो. : +1 (917) 273-9744
ईमेल: Guru.richmondhill@gmail.com

देश की मिट्टी

देश की मिट्टी सौंधी सी
एक संदूक में ले आया था
परदेस में जब भी अकेला पड़ा
यही एक हमसाया था

याद देश की जब आई
तब संदूक को खोल दिया
महका महका वो आंगन
हरदम मैंने महसूस किया

इस मिट्टी को छू लेता हूं
जब माँ की याद आती है
करता हूं इससे टीका जब
भारत की याद सताती है

क्या होती है इसकी शान
क्या होते हैं इसके माने
भारत की मिट्टी का नूर
ये दुनिया वाले क्या जानें

बन सका आज मैं जो भी हूं
इस मिट्टी की बदौलत है
दुनिया कहती पैसे वाला पर
ये संदूक मेरी असली दौलत है

अजब कहानी जीवन की
कहाँ कहाँ ले जाती है
चले कहीं भी जाएं पर
वतन की याद आती है

देश की मिट्टी सौंधी सी
एक संदूक में ले आया था
परदेस में जब भी अकेला पड़ा
यही एक हम साया था।

हेमराज सूंदर

निवास : मॉरिशस

शिक्षा : एम ए, एम फिल, (आगरा विश्वविद्यालय), पीएचडी (मॉरिशस विश्वविद्यालय)

सम्प्रति : महात्मा गांधी संस्थान, मोका (मॉरीशस) के सृजनात्मक लेखन तथा प्रकाशन विभाग में वरिष्ठ व्याख्याता

संपादक : 'वसंत' एवं रिमझिम पत्रिकाएँ, (महात्मा गांधी संस्थान, मॉरीशस)

संस्थापक एवं अध्यक्ष : हिंदी साहित्य अकादमी मॉरीशस (पंजीकृत-1996)

सम्मान एवं पुरस्कार : भारत में 35 सम्मान एवं पुरस्कारों के बाद सारस्वत हिंदी सम्मान, अखिल भारतीय मंचीय कवि पीठ (लखनऊ), बालसाहित्य शिरोमणि' सम्मान भोपाल (2015), उत्तर प्रदेश हिंदी संस्थान, लखनऊ की ओर से एक लाख रुपए

प्रकाशित कृतियां : 8 कविता संग्रह, एक निबंध-संग्रह, एक साक्षात्कार कृति प्रकाशित

सम्पर्क : मॉरिशस

मो. : +230 5855 2535

ईमेल: hemrajsoonder@gmail.com

आज़ादी अभियान

आज़ादी का जश्न है
तो सभी मनाएंगे
वे भी जिन्हें चौरंगे का अर्थ
मालूम है
वे भी जिन्हें चौरंगे का अर्थ
नहीं मालूम !
वे भी आज़ादी मनाएंगे
जिन्हें सत्ता ने स्वर्ण अवसर दिए
वे भी मनाएंगे जो आज तक फटेहाल रहे!
यह और बात है कि कुछ के लिए आज़ादी का वास्तविक अर्थ है!
और बाकी सदियों पुरानी दास्तां को अनवरत ढोते रहे हैं...
और किसी स्पष्ट विभेद को न पाते हुए आज़ादी अभियान में
शामिल होते रहे हैं और आगे भी शामिल होते रहेंगे!

प्रगति टिपणीस

जन्म : लखनऊ उत्तर प्रदेश, भारत

निवास : मॉस्को

शिक्षा : अभियांत्रिकी और प्रबंधन में स्नातकोत्तर

अनुवादित प्रकाशित पुस्तकें : नरेश सक्सेना की कविताओं की पुस्तक 'एक वृक्ष भी बचा रहे' तथा तेजेंदर सिंह 'लूथरा' की कविताओं की पुस्तक 'एक नया ईश्वर' प्रकाशित

संपादन : हिंदी-रूसी मुहावरा कोश का सम्पादन, अनन्य-रूस पत्रिका का संपादन

सचिव : मॉस्को की सबसे पुरानी भारतीय संस्था हिंदुस्तानी समाज, रूस की सांस्कृतिक सचिव

प्रकाशन : अनुवाद के अलावा आलेख, निबंध, यात्रा संस्मरण आदि विभिन्न पत्र-पत्रिकाओं में प्रकाशित

संपर्क : मॉस्को
मो. : +7 916 070-95-82
ईमेल : pragatinovmos@gmail.com

जंग

है क्या कोई ऐसा जो चाहता है जंग
सुकून नहीं मिलता जिसे सुकून में
कौन नहीं चाहता लेना साँस
खुली हवा में छाती भरकर
कब हो जाती हैं
किसी के लिए
ज़िन्दगी के मसलों से
बड़ी बातें मैदाने-जंग की

शायद तब
जब नहीं रहने दिया जाता है
संसार में जहाँ मिले सुकून
जब हर छोटी-बड़ी बात,
जो उसके लिए है ख़ास
पर होता है आघात
खुली हवा नहीं पहुँचती उस तक
किए जाते हैं सब उपचार
कि घुटने लगे उसका दम
छटपटा कर मारता है वह हाथ
छुड़ाने को ख़ुद को उस शिकंजे से
भरने को अपनी छाती हवा से
बदलता है वह पैंतरे कई
इन्हीं पैंतरों को अगर कहते हैं जंग
तो हाँ, वह चुनता है जंग

www.ingramcontent.com/pod-product-compliance
Lightning Source LLC
LaVergne TN
LVHW040329051026
849518LV00001B/119
* 9 7 8 9 3 5 5 3 6 4 6 3 0 *